Le troisième œil

Du même auteur
aux Éditions J'ai lu

LES SECRETS DE L'AURA
N° 1830

T. LOBSANG
RAMPA

Le troisième œil

Traduit de l'anglais
par Jacques Legris

J'AI LU

Collection dirigée
par Ahmed Djouder

À
E.E.G.
un ami,
alors qu'ils sont rares
à l'heure de l'adversité

Titre original
THE THIRD EYE

PRÉFACE DE L'AUTEUR

Je suis un Tibétain, l'un des rares individus de ma race à être parvenus jusqu'à ce monde étrange qu'est l'Occident. La composition et le style de ce livre laissent beaucoup à désirer : on ne m'a jamais donné de véritables leçons d'anglais (1). *Ma seule « école » a été un camp de prisonniers japonais; des malades, des femmes britanniques et américaines, prisonnières comme moi, m'ont enseigné leur langue; j'ai appris de mon mieux. Pour ce qui est d'écrire l'anglais, j'ai procédé par tâtonnements.*

Mon pays bien-aimé est actuellement occupé par les troupes communistes : la prophétie s'est accomplie. C'est uniquement pour cette raison que j'ai déguisé mon nom et celui de mes relations. J'ai beaucoup lutté contre les communistes et je sais ce que mes amis auront à subir si mon identité peut être établie. Je connais aussi par expérience personnelle la puissance de la torture. Tel n'est pas cependant le sujet de ce livre, consacré à un pays pacifique si longtemps méconnu et présenté sous un faux jour.

On me dit que certaines de mes déclarations pourront susciter le scepticisme. Le lecteur a le droit d'en penser ce qu'il veut.

(1) Il est indéniable que l'auteur écrit l'anglais de façon très personnelle et qu'il semble ne pas craindre les répétitions, sans doute par désir d'être clair. Aussi le traducteur a-t-il plus visé la précision — indispensable pour décrire des phénomènes surnaturels déjà assez compliqués — que l'élégance (N.d.t.).

Il n'en reste pas moins que le Tibet est un pays inconnu du monde entier. Celui qui à propos d'un autre pays a écrit que « ses habitants circulaient sur la mer, montés sur des tortues » a été accablé de sarcasmes, comme ceux qui prétendaient avoir vu des poissons-fossiles vivants. On a pourtant découvert de ces poissons récemment et un spécimen en a été envoyé aux États-Unis dans un avion réfrigéré pour y être étudié. On n'avait pas cru ces hommes. Et pourtant, un jour, la preuve a été faite qu'ils étaient sincères et qu'ils avaient dit la vérité. Il en sera de même pour moi.

T. LOBSANG RAMPA.
(BM/TLR, London, W.C.1)

Écrit dans l'année du Mouton de Bois.

1

PREMIÈRE ENFANCE CHEZ MES PARENTS

— Ohé! Ohé! A quatre ans, tu n'es pas capable de te tenir sur une selle! Tu ne seras jamais un homme! Que va dire ton noble père?

Ayant ainsi parlé, le vieux Tzu assena sur la croupe du poney une vigoureuse claque — dont bénéficia aussi son infortuné cavalier — et cracha dans la poussière.

Les toits et les coupoles dorées du Potala resplendissaient sous le soleil éclatant. Tout près de nous, le clapotis des eaux bleues du Temple du Serpent indiquait le passage du gibier aquatique. Plus loin, sur la piste rocailleuse, des hommes qui venaient de quitter Lhassa s'efforçaient d'activer la lente allure de leurs yaks à grand renfort de cris. Des champs voisins parvenaient les rauques « bmmm, bmmm, bmmm » des trompettes aux basses profondes avec lesquelles les moines-musiciens s'exerçaient loin des foules.

Mais le temps me faisait défaut pour m'occuper de ces choses si quotidiennes, si banales. Ma tâche — ô combien ardue — consistait à rester sur le dos de mon très récalcitrant poney. Nakkim avait d'autres idées en tête. Il voulait se débarrasser de son cavalier, et être libre de paître, de se rouler par terre et de ruer dans l'air.

Le vieux Tzu était un maître maussade et intransigeant. Toute sa vie, il avait été sévère et dur et dans son rôle présent de gardien et de moniteur d'équitation d'un petit garçon de quatre ans, l'énervement avait souvent raison de sa patience.

Originaire du pays de Kham, il avait été choisi avec quelques autres pour sa taille et pour sa force. Il mesurait plus de deux mètres et la largeur de ses épaules était à l'avenant. De lourds *paddings* le faisaient paraître encore plus large. Il y a au Tibet oriental une région où les hommes sont exceptionnellement grands et robustes. Beaucoup dépassaient deux mètres et ils servaient dans les lamaseries en qualité de moines-policiers. Ils portaient d'épais rembourrages aux épaules pour se donner une apparence plus formidable, se noircissaient le visage pour avoir l'air plus farouche et promenaient avec eux de longs gourdins qu'ils avaient tôt fait d'utiliser aux dépens de tout infortuné malfaiteur.

Tzu avait donc été moine-policier et voilà qu'il servait de nourrice sèche à un petit aristocrate! Trop infirme pour marcher longtemps, il ne se déplaçait qu'à cheval. En 1904, les Anglais, sous le commandement du colonel Younghusband, avaient envahi le Tibet et causé de nombreux dégâts, pensant, sans doute, que le meilleur moyen de gagner notre amitié était de bombarder nos maisons et de tuer nos gens. Tzu, en prenant part à la défense, avait perdu une partie de sa hanche gauche au combat.

Mon père était un des membres les plus influents du gouvernement. Sa famille, comme celle de ma mère, appartenait à la haute aristocratie, de sorte qu'ils jouissaient à eux deux d'une influence considérable sur les affaires du pays. Je donnerai plus loin quelques détails sur notre système de gouvernement.

Père, un gros homme à la forte carrure, mesurait près de deux mètres. Il pouvait être fier de sa force : dans sa jeunesse, il arrivait à soulever un poney du sol, et c'était l'un des rares Tibétains capables de battre les hommes de Kham à la lutte.

La plupart des Tibétains ont les cheveux noirs et les yeux brun foncé. Père, avec sa chevelure châtain et ses yeux gris, faisait partie des exceptions. Il se laissait aller souvent à de brusques mouvements de colère dont les causes nous échappaient.

Nous le voyions rarement. Le Tibet avait connu une

période de troubles. En 1904, devant l'invasion anglaise, le Dalaï Lama s'était enfui en Mongolie, en laissant à mon père et aux autres membres du cabinet le soin de gouverner pendant son absence. En 1909, il était revenu après un séjour à Pékin. En 1910, les Chinois, encouragés par le succès de l'invasion anglaise, prirent Lhassa d'assaut. De nouveau, le Dalaï Lama se retira, mais cette fois aux Indes. Les Chinois furent chassés de Lhassa en 1911, au moment de la révolution chinoise, mais non sans avoir eu le temps de commettre des crimes affreux contre notre peuple.

En 1912, le Dalaï Lama était de retour dans sa capitale. Pendant toute son absence, à cette époque extrêmement difficile, mon père avait assumé avec ses collègues du Cabinet l'entière responsabilité du gouvernement : Mère disait souvent que cette responsabilité l'avait marqué pour toujours. Il est certain qu'il n'avait pas le temps de s'occuper de ses enfants et qu'il ne nous a jamais accordé d'affection. Je paraissais avoir le don de l'irriter particulièrement et Tzu, déjà peu indulgent de nature, était chargé de me faire « obéir de gré ou de force », selon l'expression paternelle.

Tzu prenait mes insuffisances en matière d'équitation pour autant d'insultes personnelles. Au Tibet, les enfants des classes supérieures apprennent à monter à cheval avant même de pouvoir marcher! Être un bon cavalier est essentiel dans un pays où il n'y a pas de voiture et où tous les voyages se font soit à pied, soit à cheval. Les nobles s'entraînent heure après heure, jour après jour. Debout sur leur étroite selle de bois, et leur cheval au galop, ils sont capables de tirer sur des cibles mobiles au fusil ou à l'arc.

Il arrive parfois que des cavaliers entraînés galopent dans les plaines par formations entières et changent de monture en sautant d'une selle à l'autre. Et moi qui, à quatre ans, éprouvais de la difficulté à rester sur une seule selle!

Mon poney, Nakkim, avait de longs poils et une grande queue. Sa tête étroite était le siège d'une vive intelligence. Il connaissait un nombre étonnant de façons de désarçonner un cavalier peu sûr de lui. Un de ses tours favoris consistait à partir en un court galop et à s'arrêter pile en baissant la tête. Au moment où, bien malgré moi, je glissais en avant sur son encolure, il relevait brusquement la tête et j'accomplissais un saut périlleux complet avant de tomber lourdement sur le sol. Après quoi, Nakkim me regardait de haut d'un air plein de suffisance.

Les Tibétains ne pratiquent jamais le trot; les poneys en effet sont tellement petits que les cavaliers auraient l'air ridicule. La plupart du temps, ils vont à l'amble, ce qui est bien assez rapide, tandis que le galop est réservé à l'entraînement.

Le Tibet était un État théocratique. « Le progrès » du monde extérieur ne nous intéressait pas. Nous voulions seulement pouvoir méditer et surmonter les limites de notre enveloppe charnelle. Depuis longtemps, nos Sages avaient compris que nos richesses excitaient la convoitise de l'Occident et ils savaient que l'arrivée des étrangers dans notre pays ferait fuir la paix. L'invasion communiste a prouvé qu'ils avaient raison.

Notre maison était située à Lhassa, dans le quartier élégant de Lingkhor, au bord de la route qui entoure la ville, et à l'ombre de la Cime (1). Il existe trois routes concentriques et celle qui se trouve à l'extérieur, Lingkhor, est bien connue des pèlerins.

Comme toutes les maisons de Lhassa, à l'époque de ma naissance, la nôtre n'avait que deux étages dans sa partie faisant face à la route. Il était interdit de dépasser cette hauteur, car personne ne devait abaisser son regard sur le Dalaï Lama. Mais comme cette interdiction ne s'appliquait effectivement qu'à l'occasion de la procession annuelle, de nombreux Tibétains élevaient sur le toit plat de leurs demeures une construction en bois aisément démontable, qu'ils utilisaient pratiquement pendant onze mois.

(1) Nom que les Tibétains donnent parfois à la lamaserie-palais du Potala (N.d.t.).

Notre maison était une vieille construction de pierre; elle avait la forme d'un carré, bâti autour d'une immense cour intérieure. Nos animaux vivaient au rez-de-chaussée; nous occupions les étages. Nous avions la chance d'avoir un escalier de pierre à notre disposition; la plupart des maisons tibétaines ont des échelles, tandis que les paysans se servent d'une perche entaillée dont l'usage peut être fatal aux tibias! Ces perches en effet deviennent terriblement glissantes à l'usage, car les mains couvertes de beurre de yak les enduisent de graisse et tout paysan distrait se trouve rapidement ramené au rez-de-chaussée.

En 1910, lors de l'invasion chinoise, notre maison avait été en partie détruite et notamment les murs intérieurs. Père avait fait reconstruire quatre étages. Comme ils ne donnaient pas sur l'Anneau (1), nous ne pouvions pas abaisser nos regards sur le Dalaï Lama lors de la procession; de sorte que personne ne songea à protester.

La porte qui donnait sur notre cour centrale était lourde et noircie par les ans. Les envahisseurs chinois n'avaient pas été capables de forcer ses poutres solides : aussi avaient-ils abattu un pan de mur.

De son bureau installé juste au-dessus de cette porte l'intendant surveillait les entrées et les sorties. C'est lui qui engageait — et qui renvoyait — les domestiques et qui veillait au bon fonctionnement de la maisonnée. Quand les trompettes des monastères saluaient la fin du jour, les mendiants de Lhassa se présentaient à sa fenêtre pour recevoir de quoi subsister pendant la nuit. Tous les nobles pourvoyaient ainsi aux besoins des pauvres de leurs quartiers. Souvent, il venait aussi des prisonniers enchaînés car les prisons étaient rares et ils parcouraient les rues en demandant l'aumône.

Au Tibet, les condamnés ne sont ni méprisés ni traités en parias. Nous savions que la plupart d'entre nous auraient été à leur place — si on nous avait attrapés — de sorte que les malchanceux étaient raisonnablement traités.

(1) L'Anneau : la route de Lingkhor (N.d.t.).

Deux moines vivaient dans des chambres situées à droite de la pièce de l'Intendant; c'étaient les chapelains qui priaient quotidiennement le ciel d'approuver nos activités. Les membres de la petite noblesse n'avaient qu'un seul chapelain; notre situation sociale exigeait que nous en eussions deux. Ils étaient consultés avant tout événement important et il leur était demandé de solliciter par leurs prières la faveur des dieux. Tous les trois ans, ils retournaient dans leurs lamaseries et d'autres prenaient leur place.

Dans chacune des ailes était installée une chapelle où des lampes à beurre brûlaient jour et nuit devant un autel en bois sculpté. Les sept bols d'eau sacrée étaient nettoyés et remplis plusieurs fois par jour. Il fallait qu'ils soient propres car les dieux pouvaient avoir envie de venir boire. Les chapelains étaient bien nourris — ils mangeaient comme nous — afin que leurs prières soient plus ardentes et que les dieux sachent que notre nourriture était bonne.

A gauche de l'Intendant, vivait l'expert juridique qui devait veiller à ce que la maison fût tenue comme l'exigeaient les convenances et les lois. Les Tibétains sont très respectueux des règlements et pour l'exemple, Père était tenu de se conduire comme un citoyen modèle.

Mon frère Paljôr, ma sœur Yasodhara et moi habitions dans la partie neuve de la maison, celle qui était la plus éloignée de la route. A gauche se trouvait notre chapelle et à droite une salle de classe qui servait également aux enfants des serviteurs. Les leçons étaient aussi longues que variées.

Paljôr n'habita pas son corps longtemps. Il était trop faible pour s'adapter à la vie difficile qui nous était imposée. Avant d'avoir atteint sa septième année, il nous avait quittés pour retourner au Pays des Mille Temples. Yaso avait alors six ans et moi quatre. Je le revois encore, gisant, comme une écorce vide, le jour où les hommes de la mort sont venus le chercher. Et je me souviens aussi comment ils ont emmené son corps avec eux pour le briser et l'offrir aux vautours comme l'exigeait la coutume.

Quand je devins l'héritier de la famille, mon éducation

fut poussée. A quatre ans, j'étais un bien médiocre cavalier. Père, déjà le plus strict des hommes, veilla en sa qualité de prince de l'Église à ce que je sois soumis à une discipline de fer qui serve d'exemple à l'éducation des autres.

Dans mon pays, plus un garçon est d'un rang élevé et plus son éducation est sévère. Certains nobles commençaient à être partisans d'une discipline moins rigoureuse pour les enfants; mais pas mon père dont l'opinion peut se résumer ainsi : un enfant pauvre n'ayant aucun espoir de mener plus tard une vie confortable, il convient de le traiter avec bonté et considération, pendant qu'il est jeune. Les petits aristocrates, au contraire, peuvent espérer jouir à l'âge adulte de tout le confort que donne la fortune; il faut donc les mener avec une brutalité extrême pendant leur enfance pour qu'en faisant l'apprentissage de la souffrance, ils apprennent à avoir des égards pour les autres. Telle était également l'attitude officielle du gouvernement. Ce système était fatal aux enfants délicats, mais ceux qui ne mouraient pas pouvaient résister à n'importe quoi!

Tzu occupait une pièce au rez-de-chaussée, près de l'entrée principale. Après avoir eu l'occasion pendant des années de voir toutes sortes de gens en sa qualité de moine-policier, il supportait mal de vivre retiré du monde, loin de ce qui avait été sa vie. Près de sa chambre étaient installées les étables où mon père gardait ses vingt chevaux, ses poneys et ses animaux de trait.

Les palefreniers haïssaient Tzu pour son zèle et son habitude de se mêler de leurs affaires. Quand Père partait à cheval, six hommes armés devaient l'escorter. Ces hommes étaient en uniforme et Tzu était toujours sur leur dos pour s'assurer que leur tenue était impeccable.

Pour une raison qui m'échappe, ces six hommes avaient l'habitude d'aligner leurs montures le dos à un mur et de galoper vers mon père dès que celui-ci apparaissait sur son cheval. Je m'étais aperçu que si je me penchais par la fenêtre d'un grenier un des cavaliers était à ma portée. Un jour donc où je n'avais rien à faire, je passai avec mille précautions une corde dans sa large ceinture de cuir pendant qu'il vérifiait son équipement. Je nouai ensuite les deux bouts et je fixai la corde à un crochet à l'intérieur du grenier, tout ceci passant inaperçu au milieu de l'affairement général et du brouhaha. Quand Père apparut, les cavaliers se précipitèrent vers lui... sauf le sixième qui retenu par la corde tomba de cheval, en criant que les démons l'avaient pris dans leurs griffes.

Sa ceinture céda et dans la confusion qui s'ensuivit, je réussis à tirer la corde et à disparaître sans me faire prendre. Plus tard, j'éprouvai un vif plaisir à dire à ma victime :

— Alors, Netuk, tu n'es pas capable de rester en selle, toi non plus ?

Les journées étaient dures car nous étions debout dix-huit heures sur vingt-quatre. Les Tibétains pensent qu'il n'est pas sage de dormir quand il fait jour, car les démons de la lumière pourraient s'emparer du dormeur. C'est ainsi qu'on prive de sommeil même les tout petits bébés afin qu'ils ne soient pas « possédés ». Il en va de même pour les malades, qu'un moine est chargé de tenir éveillés. Personne n'est épargné... les moribonds eux-mêmes doivent être maintenus dans un état conscient le plus longtemps possible pour qu'ils puissent reconnaître la bonne route, celle qui leur permettra d'arriver dans l'autre monde, sans se perdre dans les confins de l'au-delà.

A l'école, nous avions au programme l'étude du chinois et des deux variétés de tibétain : la langue ordinaire et la langue honorifique. La première était utilisée pour parler aux domestiques et aux personnes d'un rang inférieur, et la seconde dans les rapports avec les gens d'un rang égal ou supérieur. Elle était même de règle pour adresser la parole au cheval d'un homme plus noble que soi ! Tout serviteur rencontrant notre autocratique chatte traversant majestueusement la cour pour se rendre à ses mystérieuses affaires n'aurait pas manqué de lui parler ainsi :

— L'honorable Puss Puss daignera-t-elle venir avec moi et accepter de boire ce lait indigne d'elle ?

Mais quelle que soit la langue employée, l'honorable Puss Puss n'en faisait jamais qu'à sa tête!

Notre salle de classe était très grande. Cette pièce qui servait autrefois de réfectoire pour les moines en visite à la maison avait été transformée, après la construction des nouveaux bâtiments, en une école où étaient instruits tous les enfants de la maison, une soixantaine environ. Nous nous asseyions sur le sol, les jambes croisées, devant une table ou un long banc haut d'un demi-mètre, le dos toujours tourné au professeur de sorte que nous ne savions jamais s'il nous regardait. Il nous faisait travailler dur sans nous accorder un instant de répit.

Le papier du Tibet, fait à la main, coûte cher, beaucoup trop cher pour être gâché par des enfants. Nous nous servions donc de grandes ardoises plates mesurant environ trente centimètres sur trente-cinq. En guise de crayon, nous utilisions des morceaux de craie dure qu'on trouvait dans les collines de Tsu La, situées à quatre mille mètres au-dessus de Lhassa, laquelle est déjà à l'altitude de quatre mille mètres au-dessus du niveau de la mer.

J'essayais de me procurer des craies rouges tandis que ma sœur Yaso raffolait des mauves. Nous avions à notre disposition un grand nombre de couleurs : rouge, jaune, bleu et vert. Certaines couleurs, je crois, étaient dues à la présence de filons métalliques dans les gisements de craie. Quoi qu'il en soit, nous étions très contents de pouvoir nous en servir.

L'arithmétique me donnait bien des soucis. Sachant que sept cent quatre-vingt-trois moines boivent chacun deux bols de tsampa par jour et que la contenance d'un bol est de trente-cinq centilitres, quelles dimensions devrait avoir un tonneau pour contenir la quantité de tsampa nécessaire pendant une semaine? Yaso trouvait les solutions comme en se jouant. Quant à moi... disons que j'étais loin d'être aussi brillant.

J'étais plus à l'aise pendant les séances de gravure, une matière du programme que j'aimais et dans laquelle j'obtenais de résultats honorables. Toute l'imprimerie au Tibet se faisant à l'aide de plaques de bois gravé, la gravure était considérée comme un art particulièrement utile. Les enfants ne pouvaient avoir du bois pour leurs exercices : ils l'auraient gâché et comme il devait être importé des Indes, il coûtait cher. Celui du Tibet était trop dur et son grain le rendait inutilisable. Nous nous servions donc d'une sorte de pierre de savon, qu'il était facile de découper avec un couteau bien aiguisé. Parfois, nous utilisions de vieux fromages de yak!

Un exercice qui n'était jamais oublié : la récitation des Lois. Nous devions les réciter dès notre entrée en classe et une nouvelle fois avant d'être autorisés à la quitter.

Voici ces Lois :

Rends le bien pour le bien.

Ne combats pas les pacifiques.

Lis les textes sacrés et comprends-les.

Aide ton prochain.

La Loi est dure aux riches pour leur enseigner la compréhension et l'équité.

La Loi est douce aux pauvres pour les consoler.

Paie tes dettes sans attendre.

Afin qu'il nous soit tout à fait impossible de les oublier, ces lois étaient écrites sur des panneaux fixés aux quatre murs de la classe.

Notre vie n'était cependant pas placée entièrement sous le signe de l'étude et de l'austérité! Nous nous livrions à nos jeux avec autant d'acharnement qu'au travail. Ceux-ci étaient conçus pour nous endurcir et nous rendre capables de supporter le climat du Tibet qui est extrêmement rigoureux par suite des écarts de température. C'est ainsi qu'à midi, en été, elle peut atteindre quatre-vingt-cinq degrés Fahrenheit pour descendre au cours de la nuit jusqu'à quarante degrés au-dessous de zéro. En hiver, il faisait souvent beaucoup plus froid encore.

Le tir à l'arc, excellent pour le développement des muscles, nous amusait beaucoup. Nos arcs étaient faits en bois d'if, importé des Indes; parfois, nous fabriquions des arbalètes avec le bois du pays. En bons Bouddhistes, nous ne tirions jamais sur des cibles vivantes. A l'aide d'une longue corde, des serviteurs invisibles levaient ou abaissaient une cible, sans nous prévenir. La plupart de mes camarades pouvaient faire mouche, tout en galopant sur leur poney. J'étais quant à moi incapable de rester en selle si longtemps! Pour le long saut à la perche, il en allait autrement, car alors, il n'y avait pas de cheval pour m'importuner. Nous courions aussi rapidement que possible en tenant une perche de cinq mètres; dès que notre vitesse était suffisante, nous sautions en prenant appui sur elle. Je disais souvent que mes camarades restaient trop longtemps en selle pour avoir de la force dans les jambes tandis que moi, bien obligé de me servir fréquemment des miennes, j'étais de première force dans ce genre d'exercice.

Le saut à la perche était très pratique pour franchir les rivières, et j'étais ravi de voir ceux qui essayaient de me suivre, plonger dans l'eau les uns après les autres.

Les échasses étaient un autre de nos passe-temps. Montés sur elles et déguisés, nous jouions aux géants, en nous livrant souvent des combats singuliers, le vaincu étant celui qui tombait le premier. Ces échasses étaient fabriquées à la maison : il n'était pas question d'en acheter à la première boutique du coin. Pour obtenir du Gardien des Magasins — c'est-à-dire d'habitude l'Intendant — des morceaux de bois faisant l'affaire, nous exercions toute la persuasion dont nous étions capables. Il fallait un bois d'un grain spécial et absolument sans nœuds. Il fallait aussi d'autres morceaux de forme triangulaire pour servir de fourchons. Comme il s'agissait d'une matière trop rare pour être gaspillée, nous devions attendre l'occasion favorable et le moment le plus propice pour présenter nos demandes.

Les filles et les jeunes femmes jouaient avec une sorte de volant, un petit morceau de bois percé dans la partie supérieure d'un certain nombre de trous dans lesquels étaient fixées des plumes. Le jeu consistait à le faire voler en se servant seulement des pieds. Elles relevaient leurs jupes suffisamment haut pour être à l'aise et la partie se déroulait à coups de pied, toucher le volant avec la main entraînant une disqualification immédiate. Une fille adroite pouvait arriver à garder le volant en l'air pendant une dizaine de minutes, avant de rater un coup.

Mais au Tibet, ou tout au moins dans le district de U, qui est la division administrative de Lhassa, le jeu le plus populaire était celui des cerfs-volants, qu'on pourrait appeler notre sport national. Nous ne pouvions nous y adonner qu'à certaines époques. Des années auparavant, il avait été constaté que des cerfs-volants lâchés dans les montagnes provoquaient des torrents de pluie; on avait alors pensé que les dieux de la pluie s'étaient mis en colère, de sorte qu'il n'était permis de faire voler les cerfs-volants qu'à l'automne, qui est notre saison sèche. Certains jours, les hommes s'abstiennent de pousser des cris dans la montagne, car l'écho de leurs voix déterminerait une condensation trop rapide des nuages sursaturés d'humidité, venus des Indes, d'où de malencontreuses chutes de pluie.

Le premier jour de l'automne, un cerf-volant solitaire était lancé du toit du Potala. En quelques minutes, d'autres appareils de toutes les formes, toutes les dimensions et toutes les couleurs imaginables faisaient leur apparition dans le ciel de Lhassa où ils viraient et sautaient au gré de la forte brise.

J'adorais ce jeu et je m'arrangeais toujours pour que le mien soit un des premiers à s'envoler. Tous les enfants fabriquaient leurs appareils eux-mêmes, le plus souvent avec une carcasse de bambou recouverte d'une jolie soie. Nous obténions sans difficulté un matériel de bonne qualité car l'honneur de la maison était en jeu. Ils avaient la forme d'une boîte à laquelle nous attachions souvent la tête, les ailes et la queue d'un dragon à l'air féroce.

Des batailles s'engageaient au cours desquelles nous nous efforcions de faire tomber les jouets de nos rivaux. Pour cela, nous fixions des tessons sur nos cerfs-volants et nous enduisions nos cordes d'un mélange de colle et d'éclats de verre; après quoi, il ne nous restait plus qu'à espérer couper la corde de l'ennemi et ainsi capturer son appareil.

Parfois, la nuit tombée, nous sortions furtivement et nous les faisions voler après avoir placé de petites lampes à beurre à l'intérieur de la tête et du corps. Avec de la chance, les yeux de nos dragons se mettaient à rougeoyer et leurs corps multicolores se détachaient sur le ciel sombre de la nuit. Nous aimions particulièrement ce jeu quand les grandes caravanes de yaks du district de Lho-dzong étaient attendues à Lhassa. Nous pensions dans notre candeur naïve que les caravaniers, ces « indigènes ignorants », n'avaient jamais entendu parler dans leur lointain pays d'inventions aussi « modernes » que nos cerfs-volants; aussi étions-nous résolus à leur faire une peur bleue.

Un de nos trucs consistait à mettre dans le cerf-volant trois coquillages différents, disposés de telle manière que le vent leur faisait rendre un gémissement surnaturel. Pour nous, ce gémissement était celui des dragons au souffle de feu poussant des cris stridents dans la nuit et nous espérions qu'il aurait sur les marchands un effet décisif. Nous imaginions ces hommes étendus sur leurs lits, saisis par la peur, tandis que nos dragons sautaient au-dessus de leurs têtes, et de délicieux frissons nous parcouraient l'épine dorsale.

Je l'ignorais à l'époque, mais ces jeux devaient m'être d'une grande utilité plus tard quand je volai réellement *dans* des cerfs-volants. Ce n'était alors qu'un jeu, encore qu'un jeu excitant. Il en existait un autre qui aurait pu être dangereux. Nous fabriquions de grands modèles de deux à trois mètres carrés, avec des ailes saillantes de chaque côté, que nous posions au bord d'un ravin, où soufflait un courant ascendant particulièrement puissant. Puis, un bout de la corde enroulé autour de la taille, nous faisions galoper nos poneys aussi vite qu'ils y consentaient. Le cerf-volant, prenant brusquement son essor, s'élevait de plus en plus haut jusqu'au moment où il rencontrait le courant. Une secousse et le cavalier soulevé de sa selle faisait peut-être trois mètres dans les airs avant de redescendre lentement, en se balançant au bout de la corde.

De pauvres diables étaient presque écartelés pour avoir oublié de déchausser leurs étriers, mais moi qui n'étais jamais à l'aise sur un cheval, je pouvais toujours tomber, et être ainsi soulevé me procurait un vif plaisir. Je découvris même, tant j'étais stupidement aventureux, qu'en tirant brusquement sur la corde au moment où je m'élevais, je gagnais de la hauteur et que cette manœuvre judicieusement répétée prolongeait mon vol de quelques secondes.

Une fois, je tirai sur la corde avec un enthousiasme extrême; le vent se mit de la partie et je fus transporté sur le toit d'une maison de paysan où étaient entreposées les réserves de combustible pour l'hiver.

Nos paysans vivent dans des maisons dont les toits sont plats. Un petit parapet sert à retenir les bouses de yak, qui une fois séchées sont utilisées pour le chauffage.

La maison en question était construite en briquettes de boue séchée, et non en pierre comme la plupart des autres et n'avait pas de cheminée : un trou dans le toit permettait à la fumée de s'échapper. En arrivant brusquement au bout de ma corde, je déplaçai les bouses, dont la plus grande partie, tandis que j'étais traîné à travers le toit, dégringola à l'intérieur de la maison sur la tête de ses infortunés habitants.

On ne me trouva pas sympathique. Salué par des cris de fureur quand j'apparus à la suite du combustible, je reçus d'abord une raclée des mains du paysan, hors de lui, avant d'être traîné devant Père pour une autre dose de médecine corrective. Cette nuit-là, je dormis sur le ventre!

Le lendemain, on m'imposa la tâche peu ragoûtante de ramasser des bouses dans les étables et d'aller les ranger sur le toit du paysan, dur travail pour un petit garçon qui n'avait pas encore six ans. Mais à part moi, tout le monde fut content. Mes camarades s'étaient payé une pinte de bon sang à mes dépens, le paysan avait deux fois plus de combustible qu'avant et mon père avait montré combien il était sévère et juste. Et moi? Eh bien, je passai encore une nuit sur le ventre, et mes douleurs n'avaient aucun rapport avec l'équitation!

On pensera peut-être que j'étais traité de façon bien impitoyable, mais il n'y a pas de place au Tibet pour les faibles. Lhassa, à quatre mille mètres au-dessus du niveau de la mer, connaît de très grands écarts de température. D'autres régions plus élevées ont un climat encore plus rude; des natures délicates pourraient mettre en péril la vie des autres. C'est pour cette raison, et non pas par cruauté, que notre éducation était si sévère.

Dans les hautes régions, les gens baignent les nouveau-nés dans des torrents glacés afin de voir s'ils sont assez résistants pour avoir le droit de vivre. Il m'est arrivé souvent de voir de petites processions gagner un torrent, à une altitude dépassant peut-être six mille mètres. Arrivée au bord, la procession fait halte; la grand-mère prend le bébé dans ses bras et la famille, le père, la mère et les proches parents s'assemblent autour d'elle. Une fois le bébé déshabillé, la grand-mère se penche et plonge dans l'eau le petit corps dont on ne voit plus que la tête. Sous le froid aigu, le bébé devient rouge, puis bleu; ses cris s'arrêtent, il ne proteste plus. Il paraît mort, mais grand-mère a une profonde expérience de ce genre de choses et elle le retire de l'eau, l'essuie et l'habille. Survit-il? C'est que les dieux en ont ainsi décidé. S'il meurt, ce sont bien des souffrances ultérieures qui lui auront été épargnées. On ne peut agir avec plus de bonté sous un climat aussi rude. Il ne faut pas d'incurables dans un pays où l'assistance médicale est insuffisante : la mort de quelques bébés est de beaucoup préférable.

Quand mon frère mourut, il devint nécessaire de me pousser dans mes études. A sept ans en effet, je devais commencer à préparer ma carrière. Laquelle? Il appartiendrait aux astrologues de le dire. Car tout chez nous, depuis l'achat d'un yak jusqu'au choix d'une carrière, dépendait de leur décision. Le moment approchait où, juste avant mon septième anniversaire, mère donnerait une réception monstre au cours de laquelle nobles et autres hauts personnages seraient invités à écouter les prédictions des astrologues.

Mère était incontestablement grassouillette. Elle avait une figure ronde et des cheveux noirs. Les Tibétaines portent sur la tête une sorte de forme de bois, au-dessus de laquelle elles tressent leurs cheveux de la manière la plus décorative possible. Ces formes, souvent en laque écarlate, incrustées de pierres semi-précieuses et recouvertes de jade ou de corail étaient des objets finement travaillés. Avec une chevelure bien huilée, l'effet était des plus réussis.

Les robes tibétaines sont très gaies : les rouges, les verts et les jaunes y dominent. La plupart du temps, les femmes portent un tablier d'une couleur unie, à l'exception d'une bande horizontale dont la teinte est choisie pour former un harmonieux contraste. A l'oreille gauche, elles ont une boucle dont les dimensions varient selon le rang. Mère, qui appartenait à l'une des familles dirigeantes, en avait une qui mesurait plus de quinze centimètres.

Nous sommes partisans d'une égalité absolue entre les sexes. Mais pour ce qui était de diriger la maison, Mère ne se contentait pas de l'égalité. Dictateur à l'autorité indiscutée, véritable autocrate, elle savait ce qu'elle voulait et elle l'obtenait toujours.

Dans l'agitation et l'émoi provoqués par la préparation de la réception, elle était véritablement dans son élément. Il fallait organiser, donner des ordres, imaginer des plans pour « snober » les voisins. Elle y excellait, car ses nombreux voyages en compagnie de mon père aux Indes, à Pékin et à Shangaï lui permettaient d'avoir à sa disposition une masse d'idées « exotiques ».

Une fois la date de la réception fixée, les moines-scribes écrivirent avec soin les invitations sur le papier épais, fabriqué à la main, qui servait aux communications de la plus haute importance. Chaque invitation mesurait à peu près trente centimètres de large sur soixante de long et était cachetée du sceau du père de famille. Mère y opposait également le sien en raison de son appartenance à la haute société. En ajoutant celui qu'ils possédaient en commun, on arrivait à un total de trois. L'ensemble formait un document des plus imposants. Que je sois la cause de tous ces chichis me faisait trembler. J'ignorais que mon importance était au fond secondaire par rapport à l'Événement Social. Si l'on m'avait dit que la magnificence de la réception ferait beaucoup d'honneur à mes parents, je n'aurais rien compris. Aussi continuai-je à être terrifié.

Des messagers avaient été spécialement engagés pour porter les invitations. Chacun montait un pur-sang et avait à la main un bâton terminé par une fente dans laquelle était placée l'invitation, sous une reproduction des armes de la famille. Chaque bâton était décoré de prières imprimées qui volaient au vent.

Quand nos hommes se préparèrent à partir, la cour fut la scène d'un désordre indescriptible. Les serviteurs étaient enroués à force de crier, les chevaux hennissaient, les grands dogues noirs aboyaient comme s'ils étaient enragés. Après une dernière rasade de bière, les cavaliers posèrent bruyamment leurs chopes; pendant ce temps les lourdes portes avaient été ouvertes avec fracas et la troupe partit au galop en poussant des hurlements sauvages.

S'ils portent des messages écrits, nos courriers transmettent également une version orale dont le contenu peut être fort différent. Dans les anciens temps, des bandits leur tendaient des embuscades et se servaient de leurs lettres pour attaquer, par exemple, une maison mal défendue ou une procession. Il devint alors courant d'écrire des messages délibérément faux pour les attirer à leur tour dans des traquenards. Cette vieille coutume du double message, l'un écrit et l'autre oral, était une survivance du passé. Il arrive, même à notre époque, que leur contenu soit différent; dans ce cas, la version orale est toujours tenue pour seule valable.

Quel remue-ménage à l'intérieur de la maison! Quelle agitation! Les murs étaient nettoyés et repeints, les plafonds grattés et les parquets de bois tellement cirés qu'il devenait périlleux de marcher dessus. Les autels des pièces principales furent astiqués et recouverts d'une couche de laque. Un grand nombre de nouvelles lampes à beurre furent mises en service; les unes étaient en or et les autres en argent, mais elles furent tellement astiquées qu'il était impossible de les distinguer entre elles. Mère et l'Intendant ne cessaient de courir dans la maison, critiquant, donnant des ordres, et d'une façon générale harcelant impitoyablement les domestiques. Nous avions plus de cinquante serviteurs à notre service et d'autres avaient été engagés pour la réception. Aucun ne resta inactif et tous travaillèrent avec zèle. La cour même fut grattée jusqu'à ce que les dalles brillent comme si on venait de les apporter de la carrière. Pour achever de lui donner un air de fête, les espaces entre les dalles furent remplis d'un matériau de couleur. Quand tout fut fini, ma mère convoqua les malheureux domestiques et leur donna l'ordre de ne porter que des vêtements immaculés.

Dans les cuisines régnait une activité débordante; on y préparait de quoi manger en énormes quantités! Le Tibet est un Frigidaire naturel et la nourriture, une fois préparée, peut-être conservée presque indéfiniment, tant le climat est froid et sec. Même quand la température s'élève, la sécheresse empêche les denrées de pourrir. C'est ainsi que la viande peut être conservée pendant une année tandis que le blé se garde pendant des siècles.

Les Bouddhistes ne tuant jamais, la seule viande à notre disposition provenait des animaux victimes d'une chute dans les montagnes ou tués par accident. Nos garde-manger en étaient pleins. Il existe des bouchers au Tibet, mais les familles orthodoxes n'ont aucun rapport avec eux car ils appartiennent à une caste « intouchable ».

Mère avait décidé de traiter ses invités de façon aussi originale que somptueuse, et de leur offrir notamment des confitures de fleurs de rhododendron. Des semaines auparavant, des serviteurs étaient partis à cheval jusqu'au pied de l'Himalaya où se trouvent les fleurs les plus belles. Chez nous les rhododendrons atteignent une taille gigantesque et il existe une extraordinaire variété de couleurs et de parfums. On choisit les fleurs qui ne sont pas encore complètement épanouies et on les lave avec mille précautions. Il suffit en effet d'une fleur un peu écrasée pour que la confiture soit ratée. Chaque fleur est ensuite mise à macérer dans un grand bocal de verre, rempli d'eau et de miel, que l'on scelle en veillant à ce que l'air ne pénètre pas. Chaque jour pendant les semaines qui suivent, le bocal est exposé au soleil et tourné à intervalles réguliers afin que toutes les parties de la fleur puissent recevoir la lumière qui leur est nécessaire. La fleur grandit lentement et se remplit du suc produit par le mélange de l'eau et du miel. Certains aiment la laisser à l'air quelques jours avant de la manger pour qu'elle sèche et deviennent légèrement croustillante, sans perdre de son arôme ou de son éclat. Ces mêmes gens saupoudrent les pétales d'un peu de sucre pour imiter la neige. Toutes ces dépenses firent grogner mon père. « Nous aurions pu acheter six yaks avec leurs veaux pour le prix de ces jolies fleurs », dit-il à ma mère qui eut une réponse bien féminine : « Ne soyez pas stupide, répliqua-t-elle. Notre réception doit être réussie et de toute façon ces dépenses ne regardent que *moi.* »

L'aileron de requin importé de Chine était un autre mets délicat, qu'on servait en soupe après l'avoir découpé. Quelqu'un a dit que cette soupe « était le sommet de l'art gastronomique ». Moi, je la trouvais affreusement mauvaise. J'étais au supplice quand il me fallait l'avaler : le requin arrivait dans un tel état au Tibet que son premier propriétaire aurait été incapable de le reconnaître! Disons, pour être modéré, qu'il était un peu « avancé », ce qui au goût de certains semblait le rendre encore meilleur.

Les jeunes pousses de bambou, elles aussi importées de Chine, me paraissaient succulentes : c'était mon plat favori. Il existait plusieurs façons de les cuire mais je les préférais crues avec un soupçon de sel. Je choisissais toujours les jeunes bourgeons jaunes et verts et c'est ainsi que de nombreuses pousses furent décapitées avant de passer à la casserole. Comment? Le cuisinier s'en doutait bien, mais il n'avait pas de preuves. Dommage vraiment, car lui aussi les préférait crues.

Au Tibet, la cuisine est faite par les hommes; les femmes ne valent rien pour ce qui est de préparer la tsampa ou de faire correctement les mélanges. Elles prennent une poignée de ceci, pétrissent un morceau de cela et assaisonnent en espérant que tout ira bien. Les hommes sont plus consciencieux, se donnent plus de peine et sont par conséquent de meilleurs cuisiniers. Pour balayer et bavarder les femmes sont parfaites et bien entendu pour un nombre limité d'autres choses. Mais pas pour la tsampa.

Ce plat constitue la base de notre alimentation. Certains Tibétains vivent de tsampa et de thé pendant toute leur vie depuis leur premier repas jusqu'au dernier. Elle est faite avec de l'orge qui est mise à griller jusqu'à ce qu'elle devienne croustillante et d'un joli brun doré. Les grains sont concassés pour en extraire la farine qui est grillée à son tour, et placée dans un bol où l'on verse du thé au beurre chaud. On remue ensuite le mélange pour lui donner la consistance d'une galette. Sel, borax et beurre de yak sont ajoutés selon les goûts. Ce qui en résulte et qui est la tsampa peut être roulé et découpé en tranches, servi en beignets ou même moulé de façon très décorative. Sans rien pour l'accompagner, c'est une nourriture qui manque de variété, mais qui sous une forme compacte et concentrée constitue une alimentation suffisante pour vivre à toutes les altitudes et dans n'importe quelles conditions.

Certains domestiques préparaient la tsampa, d'autres faisaient le beurre, selon des méthodes qu'il est impossible de recommander au point de vue de l'hygiène. De grands sacs en peau de bouc, le poil tourné à l'intérieur, servaient de barattes. Ils étaient remplis de lait de yak ou de chèvre. Pour éviter les fuites, le haut de ces sacs était serré, plié et solidement ficelé. Ils étaient ensuite vigoureusement secoués jusqu'à ce que le beurre soit fait. Nous avions un emplacement réservé à cette opération, où se trouvaient des bosses de pierre hautes de trente centimètres environ.

Après avoir rempli les sacs, on les laissait tomber sur ces bosses, ce qui avait pour effet de « baratter » le lait. Il était fastidieux de voir et d'entendre nos serviteurs, une dizaine peut-être, accomplir la même opération pendant des heures. Ils prenaient leur respiration : « Oh! oh! » en levant les sacs et ceux-ci s'écrasaient sur les bosses avec un bruit mou :

« zunk ». Parfois un sac manipulé maladroitement ou trop vieux éclatait. Je me souviens d'un homme vraiment très vigoureux qui aimait à faire étalage de la puissance de ses muscles. Il travaillait deux fois plus vite que les autres, et l'effort faisait saillir les veines de son cou. Quelqu'un lui dit un jour : « Tu vieillis, Timon, tu travailles moins vite. » Avec un grognement de colère, Timon empoigna un sac par le haut, le souleva de ses mains puissantes et le laissa tomber. Mais il fut trahi par sa force : il tenait encore le haut quand le fond tomba en plein sur une bosse. Une colonne de beurre à moitié liquide jaillit et elle arriva directement sur le visage d'un Timon frappé de stupéfaction, qui en eut plein la bouche, les yeux, les oreilles et les cheveux. Cinquante à soixante litres de beurre dégoulinaient le long de son corps, le recouvrant d'une mélasse dorée.

Mère, attirée par le bruit, entra précipitamment. C'est la seule fois de ma vie où je l'ai vue réduite au silence. Fut-elle furieuse de voir tant de beurre perdu ? Pensa-t-elle que le pauvre diable allait étouffer ? Toujours est-il qu'elle prit le sac éventré et s'en servit pour le frapper sur la tête. L'infortuné Timon glissa sur le sol et s'étala dans une mare de beurre.

Des serviteurs maladroits comme Timon pouvaient gâcher le beurre. Un peu de négligence en laissant tomber les sacs, et les poils se détachaient de la peau et se mêlaient au lait. Si tout le monde trouvait normal de devoir retirer du beurre une ou deux douzaines de poils, des touffes entières faisaient mauvais effet. Le beurre raté était mis de côté pour être brûlé dans les lampes ou donné aux mendiants qui le filtraient à l'aide d'un chiffon après l'avoir chauffé. On leur gardait aussi les « erreurs » des cuisiniers. Quand une maison voulait faire connaître aux voisins le luxe de sa table, les mendiants recevaient des « erreurs » qui étaient en fait des plats admirablement préparés. Après quoi, ces messieurs, l'âme satisfaite, l'estomac bien rempli, allaient raconter ailleurs comment ils venaient de se régaler. A leur tour, les voisins ne pouvaient faire moins que de leur offrir un repas de tout premier ordre. Il y a beaucoup à dire en faveur de la vie de nos mendiants.

Ils ne sont jamais dans le besoin; bien plus, ils ont des « trucs de métier » qui leur permettent de vivre confortablement.

Mendier n'a rien de honteux dans la plupart des pays orientaux. De nombreux moines vont de lamaserie en lamaserie en demandant l'aumône. C'est une pratique admise qui n'est pas plus mal vue que, par exemple, les quêtes de bienfaisance dans d'autres pays. Nourrir un moine qui voyage est considéré comme une bonne action. Les mendiants, eux aussi, ont leur code. Si quelqu'un leur fait l'aumône, ils disparaissent et laissent passer un certain temps avant de se représenter devant le généreux donateur.

Les deux moines attachés à notre maison prirent leur part des préparatifs de la réception. Ils rendirent visite à tous les animaux dont le cadavre se trouvait dans nos garde-manger et prièrent pour le salut des âmes qui avaient habité ces corps. Car notre religion veut que quand un animal meurt — fût-ce dans un accident — les hommes qui le mangent deviennent ses débiteurs. Des dettes de ce genre sont payées par l'intermédiaire d'un prêtre qui est chargé de prier sur la dépouille de l'animal pour que celui-ci soit admis à une condition supérieure lors de sa prochaine réincarnation terrestre. Il y avait dans les lamaseries et dans les temples, des moines qui consacraient tout leur temps à dire des prières pour les animaux. Avant un long voyage, nos prêtres avaient le devoir de demander aux dieux de faire grâce à nos chevaux de toute fatigue exagérée. A ce propos, il faut signaler que ceux-ci ne sortaient jamais de l'écurie deux jours de suite. Si un cheval avait été monté un jour, il fallait qu'il se repose le lendemain. La règle était la même pour les bêtes de trait. Et elles le savaient bien. S'il arrivait qu'un cheval soit choisi pour être sellé et qu'il ait été utilisé la veille, il se contentait de rester sur place, en refusant de bouger. Une fois dessellé, il s'en allait en hochant la tête, comme pour dire : « Eh bien, je suis content qu'on ait mis un terme à cette injustice. » Les ânes étaient encore pires. Ils attendaient qu'on ait fini de les charger pour se coucher et essayer de se rouler sur leur bât.

Nous avions trois chats qui étaient continuellement « de

service ». L'un avait ses quartiers dans les écuries où il imposait une discipline de fer sur le peuple des souris. Celles-ci devaient être rudement malignes pour rester « souris » et n'être pas transformées en nourriture de chat! Un autre vivait dans la cuisine. C'était un vieux monsieur un peu simple. En 1904, sa mère effrayée par les canons de l'expédition Younghusband, l'avait prématurément mis au monde et il était le seul survivant de la portée. Il portait le nom judicieusement choisi de « Younghusband ». Le troisième était une respectable matrone qui habitait avec nous. C'était un véritable modèle des vertus maternelles qui faisait l'impossible pour que la population féline ne déclinât point. Quand l'éducation de ses enfants lui laissait des loisirs, elle allait de chambre en chambre à la suite de ma mère. Petite et noire, elle ressemblait à un squelette ambulant malgré son robuste appétit. Les animaux tibétains ne sont ni chouchoutés ni considérés comme des esclaves : ce sont des êtres qui ont une mission utile à remplir et qui possèdent des droits tout comme les humains. Selon le bouddhisme, tous les animaux, toutes les créatures en fait, ont une âme, et accèdent à des « échelons » supérieurs à chaque réincarnation.

Les réponses à nos invitations ne tardèrent pas à nous parvenir. Des cavaliers arrivaient au grand galop en brandissant le bâton fendu des messages. L'Intendant descendait alors de sa chambre pour rendre hommage au messager des nobles. Après avoir arraché le message du bâton, l'homme en donnait la version orale sans même reprendre haleine. Puis, il pliait les genoux et se laissait tomber sur le sol avec un sens exquis de la mise en scène : c'est qu'il avait tout donné de lui-même pour arriver à la maison des Rampa! Nos serviteurs jouaient leur rôle en l'entourant et en s'exclamant :

— Le pauvre, comme il est venu vite! C'est extraordinaire! Il s'est claqué le cœur, c'est certain. Pauvre et noble garçon.

Un jour, je me couvris de honte en mettant mon grain de sel dans la conversation.

— Oh, non, dis-je, il ne s'est pas du tout claqué le cœur!

Je l'ai vu se reposer tout près d'ici. Il prenait des forces pour un dernier galop!

La discrétion m'oblige à jeter un voile sur la scène pénible qui s'ensuivit.

Le grand jour arriva enfin, ce jour que j'appréhendais tant, car on allait décider de ma carrière sans me consulter. Les premiers rayons de soleil sortaient à peine de derrière les montagnes lointaines quand un serviteur fit irruption dans ma chambre :

— Comment? Pas encore levé, Mardi Lobsang Rampa? Ma parole, tu fais semblant de dormir. Il est quatre heures et nous avons beaucoup à faire. Allons debout!

Je repoussai ma couverture et me levai. Ce jour-là, allait s'ouvrir devant moi le chemin de ma vie.

Au Tibet, les enfants reçoivent deux noms dont le premier est celui du jour où ils sont nés. J'étais né un mardi, Mardi venait donc en tête suivi du prénom de Lobsang que m'avaient donné mes parents. Mais quand un garçon entre dans une lamaserie, il en reçoit un autre, qui est son « nom en religion ». En serait-il ainsi pour moi? Il faudrait attendre les prochaines heures pour le savoir. J'avais sept ans et je voulais être batelier pour tanguer et rouler sur les eaux du fleuve Tsang-Po, à soixante kilomètres de là. Mais une minute, s'il vous plaît... Le voulais-je vraiment? Après tout les bateliers sont d'une caste inférieure car leurs bateaux sont faits de peaux de yak fixées sur des carcasses de bois. Moi, batelier? Moi, appartenir à une caste inférieure? Non, vraiment! Je voulais être un professionnel du vol en cerf-volant. Oui, c'était beaucoup mieux d'être libre comme l'air, beaucoup mieux que de se trouver dans un dégradant petit esquif de peau, entraîné par un torrent tumultueux! Un spécialiste du cerf-volant, voilà ce que je serai et je fabriquerai de merveilleux appareils aux têtes immenses et aux yeux étincelants. Mais aujourd'hui, les prêtres-astrologues allaient avoir la parole. Peut-être avais-je trop attendu : il était trop tard pour sauter par la fenêtre et m'échapper : Père aurait tôt fait d'envoyer des hommes à ma poursuite qui me ramèneraient à la maison. Après tout, j'étais un Rampa et je devais me conformer à la tradition. Qui sait ? Les astrologues allaient peut-être dire que j'étais né pour voler en cerf-volant. Je ne pouvais qu'attendre et espérer.

2

FIN DE MON ENFANCE

— Oh Yulgye, tu m'arraches les cheveux! Arrête où je serai chauve comme un moine.

— Du calme, Mardi Lobsang. Ta natte doit être droite et bien beurrée, sinon ton Honorable Mère aura ma peau.

— Ne sois pas si brutal, Yulgye, tu me tords le cou!

— Peu importe, je suis pressé.

J'étais assis sur le sol, et un serviteur brutal me « remontait » en se servant de ma natte comme d'une manivelle! Finalement, l'horrible chose devint aussi raide qu'un yak gelé et aussi brillante qu'un clair de lune sur un lac.

Mère était comme un tourbillon; elle se déplaçait si vite dans la maison que j'eus la vague impression d'avoir plusieurs mères; il y eut les ordres de dernière minute, les ultimes préparatifs, et beaucoup de paroles excitées. Yaso, mon aînée de deux ans, allait et venait d'un air affairé comme une femme de quarante printemps. Père s'était protégé du vacarme en s'enfermant dans son cabinet. J'aurais bien voulu pouvoir le rejoindre.

Mère avait décidé de nous faire aller à Jo-Kang, la Cathédrale de Lhassa; elle tenait sans doute à ce que la réception fût imprégnée d'une atmosphère religieuse. Vers dix heures du matin (le temps au Tibet est très élastique), un gong aux trois tons sonna l'heure du rassemblement. Nous montâmes tous sur des poneys. Père, Mère, Yaso et cinq autres personnes dont votre peu enthousiaste serviteur. Notre troupe coupa la route de Lingkhor et tourna à gauche au pied du Potala, une véritable montagne de bâtiments, haute de cent trente mètres et longue de quatre cents. Après être passés devant le village de Shô, et avoir chevauché pendant une demi-heure dans la plaine de Kyi Chu, nous arrivâmes devant la cathédrale. Tout autour d'elle des petites maisons, des boutiques et des écuries attendaient la clientèle des pèlerins. Depuis sa construction, treize cents ans plus tôt, Jo-Kang n'avait cessé d'accueillir les dévots. A l'intérieur, les dalles de pierre étaient sillonnées de creux profonds de plusieurs centimètres, dus au passage de milliers de fidèles. Les pèlerins suivaient le Cercle Intérieur, avec dévotion. Tous faisaient tourner les moulins à prières qui se trouvaient là par centaines et répétaient sans arrêt la *mantra* (1) : *Om! Mani padme Hum!*

D'énormes poutres, noircies par les ans, soutenaient le toit. De lourdes odeurs d'encens — il en était brûlé sans cesse — traînaient dans la cathédrale comme des nuages d'été au sommet d'une montagne. Le long des murs étaient disposées les statues dorées des divinités de notre religion. De massifs treillis en métal, à grosses mailles, les protégeaient, sans les cacher, des fidèles dont la cupidité aurait pu être plus forte que la vénération. Les divinités les plus célèbres étaient pour la plupart à demi ensevelies sous un amas de pierres précieuses et de gemmes entassées par des âmes pieuses qui avaient imploré une grâce. Sur les chandeliers d'or massif, brûlaient continuellement des cierges dont la lumière n'avait jamais été éteinte depuis treize siècles. De certains coins sombres, nous parvenaient le son des cloches, des gongs et le mugissement étouffé des conques. Nous suivîmes le Cercle Intérieur comme l'exigeait la tradition, et nos dévotions terminées, nous montâmes sur le toit plat de la cathédrale. Seul un petit nombre de privilégiés pouvait y accéder; Père, en sa qualité de gardien, y allait toujours.

(1) *Mantra:* parole de force. C'est en disant la *mantra* d'une déité que l'initié établit une sorte de contact transcendantal avec cette déité (N.d.t.).

Notre système de gouvernements (j'emploie le pluriel à dessein) pourra peut-être intéresser le lecteur.

A la tête de l'État et de l'Église se trouvait le Dalaï Lama notre Suprême Cour d'Appel. N'importe qui pouvait avoir recours à lui. Si une pétition ou une requête était justifiée ou si une injustice avait été commise, le Dalaï Lama veillait à ce que la réclamation fût satisfaite et l'injustice réparée. Il n'est pas exagéré de dire que tout le monde, probablement sans la moindre exception, l'aimait et le respectait. C'était un autocrate. Il exerçait toujours son pouvoir et son autorité pour le bien du pays, *jamais* à des fins égoïstes. Il avait prévu l'invasion communiste bien des années à l'avance. Il savait aussi que la liberté connaîtrait une éclipse temporaire. C'est pour ces raisons qu'un très petit nombre d'entre nous recevait une formation spéciale, afin que le savoir accumulé par les prêtres ne sombre pas dans l'oubli.

Après le Dalaï Lama, il y avait deux Conseils et c'est pourquoi j'ai parlé de gouvernements au pluriel. Le premier, le Conseil Ecclésiastique, était composé de quatre moines ayant chacun rang de Lama. Ils étaient responsables devant le Très Profond des questions relatives aux lamaseries et aux couvents. Toutes les affaires ecclésiastiques passaient par eux.

Ensuite venait le Conseil des Ministres, composé de quatre membres, trois laïcs et un religieux. Ils administraient l'ensemble du pays et avaient sous leur responsabilité l'intégration de l'Église et de l'État.

Deux officiels, qu'on pourrait appeler Premiers Ministres car ils l'étaient en fait, servaient « d'agents de liaison » aux deux Conseils dont ils soumettaient les avis au Dalaï Lama. Ils jouaient un rôle considérable pendant les rares sessions de l'Assemblée nationale, où cinquante hommes représentaient les familles et les lamaseries de Lhassa les plus importantes. Cette Assemblée n'était réunie que dans des circonstances très critiques, comme en 1904 quand le Dalaï Lama partit en Mongolie au moment de l'invasion britannique.

A ce propos, beaucoup d'Occidentaux se sont bizarrement mis en tête que le Très Profond s'était lâchement enfui. Or, il n'a pas fui. Les guerres du Tibet peuvent être comparées à des parties d'échecs : quand le Roi est pris, la partie est perdue. Le Dalaï Lama était notre roi. Sans lui, tout combat serait devenu inutile : il *devait* se mettre à l'abri pour sauvegarder l'unité du pays. Ceux qui l'accusent de couardise ignorent purement et simplement ce dont ils parlent.

Le nombre des membres de l'Assemblée nationale pouvait être porté à quatre cents quand les notabilités des provinces prenaient part aux séances. Ces provinces sont au nombre de cinq : Lhassa ou la Capitale, comme on l'appelle souvent, se trouve dans celle d'U-Tsang ainsi que Shigatse. Voici les noms et la situation géographique des autres : Gartok est à l'ouest, Chang au nord, Kham à l'est et Lho-dzong au sud.

Avec les années, le Dalaï Lama accrut son pouvoir et se passa de plus en plus de l'aide des Conseils ou de l'Assemblée. Jamais le pays ne fut mieux gouverné.

Du toit du temple, la vue était superbe. A l'est s'étendait la plaine de Lhassa, verte et luxuriante, parsemée de bosquets. L'eau miroitait entre les arbres : les rivières au son argentin étaient en route vers le Tsang-Po distant de soixante kilomètres. Au nord et au sud s'élevaient les hautes chaînes de montagnes qui entourent notre vallée et nous font vivre comme des reclus, séparés du reste du monde. De nombreuses lamaseries étaient installées sur les premiers contreforts. Plus haut, les petits ermitages étaient dangereusement perchés au-dessus des pentes vertigineuses. A l'ouest, les montagnes jumelles du Potala et du Chakpori, celle-ci plus connue sous le nom de Temple de la Médecine, se dessinaient dans le lointain. Entre elles, la porte de l'Occident étincelait dans la lumière froide du matin. La pourpre sombre du ciel était soulignée par le pur éclats des neiges des montagnes lointaines. Au-dessus de nos têtes, de légers nuages traînaient dans l'espace. Plus près, dans la ville elle-même, nous avions sous nos yeux l'Hôtel de Ville adossé à la face nord de la cathédrale. Le Trésor était tout proche, ainsi que les étals des boutiquiers et le marché où on pouvait se procurer de tout ou peu s'en faut. Non loin de là, un peu à l'est, un couvent de femmes fermait le domaine des « Ordonnateurs des Morts ».

Les visiteurs se pressaient aux portes de la cathédrale, un des grands lieux saints du bouddhisme; nous entendions leurs bavardages incessants, et la rumeur des pèlerins venus de très loin avec des offrandes dans l'espoir d'obtenir en échange une sainte bénédiction. Certains amenaient des animaux sauvés de l'abattoir et payés de leurs maigres deniers. C'est une très bonne action que de sauver une vie — celle d'un animal comme celle d'un homme — et ils en tiraient un grand crédit spirituel.

Alors que nous regardions ces scènes antiques mais toujours nouvelles, nous entendîmes les psaumes chantés par les moines, les basses profondes des plus vieux mêlées aux sopranos légers des acolytes. Le grondement des tambours et les voix d'or des trompettes arrivaient jusqu'à nous. Des cris, des sanglots étouffés; nous avions l'impression d'être hypnotisés, pris dans un filet d'émotions.

Des moines s'affairaient, vaquant à leurs occupations. Quelques-uns étaient vêtus de jaune et d'autres de violet, mais la majorité portait la robe roussâtre des « moines ordinaires »; l'or et le rouge cerise étaient réservés aux moines du Potala. Des acolytes en blanc et des moines-policiers en marron foncé allaient et venaient. Presque tous avaient une chose en commun : leurs robes, vieilles ou neuves, étaient rapiécées comme celles du Bouddha. Des étrangers qui les ont vues de près ou sur des photographies s'étonnent parfois de leur « côté rapiécé ». En réalité, ces pièces font partie de la robe. A la lamaserie de Ne-Sar, vieille de douze siècles, les moines font mieux encore : les pièces sont coupées dans un tissu plus clair!

Le rouge est la couleur de l'ordre monastique; il varie beaucoup selon les procédés employés pour teindre la laine, mais du marron au rouge brique, c'est toujours « rouge ». Les moines attachés au Potala passent des vestes dorées sans manches sur leurs robes. L'or est une couleur sacrée au Tibet — il ne se ternit jamais, il est donc toujours pur — et c'est la couleur officielle du Dalaï Lama. Les moines ou les lamas de haut rang qui sont à son service personnel ont le droit de porter une robe dorée par-dessus leur robe ordinaire.

Du toit de Jo-Kang, nous apercevions beaucoup de vestes dorées mais peu de fonctionnaires de la Cime. Nous levâmes les yeux : les bannières de prières flottaient au vent et les dômes de la cathédrale resplendissaient sous la lumière.

Le ciel pourpre était merveilleusement beau avec ses petits rubans de nuages qu'on aurait dit laissés sur la toile du firmament par le pinceau léger d'un artiste.

Mère rompit le charme :

— Allons, ne perdons pas de temps. Je tremble à la pensée de ce que les domestiques doivent être en train de faire ! Filons !

Sur ce, nous partîmes sur nos poneys qui nous attendaient patiemment et dont les sabots claquèrent sur la route de Lingkhor, chaque pas me rapprochant de ce que j'appelais « l'épreuve », mais que ma mère considérait comme *son* Grand Jour.

De retour à la maison, Mère passa une dernière inspection générale, et nous eûmes droit à un solide repas en prévision de ce qui allait suivre. Nous savions en effet qu'en de pareilles circonstances les heureux invités peuvent se remplir l'estomac, tandis que les pauvres hôtes doivent rester le ventre creux. Plus tard, il ne serait pas question de manger.

Une étourdissante fanfare annonça l'arrivée des moines-musiciens qui furent aussitôt conduits dans les jardins. Ils étaient chargés de trompettes, de clarinettes, de gongs et de tambours, et portaient leurs cymbales autour du cou. Ils entrèrent dans les jardins en bavardant comme des pies, puis demandèrent de la bière pour se mettre en train. D'horribles couacs et les bêlements stridents des trompettes remplirent la demi-heure suivante : les moines accordaient leurs instruments.

L'apparition du premier invité, à la tête d'une cavalcade d'hommes qui portaient des fanions flottant au vent, déclencha un tumulte dans la cour. Les grilles furent ouvertes à toute volée et nos serviteurs s'alignèrent de chaque côté de l'entrée pour souhaiter la bienvenue aux arrivants. L'Intendant était là, flanqué de ses deux assistants munis chacun d'un assortiment des écharpes de soie dont nous nous servons pour saluer les gens. Il en existe huit sortes et on se doit d'offrir celle qui convient sous peine de commettre un impair. Le Dalaï Lama ne donne et ne reçoit que des écharpes de la première catégorie. Ces écharpes sont appelées *khata* et voici quel est le cérémonial d'usage : si celui qui l'offre est d'un rang égal au récipiendaire, il se tient très en arrière, les bras tendus. L'autre fait de même. Après quoi le donateur salue et place l'écharpe autour des poignets de celui qu'il veut honorer, lequel salue à son tour, dégage ses poignets, tourne et retourne l'écharpe entre ses mains pour manifester son approbation et la remet à un domestique.

Si le donateur est d'un rang très inférieur, il (ou elle) s'agenouille, la langue tirée (salut qui correspond chez nous à un coup de chapeau ailleurs) et place l'écharpe aux pieds du récipiendaire, lequel lui passe alors la sienne autour du cou.

Au Tibet, tout cadeau doit être accompagné de la *khata* appropriée, de même que les lettres de félicitations. Celles du gouvernement étaient jaunes, les autres généralement blanches. Si le Dalaï Lama voulait faire un grand honneur à quelqu'un, il lui entourait le cou d'une *khata* à laquelle il attachait un fil de soie rouge par un triple nœud. Et si au même moment, il faisait voir ses mains, les paumes tournées vers le ciel, on était véritablement très honoré! Nous sommes en effet fermement convaincus que le passé et l'avenir sont inscrits dans les lignes de la main. Le Dalaï Lama en montrant les siennes faisait ainsi preuve des dispositions les plus bienveillantes. Plus tard, je fus honoré de cette façon deux fois.

Revenons à notre Intendant qui se tenait à l'entrée de la maison, entre ses deux assistants. Il saluait les arrivants et acceptait leurs *khatas* qu'il passait à l'assistant placé à sa gauche. Pendant ce temps, celui qui se tenait à sa droite lui tendait une écharpe de la catégorie requise, qu'il plaçait autour des poignets ou du cou de l'invité selon son rang. Toutes ces écharpes étaient utilisées un nombre considérable de fois.

L'Intendant et ses deux assistants étaient de plus en plus occupés car les invités arrivaient en masse. Qu'ils vinssent des propriétés voisines, de la ville de Lhassa ou des districts suburbains, leurs troupes bruyantes empruntaient toujours la route de Lingkhor, puis s'engageaient dans notre chemin privé, à l'ombre du Potala. Les dames qui devaient rester longtemps en selle se servaient d'un masque de cuir pour protéger leur peau et leur teint du vent chargé de sable. Le plus souvent, un vague portrait de la dame était peint sur son masque. Arrivée à destination, elle l'ôtait en même temps que son manteau en peau de yak. Ces portraits me fascinaient toujours : plus les femmes étaient vieilles et laides et plus ils représentaient des créatures jeunes et belles !

Une activité intense régnait dans la maison. Les serviteurs apportaient sans cesse des coussins. Nous ne nous servons pas de chaises au Tibet, nous nous asseyons sur des coussins d'un mètre carré environ et épais d'une vingtaine de centimètres. Pour dormir, on en prend plusieurs et ils nous paraissent beaucoup plus confortables que des fauteuils ou des lits.

En arrivant, les invités recevaient du thé au beurre; ils étaient ensuite conduits dans une grande pièce transformée en réfectoire. Là, un buffet leur permettait d'attendre sans mourir de faim, le véritable début de la réception. Déjà, quarante femmes appartenant aux plus hautes familles étaient arrivées avec leurs dames de compagnie. Pendant que Mère s'occupait des unes, les autres se promenaient dans la maison, en inspectant l'ameublement dont elles supputaient la valeur.

On aurait dit une véritable invasion : il y avait des femmes partout; de toutes les tailles, toutes les formes et tous les âges. Il en apparaissait dans les endroits les plus inattendus qui sans l'ombre d'une hésitation demandaient aux domestiques le prix de ceci ou la valeur de cela. Bref, elles se conduisaient comme se conduisent toutes les femmes du monde. Ma sœur Yaso paradait dans ses vêtements flambant neufs et elle avait arrangé ses cheveux selon la dernière mode, du moins c'est ce qu'elle croyait. Moi, je trouvais sa coiffure horrible, mais j'étais toujours de mauvaise foi dès qu'il s'agissait de femmes. Il est certain, en tout cas, que ce jour-là elles me parurent particulièrement envahissantes.

Pour compliquer encore les choses, des *chung-girls* se trouvaient parmi les invités. Au Tibet, une femme de la haute société se doit de posséder d'innombrables toilettes et de nombreux bijoux. Cette garde-robe, il faut l'exhiber, mais comme cela n'irait pas sans de fréquents changements de robes, des filles spécialement entraînées, les *chung-girls*, servent de mannequins. C'est ainsi qu'elles paradaient dans les toilettes de ma mère, et s'asseyaient pour boire un nombre incalculable de tasses de thé au beurre avant d'aller passer une nouvelle robe et se parer de nouveaux bijoux. Mêlées aux invités, elles finissaient par aider ma mère dans son rôle d'hôtesse. Dans une journée, ces *chung-girls* pouvaient changer de toilette jusqu'à cinq ou six fois.

Les hommes s'intéressaient davantage aux attractions installées dans les jardins. On avait fait appel à une troupe d'acrobates pour apporter un peu de gaieté. Trois d'entre eux tenaient une perche haute de cinq mètres, au sommet de laquelle un quatrième se mettait en équilibre sur la tête. A ce moment-là, la perche était retirée brusquement et l'équilibriste retombait sur ses pieds comme un chat. Des petits garçons qui avaient vu la scène, se précipitèrent dans un endroit écarté pour imiter cet exploit. Ils trouvèrent une perche de deux à trois mètres, la dressèrent. Le plus audacieux y grimpa. Patatras! Alors qu'il essayait de faire l'acrobate, il perdit l'équilibre et tomba comme une masse sur ses camarades. Mais ceux-ci avaient le crâne dur et à part quelques bosses grosses comme des œufs, personne ne fut sérieusement blessé.

Mère apparut dans les jardins; elle guidait un groupe de dames désireuses de voir les attractions et d'écouter les musiciens; ce qui n'était pas difficile car ils avaient eu le temps de s'échauffer à l'aide de copieuses rasades de bière.

Elle avait particulièrement soigné sa toilette. Une jupe rouge sombre en laine de yak lui descendait presque jusqu'aux chevilles. Ses hautes bottes de feutre d'un blanc immaculé avaient des semelles rouge sang et des tirants assortis avec infiniment de goût.

Le jaune violacé de sa jaquette-boléro rappelait un peu la teinte de la robe monacale de mon père. Couleur « teinture d'iode sur un bandage », aurais-je dit si j'avais été alors étudiant en médecine!

Sous sa jaquette, elle portait une blouse de soie pourpre. Ainsi, toutes les nuances de la tenue monastique étaient-elles représentées dans sa toilette.

Une écharpe de soie brochée barrait sa poitrine de l'épaule droite au côté gauche de la taille où elle était maintenue par un anneau d'or massif. Cette écharpe qui descendait jusqu'au bord de sa jupe était rouge sang au-dessus de la ceinture, puis passait progressivement du jaune citron au safran foncé.

Elle portait au cou, attachés à un cordon d'or, les trois sachets d'amulettes dont elle ne se séparait jamais. Elles lui avaient été données le jour de son mariage, la première par sa famille, la deuxième par sa belle-famille et la troisième — un honneur exceptionnel — par le Dalaï Lama lui-même. Elle était très richement parée, car au Tibet les bijoux d'une femme sont en rapport avec sa situation sociale. C'est ainsi qu'un mari doit en offrir à sa femme chaque fois qu'il a de l'avancement.

Il avait fallu des jours pour préparer la coiffure de ma mère qui ne comportait pas moins de cent huit tresses, chacune épaisse comme une mèche de fouet. Cent huit est un nombre sacré et les femmes qui avaient assez de cheveux pour se permettre autant de tresses étaient très enviées. La chevelure séparée par une raie au milieu très « Madone » était soutenue par une forme de bois posée sur le haut de la tête comme un chapeau. Laquée de rouge, cette forme était incrustée de diamants, de jades et de disques en or. Les cheveux étaient disposés sur elle comme des rosiers grimpants sur une pergola.

A l'oreille, Mère portait un cordon de corail. Il était si lourd que pour éviter d'avoir le lobe arraché, elle était obligée de le soutenir par un fil rouge enroulé autour de l'oreille; le bout de ce cordon touchait presque sa ceinture. Je l'observais, absolument fasciné. Comment allait-elle s'y prendre pour tourner la tête?

Des invités se promenaient en admirant les jardins. D'autres s'asseyaient par groupes pour échanger les derniers potins. Les femmes en particulier ne perdaient pas une minute.

— Oui, ma chère, Lady Dora fait refaire le sol de sa maison. En cailloux finement moulus et vernis. Et ce jeune Lama qui vivait chez Lady Rakasha, vous a-t-on dit qu'il..., etc.

Mais, en réalité, tous attendaient la grande attraction du programme; le reste n'était qu'une mise en train pour les préparer au moment où les prêtres astrologues prédiraient mon avenir, et traceraient la route de ma vie. De leur décision dépendait ma future carrière.

Le jour vieillit; quand les ombres grandissantes glissèrent plus vite sur le sol, les invités montrèrent moins d'ardeur à se distraire. La satiété les mettait d'humeur réceptive. Des domestiques épuisés remplissaient les plats dès qu'ils étaient vides. Cela aussi cessa avec le passage des heures. Les acrobates commencèrent à sentir la fatigue; l'un après l'autre, ils s'esquivèrent et allèrent dans les cuisines se reposer et redemander de la bière.

Les musiciens étaient encore en pleine forme, soufflant dans leurs trompettes, frappant leurs cymbales l'une contre l'autre et battant du tambour avec entrain. Dans les arbres, les oiseaux effrayés par le vacarme avaient quitté leurs perchoirs habituels. Ils n'étaient pas les seuls à avoir peur. Les chats avaient disparu dans des cachettes sûres dès l'arrivée tumultueuse des premiers invités. Nos chiens de garde eux-mêmes, de grands bouledogues noirs, étaient silencieux, le sommeil leur avait passé une muselière. Littéralement gavés de nourriture, ils n'avaient plus la force de manger.

Il faisait de plus en plus sombre dans les jardins clôturés;

des petits garçons firent des apparitions furtives entre les arbres fruitiers, tels des gnomes. Ils agitaient des lampes à beurre allumées, ou des encensoirs fumants, et parfois sautaient sur les branches les plus basses, pour se livrer à d'insouciants ébats.

— Çà et là, d'épaisses colonnes de fumée parfumée montaient des brasiers remplis d'un encens doré. De vieilles femmes les alimentaient tout en faisant tourner les cliquetantes roues à prières dont chaque tour envoyait vers le ciel des milliers d'oraisons.

Quant à mon père, il ne vivait plus! Ses jardins étaient célèbres dans tout le Tibet pour leurs coûteuses essences importées et leurs massifs. Ce soir-là, il trouvait que sa maison ressemblait à un zoo mal tenu. Il errait sans but, se tordant les mains et poussant de petits gémissements angoissés chaque fois qu'un invité s'arrêtait devant un massif pour tâter un bouton. Les abricotiers, les poiriers et les pommiers nains étaient particulièrement menacés. Les arbres plus hauts et plus forts : peupliers, saules, genévriers, bouleaux et cyprès étaient festonnés de bannières à prières qui flottaient doucement sous la tendre brise du soir.

Finalement, le soleil disparut derrière les cimes lointaines de l'Himalaya : le jour était mort. Des lamaseries parvint la sonnerie des trompettes indiquant le passage du temps; des centaines de lampes à beurre furent allumées. Il y en avait sur les branches des arbres, d'autres qui se balançaient aux auvents des maisons, d'autres encore qui glissaient sur les eaux tranquilles du bassin. Ici, elles échouaient sur les feuilles de nénuphars, comme des navires sur un banc de sable et là, elles dérivaient vers l'île où les cygnes allaient chercher refuge.

Au son grave d'un gong, tout le monde tourna la tête : une procession approchait. Une grande tente-marquise dont un côté était ouvert avait été dressée dans les jardins. A l'intérieur était installée une estrade occupée par quatre sièges tibétains.

La procession arriva devant l'estrade, conduite par quatre serviteurs portant chacun une perche au sommet de laquelle était fixée une grande torche. Ils étaient suivis de quatre musiciens sonnant une fanfare dans leurs trompettes d'argent. Venaient ensuite Père et Mère qui prirent place sur l'estrade, précédant deux vieillards de la lamaserie de l'Oracle d'État. Ceux-ci, originaires de Nechung, étaient les meilleurs astrologues du Tibet. L'exactitude de leurs prédictions avait été vérifiée maintes et maintes fois. La semaine précédente, le Dalaï Lama les avait convoqués pour qu'ils scrutent son avenir. C'était maintenant le tour d'un petit garçon de sept ans. Pendant des jours, ils avaient étudié leurs graphiques et s'étaient livrés à des calculs et à d'interminables discussions sur les trines, les écliptiques, les sesquiquadrates, et les influences contradictoires de telle ou telle planète. Mais je reviendrai sur l'astrologie dans un autre chapitre.

Deux lamas portaient les notes et les cartes des astrologues. Deux autres s'avancèrent et aidèrent les vieux voyants à monter les marches de l'estrade, où ils se tinrent debout, l'un à côté de l'autre, comme deux statues d'ivoire. Leurs robes somptueuses en brocart de Chine jaune ne faisaient que souligner leur âge. Ils étaient coiffés du grand chapeau des prêtres dont le poids semblait trop lourd pour leurs cous ridés.

L'assistance se rassembla autour de l'estrade et s'assit sur les coussins apportés par les domestiques. Les bavardages cessèrent; tous les invités tendaient l'oreille pour comprendre ce que disait le Grand Astrologue de sa voix chevrotante :

— *Lha dre mi cho-nang-chig*, dit-il...

« Les dieux, les démons et les hommes se conduisent de la même façon » (ce qui explique qu'il soit possible de prédire l'avenir).

D'une voix monotone, il prophétisa pendant une heure entière, à la suite de quoi il s'accorda dix minutes de repos. Puis, pendant une autre heure, il continua à esquisser le futur à grands traits.

— *Hale! Hale!* (Extraordinaire! Extraordinaire!) s'exclamait l'audience plongée dans le ravissement.

Et ainsi mon avenir me fut-il prédit. Après une dure épreuve d'endurance, un garçon de sept ans allait entrer dans une lamaserie où il recevrait la formation d'un moine-chirurgien. Il connaîtrait ensuite bien des tribulations, quitterait le pays natal et irait vivre au milieu de gens étranges. Il perdrait tout, devrait repartir de rien et finirait éventuellement par réussir.

L'assistance se dispersa peu à peu. Les invités qui habitaient loin allaient passer la nuit chez nous pour ne partir que le lendemain matin. Les autres voyageraient avec leur suite à la lueur des torches. Ils s'assemblèrent dans la cour au milieu des claquements de sabots et des cris rauques des hommes. Une fois de plus la lourde porte fut ouverte pour laisser passer leur flot. Peu à peu le clic-clac des sabots et les bavardages des cavaliers se perdirent dans le lointain, et il n'y eut plus que le silence de la nuit.

3

DERNIERS JOURS A LA MAISON

Une grande activité régnait encore à l'intérieur de la maison. Le thé coulait à flots et la nourriture filait à vue d'œil car de joyeux convives de la dernière minute tenaient à prendre des forces en prévision de la nuit. Toutes les chambres étaient occupées ; il n'en restait pas une seule pour moi. Je me promenai tristement ; pour passer le temps, je donnai de grands coups de pied dans les cailloux et tout ce que je trouvai devant moi, mais même cette occupation fut impuissante à me réconforter. Personne ne faisait attention à moi : les invités étaient fatigués et contents et les domestiques épuisés et irritables.

— Les chevaux sont plus charitables, me dis-je, en maugréant. Je vais dormir avec eux.

Il faisait chaud dans les étables et le fourrage était doux mais le sommeil fut lent à venir. Chaque fois que je m'assoupissais, un cheval me bousculait ou bien j'étais réveillé en sursaut par quelque bruit venant de la maison. Peu à peu tout devint silencieux. Appuyé sur un coude, je regardai dehors. L'une après l'autre, les lumières s'éteignirent. Bientôt, il n'y eut plus que le froid clair de lune et ses reflets brillants sur les montagnes couronnées de neige. Les chevaux dormaient, les uns debout, les autres sur le flanc. Je m'endormis, moi aussi.

Le lendemain matin, je fus brutalement tiré de mon sommeil. J'entendis qu'on me disait :

— Va-t'en de là, Mardi Lobsang. Il faut que je selle les chevaux et tu prends toute la place.

De sorte que je me levai et gagnai la maison à la recherche de quelque nourriture. On s'y agitait beaucoup. Les gens se préparaient à partir et Mère volait de groupe en groupe pour un dernier brin de causette. Père discutait des futurs embellissements de la maison et des jardins. A un vieil ami, il annonçait son intention d'importer du verre des Indes pour en faire des fenêtres. Il n'y a pas de verre au Tibet, on n'en fabrique pas dans le pays et il était très coûteux d'en faire venir des Indes. Les fenêtres tibétaines ont des encadrements sur lesquels est tendu un papier ciré et translucide mais non transparent. De lourds volets de bois sont fixés à l'extérieur, non pas tant pour protéger la maison des cambrioleurs que pour qu'elle n'ait rien à craindre des tempêtes de sable. Ce sable (parfois, c'était plutôt des petits cailloux) pouvait mettre en pièces n'importe quelle fenêtre non protégée. Il pouvait également infliger des coupures profondes aux mains et au visage; aussi était-il dangereux de voyager à la saison des grands vents. Les gens de Lhassa surveillaient toujours attentivement la Cime. Venait-elle à disparaître brusquement sous une brume noire? Chacun courait se mettre à l'abri des coups de fouet sanglants du vent. Mais les hommes n'étaient pas les seuls en état d'alerte : les animaux aussi étaient aux aguets et il n'était pas rare de voir des chevaux et des chiens précéder les hommes dans cette course vers un abri. Quant aux chats, la tempête ne les attrapait *jamais* et les yaks n'avaient rien à craindre.

Après le départ du dernier invité, mon père me fit appeler :

— Va au marché, me dit-il, et achète ce dont tu as besoin. Tzu sait ce qu'il te faut.

Je pensai aux choses qui m'étaient nécessaires : un bol de bois pour la tsampa, une coupe et un rosaire... les trois parties de la coupe, le pied, la coupe proprement dite et le couvercle seraient en argent. Le rosaire, en bois, aurait cent huit grains admirablement polis. Ce nombre sacré indique aussi la quantité de choses qu'un moine doit garder en tête.

Nous partîmes, Tzu sur son cheval et moi sur mon poney. En sortant de la cour, nous prîmes à droite, puis encore à droite et après le Potala, nous quittâmes la route de l'Anneau pour entrer dans le quartier commerçant. Je regardais autour de moi comme s'il s'agissait de ma première visite. Au fond, je craignais que ce ne fût la dernière! Des marchands qui venaient d'arriver à Lhassa s'empilaient dans les boutiques, en discutant ferme de leurs prix. Certains apportaient du thé de Chine, d'autres des tissus des Indes. Nous nous frayâmes un chemin à travers la foule jusqu'à celles qui nous intéressaient. De temps à autre, Tzu échangeait un salut avec un vieil ami de jeunesse.

Il me fallait une robe rouge foncé, qu'on m'achèterait dans une « grande taille ». Non seulement parce que j'allais grandir, mais pour une autre raison tout aussi pratique. Chez nous, les hommes portent des robes très amples qui sont serrées à la taille. La partie supérieure forme une poche qui contient tous les objets dont aucun Tibétain n'accepterait de se séparer. Le moine « moyen » par exemple, transporte dans cette poche son bol à tsampa, une coupe, un couteau, diverses amulettes, un sac d'orge grillé et assez souvent une provision de tsampa. Mais n'oubliez pas qu'un moine garde toujours sur lui tout ce qu'il possède ici-bas.

Mes pitoyables petits achats furent supervisés par Tzu. Il ne me permit d'acheter que le strict nécessaire, le tout de qualité très médiocre, comme il sied à un « pauvre acolyte » : des sandales aux semelles en peau de yak, un petit sac de cuir pour l'orge grillée, un bol en bois, une coupe également en bois — où était la coupe en argent de mes rêves ? — et un couteau. Ajoutez en plus un rosaire très ordinaire dont je dus polir moi-même les cent huit grains et vous aurez la liste complète des objets auxquels j'eus droit. Père était multimillionnaire, il possédait d'immenses propriétés un peu partout dans le pays, ainsi que des joyaux et une quantité considérable d'or. Mais moi, tant que durerait mon apprentissage et tant que mon père serait en vie, je ne devrais être qu'un pauvre moine.

Je regardai encore une fois la rue, et ses maisons à deux étages avec leurs grands toits avancés. Je regardai encore ses boutiques avec leurs ailerons de requin et les couvertures de selle qui étaient étendues sur les tentes, devant les portes. Une fois de plus, j'écoutai les joyeuses plaisanteries des commerçants et les marchandages pleins de bonhomie de leurs clients. Cette rue ne m'avait jamais paru aussi sympathique et j'enviai le sort de ceux qui la voyaient tous les jours et qui tous les jours continueraient à la voir.

Des chiens perdus flânaient, flairant ceci ou cela, échangeant des grondements; des chevaux qui attendaient le bon plaisir de leurs maîtres se saluaient en hennissant doucement. Des yaks poussaient des grognements enroués en se faufilant entre la foule des piétons. Que de mystères derrière ces fenêtres couvertes de papier! Que de merveilleuses marchandises, venues des quatre coins du monde, étaient passées par ces solides portes de bois et que d'histoires ces volets ouverts eussent racontées s'ils avaient pu parler!

Je regardais toutes ces choses comme si elles avaient été de vieilles amies. Il ne me venait pas à l'esprit que je pusse un jour revoir ces rues, ne fût-ce que rarement. Je pensais à tout ce que j'aurais aimé avoir fait, à tout ce que j'aurais aimé acheter. Ma rêverie fut brutalement interrompue. Une main aussi énorme que menaçante s'abattit sur moi, m'attrapa l'oreille et la tordit férocement.

— Allons, Mardi Lobsang, vociféra Tzu, comme s'il avait voulu que le monde entier l'entende, es-tu transformé en statue? Ce que les garçons d'aujourd'hui ont dans la tête, je me le demande. Ils n'étaient pas comme ça de mon temps.

Tzu se moquait bien que je perde mon oreille en restant sur place ou que je la garde en le suivant. Que pouvais-je faire sinon « obtempérer »? Pendant tout le chemin du retour, Tzu chevaucha en tête, bougonnant et désapprouvant nettement « la génération actuelle, cette bande de propres à rien, paresseux, vauriens, toujours dans les nuages ». Mais en arrivant sur la route de Lingkhor, nous trouvâmes un vent cinglant qui m'apporta, si j'ose dire, un rayon de soleil. Je pus en effet m'abriter de ses atteintes derrière les formes imposantes de Tzu.

A la maison, Mère jeta un coup d'œil sur mes achats. A mon grand regret, elle les jugea bien assez bons pour moi. J'avais nourri l'espoir que désavouant Tzu, elle m'autoriserait à acheter des objets de meilleure qualité. Une fois de plus mes espérances relatives à la coupe d'argent furent brisées et je dus me contenter d'un modèle en bois fabriqué sur un tour à main dans les bazars de Lhassa.

On ne me laissa pas seul pendant la dernière semaine. Mère me traîna de force dans les grandes maisons de Lhassa où je présentai mes respects, sans me sentir le moins du monde respectueux ! Mère adorait ces sorties, les échanges de mondanités et le bavardage poli qui constituèrent notre programme quotidien. Je m'ennuyais à mourir; pour moi, ces visites étaient de véritables supplices car je n'étais pas doué pour supporter joyeusement les fous. J'aurais voulu m'amuser au grand air pendant le peu de jours qui me restaient, faire voler mes cerfs-volants, sauter à la perche ou m'exercer au tir à l'arc; mais en guise de distractions, je fus traîné partout comme un yak primé, et proposé à l'admiration de vieilles femmes mal fagotées, qui n'avaient rien d'autre à faire qu'à rester assises toute la journée sur des coussins de soie et à appeler un serviteur dès qu'elles avaient un caprice.

Mère ne fut pas la seule à me briser le cœur. Il me fallut accompagner Père qui devait se rendre à la lamaserie de Drebung. Cette lamaserie est la plus grande du monde, avec ses dix mille moines, ses temples, ses petites maisons de pierre et ses bâtiments dont les terrasses étaient disposées en gradins. Cette communauté était une ville entourée de murs et comme toute ville qui se respecte pouvait vivre sur elle-même. Drebung veut dire « Montagne de Riz » et de fait, c'est ce à quoi elle ressemblait vue de loin, avec ses tours et ses dômes étincelants sous la lumière. Mais je n'étais pas d'humeur à apprécier les beautés architecturales : j'avais le cœur lourd de devoir gâcher un temps qui m'était si précieux.

Père avait affaire avec l'Abbé et ses assistants, de sorte que j'errais tristement dans la lamaserie, telle une épave abandonnée par la tempête. Quand je vis comment certains petits novices étaient traités, j'eus des frissons de terreur.

La Montagne de Riz était en fait sept lamaseries réunies en une seule, composée de sept ordres, de sept collèges différents. C'était beaucoup trop pour une seule personne; aussi, quatorze abbés, tous partisans d'une discipline de fer, assuraient-ils le commandement.

« Quand cette agréable excursion dans la plaine ensoleillée » — pour citer textuellement mon père — eut pris fin, je fus ravi mais je fus encore plus soulagé d'apprendre que je ne serais envoyé ni à Drebung ni à Sera, qui se trouve à cinq kilomètres au nord de Lhassa.

La semaine tira à sa fin. On me prit mes cerfs-volants pour en faire cadeau; mes arbalètes et mes flèches aux superbes plumes furent brisées pour me faire comprendre que je n'étais plus un enfant et que je n'avais donc plus besoin de jouets. J'eus le sentiment que mon cœur aussi était brisé, mais personne ne sembla attacher d'importance à ce détail.

A la tombée de la nuit, Père me fit appeler dans son cabinet; c'était une pièce merveilleusement décorée, tapissée de vieux livres de grande valeur. Il avait pris place près du grand autel et il m'ordonna de me mettre à genoux devant lui. La Cérémonie de l'Ouverture du Livre allait commencer. L'histoire complète de notre famille depuis des siècles était racontée dans cet immense volume d'un mètre cinquante sur trente centimètres. Il contenait les noms des fondateurs de notre lignée, ainsi qu'une relation détaillée des exploits qui leur avaient valu d'être anoblis. Y étaient également consignés les services rendus par notre famille à notre pays et à notre souverain. Sur ces vieilles pages jaunies, c'était toute l'Histoire que je lisais. C'était la deuxième fois que le Livre était ouvert pour moi, car les dates de ma conception et de ma naissance y figuraient déjà. J'y vis les données sur lesquelles les astrologues s'étaient fondés pour établir leurs prévisions ainsi que les cartes astrologiques qu'ils avaient préparées. Je dus signer le Livre moi-même, car c'était une nouvelle vie qui allait commencer, le lendemain, lors de mon entrée à la lamaserie.

Les lourdes reliures incrustées de bois furent replacées avec soin sur les épaisses feuilles de papier de genévrier fabriquées à la main et serrées par des fermoirs dorés. Le Livre était lourd; Père chancela même un peu sous son poids quand il se leva pour le remettre dans le casier doré qui le protégeait. Avec vénération, il déposa le casier sous l'autel, dans une profonde niche de pierre. Il fit ensuite chauffer de la cire sur un petit chaudron en argent, l'étendit sur le couvercle de la niche et apposa son sceau afin que nul ne pût toucher au Livre.

Puis, il s'installa confortablement sur ses coussins. Un coup léger sur le gong placé à côté de lui et un serviteur lui apportait du thé au beurre. Après un long silence, il me parla de l'histoire secrète du Tibet, une histoire qui remonte à des milliers et des milliers d'années et qui était déjà vieille au moment du déluge. Il me raconta comment à une certaine période, le Tibet avait été recouvert par la mer, ce qui avait été prouvé par des fouilles.

— Même à notre époque, dit-il, quiconque creuse la terre aux alentours de Lhassa peut trouver des poissons-fossiles et d'étranges coquillages, ainsi que de curieux outils de métal dont on ignore l'utilité.

Des moines trouvaient souvent de ces outils en explorant les cavernes de la région et ils les apportaient à mon père. Il m'en fit voir quelques-uns. Puis, son humeur changea.

— Comme il est prescrit par la Loi, dit-il, l'enfant noble sera élevé dans l'austérité, tandis que celui qui est pauvre sera pris en pitié. Avant d'être admis dans la lamaserie, tu auras à passer une épreuve sévère.

Il était indispensable que je fasse preuve d'une docilité absolue et que j'obéisse aveuglément à tous les ordres qui me seraient donnés. Ses dernières paroles n'étaient pas de celles qui disposent à passer une nuit tranquille.

— Mon fils, me dit-il, tu penses que je suis dur et indifférent. Seul m'importe le nom de notre famille. Je te le dis : si tu ne réussis pas à entrer à la lamaserie, ne reviens pas ici. Tu serais traité en étranger dans cette maison.

Là-dessus, il me fit signe de me retirer, sans ajouter un mot.

Un peu plus tôt dans la soirée, j'avais fait mes adieux à ma sœur Yaso. Elle avait été bouleversée : nous avions joué ensemble tellement souvent et puis ce n'était qu'une petite fille de neuf ans, si moi j'allais en avoir sept le lendemain. Impossible de trouver Mère. Elle s'était couchée et je ne pus lui dire au revoir. Je m'en fus donc tout seul dans ma chambre pour y passer ma dernière nuit et j'arrangeai les coussins qui me servaient de lit. Je m'allongeai mais sans avoir envie de dormir. Très longtemps, mon esprit fut occupé par tout ce que mon père m'avait dit le soir même. Je pensais à sa profonde aversion des enfants et j'évoquais avec angoisse le lendemain, quand pour la première fois je dormirais loin de chez moi. Dans le ciel, la lune suivait lentement sa course. Un oiseau de nuit sautillait en battant des ailes sur le rebord de la fenêtre. J'entendais sur le toit le flic-flac des bannières à prières fouettant les mâts de bois. Je finis par sombrer dans le sommeil, mais quand le clair de lune fut remplacé par les faibles rayons du premier soleil, un serviteur me réveilla avec un bol de tsampa et une coupe de thé au beurre. Tzu fit irruption dans ma chambre au moment où je mangeais cette maigre chère.

— Eh bien, mon garçon, me dit-il, le moment est venu de nous séparer, Dieu merci! Je vais pouvoir retourner à mes chevaux. Fais ton devoir et souviens-toi de tout ce que je t'ai appris.

Là-dessus, il tourna les talons et me quitta.

Cette façon d'agir était la plus humaine, encore qu'à l'époque je ne la trouvai point de mon goût. Des adieux pleins d'émotion eussent rendu mon départ beaucoup plus pénible, ce premier départ, que je croyais définitif. Si Mère s'était levée pour me dire au revoir, j'aurais certainement essayé de la persuader de me garder auprès d'elle. Beaucoup de petits Tibétains mènent une existence pleine de douceur, la mienne avait été dure à tous les points de vue, et si l'on ne me fit pas d'adieux, c'était, comme je le découvris plus tard, sur l'ordre de mon père, afin que dès mes premières années, je fasse l'apprentissage de la discipline et de la fermeté.

Je terminai mon petit déjeuner, enfouis mon bol et ma coupe

dans ma robe, et pris une autre robe de rechange dont je fis un baluchon dans lequel je plaçai une paire de bottes en feutre. Comme je sortais de ma chambre, un domestique me pria de marcher doucement pour ne pas troubler le sommeil de la maisonnée. Je suivis le corridor. Le temps que je descende les marches et que j'arrive sur la route, la fausse aurore avait fait place à l'obscurité qui précède le véritable lever du jour.

C'est ainsi que je quittai ma maison. Seul, craintif et le cœur serré.

4

AUX PORTES DU TEMPLE

La route menait directement à la lamaserie de Chakpori, le Temple de la Médecine, une école qui avait la réputation d'être dure. Je marchai pendant des kilomètres sous la lumière de plus en plus vive du jour. A la porte qui donnait accès à la cour d'entrée du monastère, je rencontrai deux garçons venus comme moi solliciter leur admission. Nous nous examinâmes avec circonspection sans réussir, je crois, à beaucoup nous impressionner mutuellement. Nous décidâmes qu'il nous faudrait être « sociables » si nous devions supporter le même entraînement.

Pendant un certain temps, nous frappâmes timidement à la porte sans obtenir la moindre réponse. L'un de mes compagnons se baissa alors et ramassa une grosse pierre avec laquelle il fit vraiment assez de bruit pour attirer l'attention. Un moine apparut, brandissant un bâton : nous étions tellement effrayés que celui-ci nous sembla gros comme un jeune arbre.

— Que voulez-vous, petits démons? demanda-t-il. Est-ce que vous croyez que je n'ai rien de mieux à faire que d'ouvrir la porte à des garçons de votre espèce?

— Nous voulons être moines, répliquai-je.

— Moines? Vous ressemblez plus à des singes (1)! dit-il.

(1) Jeu de mots entre *monk:* moine et *monkey:* singe (N.d.t.).

Attendez ici, sans bouger, le Maître des Acolytes vous recevra quand il aura le temps.

La porte claqua, et du coup l'un de mes compagnons qui s'était imprudemment avancé faillit tomber à la renverse. Nous nous assîmes sur le sol car nos jambes étaient fatiguées. Des gens entrèrent dans la lamaserie. Sortant d'une petite fenêtre, une agréable odeur de cuisine flottait dans l'air et nous mettait au supplice en nous rappelant notre faim grandissante. Ah! cette nourriture à la fois si près de nous et si complètement hors de notre portée!

Enfin la porte fut violemment ouverte et un homme grand et décharné apparut dans l'embrasure.

— Eh bien, vociféra-t-il, que voulez-vous, petites fripouilles?

— Nous voulons être moines.

— Bonté divine, s'exclama-t-il, quel rebut il nous arrive de nos jours!

Il nous fit signe d'entrer à l'intérieur de la grande enceinte qui entoure la lamaserie. Il nous demanda ce que nous étions, qui nous étions, et même pourquoi nous étions nés! Il n'était pas difficile de comprendre que nous ne l'intimidions pas!

— Entre vite, dit-il au premier, le fils d'un berger. Si tu passes les épreuves, tu pourras rester.

Il passa ensuite au suivant :

— Et toi, mon garçon? Comment? Que dis-tu? Ton père est boucher? C'est un découpeur de chair, un homme qui ne respecte pas les lois du Bouddha. Et tu viens ici? File, et vite, ou je te fais donner le fouet!

Il se précipita vers lui et le pauvre garçon oubliant sa fatigue, retrouva toute son énergie. Rapide comme l'éclair, il fit demi-tour et bondit vers la route où il se mit à courir à toutes jambes, en laissant derrière lui de petits nuages de poussière.

Il ne restait plus que moi, seul, le jour même de mon septième anniversaire. Le terrible moine tourna son regard féroce vers moi et j'eus si peur que je faillis m'écrouler sur place. Il agitait son bâton de façon menaçante.

— A ton tour! Qui es-tu? Oh, Oh! Un jeune prince qui veut

devenir religieux. Il faut d'abord montrer ce que tu vaux, mon joli monsieur, ce que tu as dans le ventre. Ce n'est pas un endroit pour petits aristocrates mollassons et dorlotés, ici. Fais quarante pas en arrière et assieds-toi dans l'attitude de la contemplation jusqu'à nouvel ordre. Défense de bouger même un cil!

Là-dessus, il tourna brusquement les talons et s'en alla. Mélancoliquement, je ramassai mon pitoyable baluchon et fis quarante pas en arrière. Je pliai les genoux puis m'assis en croisant les jambes ainsi qu'il m'avait été ordonné. Je restai dans cette position pendant toute la journée. Sans bouger. Le vent m'envoyait des tourbillons de poussière. Elle formait de petits tas dans le creux de mes mains tournées vers le ciel, s'amoncelait sur mes épaules et s'incrustait dans mes cheveux.

A mesure que le soleil pâlissait, j'avais de plus en plus faim et une soif torturante me desséchait la gorge : depuis l'aurore, je n'avais rien eu à manger ni à boire. Les moines qui allaient et venaient, et ils étaient nombreux, ne me prêtaient pas la moindre attention. Des chiens errants s'arrêtèrent pour me renifler avec curiosité, puis repartirent à l'aventure. Une bande de petits garçons vint à passer. L'un d'entre eux, pour s'occuper, me lança une pierre qui m'atteignit à la tempe. Le sang coula. Mais je ne bougeai pas. J'avais trop peur. Si j'échouais dans cette épreuve d'endurance, mon père ne me laisserait plus rentrer dans ce qui avait été ma maison. Il n'y avait pas d'endroit où je puisse aller; il n'y avait rien que je puisse faire, si ce n'est de rester immobile, souffrant de tous mes muscles, et les articulations ankylosées.

Le soleil disparut derrière les montagnes et ce fut la nuit. Les étoiles scintillèrent dans le ciel sombre. Des milliers de petites lampes à beurre brillèrent aux fenêtres de la lamaserie. Un vent glacial se leva : j'entendis le sifflement et le bruissement des feuilles des saules et autour de moi les sourdes rumeurs qui composent la musique étrange de la nuit.

Malgré tout, je restai immobile et cela pour deux excellentes raisons : j'avais trop peur et mes membres étaient trop raides pour que je bouge. C'est alors que me parvint le bruit feutré de sandales traînant sur le sol sablonneux : je reconnus la démarche d'un vieillard qui cherchait son chemin dans l'obscurité. Une forme surgit devant moi; c'était un vieux moine que des années d'austérité avaient courbé et fatigué. Ses mains tremblaient, ce qui ne me laissa pas indifférent, quand je vis qu'il renversait le thé qu'il portait dans une main. Dans l'autre, il tenait un petit bol de tsampa. Il me tendit l'un et l'autre. Je ne fis pas un geste pour les prendre.

— Prends, mon fils, me dit-il, car tu as le droit de bouger pendant les heures de la nuit.

Je bus donc le thé et vidai la tsampa dans mon propre bol.

— Dors maintenant, reprit le vieillard, mais dès les premiers rayons du soleil, reprends la même position, car il s'agit d'une épreuve, et non pas d'une torture inutile comme tu le penses peut-être en ce moment. Seuls ceux qui la passent peuvent aspirer aux rangs supérieurs de notre Ordre.

Là-dessus, il reprit la coupe et le bol et s'éloigna. Je me mis debout, étirai mes membres puis me couchai sur le côté pour terminer la tsampa. J'étais vraiment à bout de forces. Aussi, je creusai un peu le sol pour y loger ma hanche et je m'allongeai, ma robe de rechange me servant d'oreiller.

Les sept années que j'avais passées sur terre n'avaient pas été faciles. Mon père s'était montré sévère en toutes occasions, horriblement sévère, mais il n'en restait pas moins que c'était ma première nuit loin de chez moi et que de la journée, je n'avais changé de position, restant complètement immobile et mourant de faim et de soif. Je n'avais aucune idée de ce que le lendemain allait m'apporter ni de ce que l'on exigerait encore de moi. Mais pour l'instant, je devais dormir, sous le ciel glacial, seul avec ma peur des ténèbres, seul avec ma crainte des prochains jours.

Il me sembla avoir eu à peine le temps de fermer l'œil, quand je fus réveillé par la sonnerie d'une trompette. En ouvrant les yeux, je vis que la fausse aurore était là, accompagnée de la première lueur du jour qui se reflétait dans les cieux derrière les montagnes. Je me levai précipitamment et repris l'attitude de la méditation. Devant moi, la lamaserie s'éveilla lentement.

D'abord, avec sa grande carcasse inerte et privée de vie, elle ressemblait à une ville endormie. Elle poussa ensuite un faible soupir comme en laisse échapper un homme qui se réveille. Ce soupir devint un murmure qui s'amplifia, et elle se mit à bourdonner comme un essaim d'abeilles par une chaude journée d'été. Parfois, on entendait l'appel d'une trompette évoquant le chant assourdi d'un oiseau dans le lointain et, tel le cri du crapaud dans les marais, le coassement d'une conque. Quand la lumière se fit plus vive, de petits groupes de têtes rasées passèrent et repassèrent devant les fenêtres ouvertes, ces fenêtres qui, à la lueur de la première aurore, ressemblaient aux orbites vides d'un crâne humain.

Plus le jour avançait et plus je me sentais ankylosé, mais je n'osai pas bouger; je n'osai pas davantage dormir car un seul mouvement et c'était l'échec et où aurais-je pu aller ensuite? Père avait été très clair : si la lamaserie ne voulait pas de moi, lui non plus. Par petits groupes, des moines sortirent des bâtiments pour vaquer à leurs mystérieuses occupations. De jeunes garçons flânaient; parfois, d'un coup de pied ils envoyaient une avalanche de poussière et de petits cailloux dans ma direction, ou ils échangeaient de grossières remarques. Comme je ne leur répondais pas, ils se lassèrent vite de ce jeu raté et partirent à la recherche de victimes plus coopératives. Peu à peu, la lumière baissa et les petites lampes à beurre de la lamaserie furent de nouveau appelées à la vie. Bientôt, il n'y eut plus pour m'éclairer que la lumière diffuse des étoiles, car c'était la période de l'année où la lune se lève tard, et « quand la lune est jeune, elle ne peut voyager vite », affirme un de nos dictons.

Je fus soudain malade de peur : m'avait-on oublié? Ou bien s'agissait-il d'une épreuve au cours de laquelle je devais être privé de toute nourriture? Je n'avais pas bougé de toute cette interminable journée et la faim me faisait défaillir. Soudain, un espoir illumina mon cœur et je faillis bondir. J'entendais un bruit de pas, et une silhouette sombre avançait dans ma direction. Hélas, c'était un immense bouledogue noir qui traînait quelque chose. Loin de m'accorder la moindre attention, il poursuivit sa mission nocturne, sans être ému le moins du monde par ma fâcheuse situation. Mes espoirs s'écroulèrent. J'aurais pu pleurer. Pour m'empêcher de céder à cette faiblesse, je me rappelai à moi-même que seules les filles et les femmes sont assez stupides pour se conduire de cette façon.

Enfin, j'entendis les pas du vieillard. Cette fois, il me regarda avec plus de douceur.

— Voilà de quoi manger et de quoi boire, mon fils, me dit-il, mais ce n'est pas encore la fin de l'épreuve. Il reste demain. Fais bien attention, par conséquent, à ne pas bouger, car nombreux sont ceux qui échouent à la onzième heure.

Et sur ces mots, il me quitta.

Pendant qu'il me parlait, j'avais bu le thé et une fois de plus vidé la tsampa dans mon propre bol. De nouveau, je m'étendis sur le sol, pas plus heureux en vérité que la nuit précédente. Allongé, je méditai sur l'injustice de tout cela; je ne voulais pas être moine... à pied, à cheval ni en voiture! On ne me laissait pas plus décider de mon sort que si j'avais été une bête de somme contrainte de passer un col de montagne. Je m'endormis sur cette pensée.

Le jour suivant, le troisième, en reprenant l'attitude de la contemplation, je me sentis plus faible et tout étourdi. La lamaserie me semblait nager dans un brouillard composé de bâtiments, de couleurs brillantes, de taches pourpres, avec des montagnes et des moines généreusement entremêlés. Un effort violent me permit de surmonter cette crise de vertige. Penser que je puisse échouer après toutes les souffrances que j'avais endurées me terrifiait. J'avais l'impression que les pierres sur lesquelles j'étais assis étaient devenues avec le temps aussi coupantes que des couteaux qui me faisaient mal aux endroits les plus sensibles de ma personne.

Dans un de mes moments de détente relative, je me dis que j'avais de la chance de ne pas être une poule couvant ses œufs et obligée de rester dans la même position encore plus longtemps que moi.

Le soleil semblait immobile; le jour paraissait sans fin. Mais enfin la lumière commença à baisser et le vent du soir se mit à jouer avec une plume abandonnée par un oiseau de passage.

Une fois encore les petites lumières apparurent aux fenêtres, les unes après les autres.

— Comme je voudrais mourir cette nuit, pensai-je, je ne peux plus tenir le coup.

Au même moment, la haute silhouette du Maître des Acolytes apparut dans l'encadrement d'une porte.

— Viens ici, mon garçon! cria-t-il.

J'essayai de me mettre debout, mais mes jambes étaient si raides que je m'étalai de tout mon long.

— Si tu veux te reposer, tu peux rester ici une nuit de plus, dit-il. Je n'attendrai pas plus longtemps.

Je ramassai précipitamment mon baluchon et allai vers lui d'un pas chancelant.

— Entre, me dit-il. Assiste à l'office du soir et viens me voir demain matin.

A l'intérieur, il faisait chaud et je sentis l'odeur réconfortante de l'encens. Mes sens aiguisés par la faim me signalèrent qu'il y avait non loin de là de quoi manger, et je suivis un groupe qui se dirigeait vers la droite. De la nourriture : tsampa et thé au beurre! Je me faufilai au premier rang comme si j'avais fait cela pendant toute une vie.

Des moines essayèrent de me retenir par ma natte quand je passai à quatre pattes entre leurs jambes, mais en vain; je voulais manger et rien n'aurait pu m'arrêter.

Un peu réconforté, je suivis les moines dans le temple intérieur pour l'office du soir. J'étais trop fatigué pour y comprendre quoi que ce fût, mais personne ne fit attention à moi. Quand les moines sortirent à la queue leu leu, je me glissai derrière un énorme pilier et m'allongeai sur le sol de pierre, mon baluchon sous la tête. Je m'endormis.

Un choc violent — je crus que mon crâne avait éclaté — des voix.

— Un nouveau. Un gosse de riches. Allons-y, rossons-le!

Un acolyte brandissait ma robe de rechange qu'il avait tirée de dessous ma tête, un autre s'était emparé de mes bottes. Une bouillie de tsampa, molle et humide, m'arriva en pleine figure. Une avalanche de coups de poing et de pied s'abattit sur moi, mais je ne me défendis pas. Peut-être s'agissait-il d'une épreuve et voulait-on voir si j'obéissais à la seizième Loi qui ordonne : « Supporte la souffrance et le malheur avec patience et résignation. »

Quelqu'un cria tout à coup :

— Qu'est-ce qui se passe ici?

Il y eut des chuchotements effrayés :

— Oh! Le vieux Sac-à-Os! Il nous tombe dessus!

J'étais en train de retirer la tsampa de mes yeux quand le Maître des Acolytes se pencha vers moi, m'attrapa par la natte et me mit debout.

— Poule mouillée! Chiffe molle! Toi, un futur chef? Allons donc! Attrape ça! Et ça!

Je fus littéralement submergé sous une grêle de coups violents.

— Bon à rien, mollasson, même pas capable de se défendre!

Les coups semblaient ne pas devoir s'arrêter. Je crus entendre ce que m'avait dit le vieux Tzu lors de nos adieux :

— Fais bien ton devoir et *souviens-toi de tout ce que je t'ai appris*.

Inconsciemment, je fis face et appliquai une légère pression comme Tzu m'avait appris à le faire. Le Maître, pris par surprise, poussa un gémissement de douleur, vola au-dessus de ma tête, heurta le sol de pierre, glissa sur le nez dont toute le peau fut arrachée, et s'arrêta quand sa tête eut frappé un pilier avec un bruit assourdissant. « C'est la mort qui m'attend, pensais-je, la fin de toutes mes inquiétudes. » Le monde parut s'arrêter. Les autres garçons retenaient leur souffle. Un hurlement : d'un bond, le moine grand et osseux s'était remis debout. Des flots de sang coulaient de son nez. Il faisait un potin du diable... parce qu'il riait à gorge déployée!

— Tu es un coq de combat, hein? me dit-il. Un coq de combat ou un rat acculé dans un coin? Lequel des deux? C'est ça qu'il faut savoir.

Il se tourna vers un garçon de quatorze ans grand et lourd auquel il fit signe.

— Ngawang, dit-il, tu es la pire brute de cette lamaserie. Fais-nous voir si le fils d'un caravanier vaut mieux que le fils d'un prince quand il s'agit de se battre.

Pour la première fois de ma vie, je rendis grâce à Tzu, le vieux moine-policier. Dans sa jeunesse, il avait été un expert en judo (1), un champion du pays de Kham. Il m'avait enseigné selon ses propres paroles « tout ce qu'il savait ». J'avais eu à me battre contre des hommes et j'avais fait de grands progrès dans cette science pour laquelle la force et l'âge ne sont d'aucune utilité. Puisque ce combat allait décider de mon avenir, je me sentais enfin rassuré.

Ngawang était fort et bien bâti mais manquait de souplesse dans ses mouvements. Visiblement, il était habitué aux bagarres sans style où sa force lui donnait l'avantage. Il se rua vers moi pour m'empoigner et me réduire à l'impuissance. Je n'avais pas peur, grâce à Tzu et à son entraînement parfois brutal. Quand Ngawang chargea, je fis un pas de côté et lui tordis légèrement le bras. Ses pieds dérapèrent et il accomplit un demi-cercle avant d'atterrir sur la tête. Il resta un instant à gémir « sur le tapis », puis se releva brusquement et bondit vers moi. Me laissant tomber sur le sol, je lui tordis une jambe au moment où il se trouva au-dessus de moi. Cette fois, il fit un soleil et atterrit sur l'épaule gauche. Mais il n'avait pas encore son compte. Il tourna prudemment autour de moi, puis, après un bond de côté, il saisit par ses chaînes un lourd encensoir qu'il fit tournoyer en l'air. Une telle arme est lente, pesante et facile à éviter. Je fis un pas en avant, passai sous ses bras qu'il agitait comme un fléau et appuyai délicatement un doigt à la base de son cou, comme Tzu m'avait si souvent montré à le faire. Il roula au sol, comme un rucher qui dégringole du haut d'une montagne; ses doigts inertes laissèrent échapper les chaînes et l'encensoir fut propulsé telle la pierre d'une fronde vers le groupe d'enfants et de moines qui assistaient au match.

Ngawang resta inconscient pendant une bonne demi-heure.

(1) La méthode tibétaine est différente et plus efficace, mais je la désignerai sous le nom de judo dans ce livre, car le mot tibétain n'aurait aucune signification pour les lecteurs occidentaux.

Cette « touche » spéciale sert souvent à libérer l'esprit du corps pour qu'il puisse entreprendre des voyages astraux ou se livrer à des activités de même ordre.

Le Maître des Acolytes s'avança vers moi, me donna une tape sur l'épaule qui faillit m'envoyer sur le tapis à mon tour, et fit une déclaration quelque peu contradictoire en ses termes.

— Petit, dit-il, tu es un homme!

Ma réponse fut follement audacieuse :

— Alors, j'ai mérité un peu de nourriture, mon Père, s'il vous plaît? J'ai eu si peu à me mettre sous la dent ces derniers jours.

— Mon garçon, me répondit-il, mange et bois jusqu'à ce que tu n'en puisses plus. Tu diras après à un de ces vauriens — tu es leur maître à présent — de te conduire jusqu'à moi.

Le vieux moine qui m'avait apporté de quoi manger avant que je sois admis à la lamaserie arriva au même moment.

— Mon fils, me dit-il, tu as bien agi. Ngawang tyrannisait les acolytes. Prends sa place, mais que la bonté et la compassion inspirent tes décisions. Tu as été bien élevé. Utilise tes connaissances à bon escient et veille à ce qu'elles ne tombent pas dans des mains indignes. Maintenant viens avec moi et je te donnerai à manger et à boire.

Quand j'arrivai dans sa chambre, le Maître des Acolytes me reçut aimablement.

— Assieds-toi, mon garçon, me dit-il, assieds-toi. Nous allons voir si intellectuellement tu es aussi brillant que physiquement. Je vais essayer de t'attraper, mon garçon, alors attention!

Il me posa ensuite un nombre stupéfiant de questions, soit par oral, soit par écrit. Pendant six heures, nous restâmes assis l'un en face de l'autre sur nos coussins avant qu'il se déclare satisfait. J'avais l'impression d'être transformé en une peau de yak mal tannée, lourde et flasque. Il se leva :

— Mon garçon, dit-il, suis-moi. Je vais te présenter au Père Abbé. C'est un honneur exceptionnel, tu comprendras bientôt pourquoi. Allons!

Je le suivis dans les larges corridors : bureaux religieux, temples intérieurs, salles de classe. Un escalier. D'autres corridors en zigzag, les Salles des Dieux et l'entrepôt des plantes médicinales. Un autre escalier et nous étions enfin arrivés sur le toit plat de la lamaserie et nous marchions vers la maison du Père Abbé. Une entrée aux lambris dorés, le Bouddha d'or, le Symbole de la Médecine et nous entrions dans les appartements privés du Père Abbé.

— Salue, mon garçon, me dit le Maître des Acolytes, et fais comme moi.

Il se prosterna après avoir salué trois fois. Je fis de même, le cœur battant.

Le Père Abbé, impassible, nous regarda.

— Asseyez-vous, dit-il.

Nous nous installâmes sur des coussins, les jambes croisées, à la tibétaine.

Pendant un long moment, le Père Abbé m'examina sans parler. Puis il dit :

— Mardi Lobsang Rampa, je connais tout ce qui te concerne, tout ce qui a été prédit. Ton épreuve d'endurance a été rude à juste titre. Tu comprendras pourquoi dans quelques années. Pour l'instant, sache que sur mille moines, il n'y en a qu'un qui soit doué pour les choses supérieures, et capable d'atteindre un haut degré d'évolution. Les autres se laissent aller à une pratique routinière de leurs devoirs. Ce sont les travailleurs manuels, ceux qui tournent les roues à prières sans se poser de questions. Nous ne manquons pas de ceux-là. Nous manquons de ceux qui perpétueront notre savoir quand un nuage étranger recouvrira notre pays. Tu recevras une formation spéciale, une formation intensive et en quelques courtes années, il te sera donné plus de connaissances qu'un lama n'en acquiert généralement pendant une vie entière. Le Chemin sera dur, et il sera souvent pénible. Maîtriser la clairvoyance, en effet, est douloureux, et voyager dans les mondes astraux exige des nerfs que rien ne puisse ébranler et une volonté dure comme le roc.

J'écoutais avec toute mon attention, sans perdre un mot.

Tout cela me paraissait trop difficile. Je n'étais pas énergique à ce point! Le Père Abbé continua :

— Tu étudieras ici la médecine et l'astrologie. Nous t'aiderons de notre mieux. Tu étudieras également les arts ésotériques. Ton chemin est tracé, Mardi Lobsang Rampa. Quoique tu n'aies que sept ans, je te parle comme à un homme, car c'est comme un homme que tu as été élevé.

Il inclina la tête et le Maître des Acolytes se leva et salua profondément. Je fis de même et nous sortîmes ensemble. Ce n'est qu'une fois rentré dans sa chambre que le Maître rompit le silence :

— Mon garçon, dit-il, tu vas devoir travailler dur. Mais nous t'aiderons de toutes nos forces. Maintenant, suis-moi, je vais te faire raser la tête.

Au Tibet, quand un jeune garçon entre dans les ordres, on lui rase entièrement les cheveux à l'exception d'une mèche qui est coupée le jour où il reçoit son nom en religion et abandonne l'ancien. Mais je reviendrai sur cette question plus tard.

Le Maître me conduisit le long de corridors circulaires jusqu'à une petite pièce, « la boutique du coiffeur » où on me dit de m'asseoir sur le sol.

— Tam-Chô, dit-il, rase la tête de ce garçon. Enlève aussi la mèche car il va recevoir son nom en religion aujourd'hui même.

Tam-Chô s'avança, prit ma natte dans sa main droite et la souleva verticalement.

— Ah, ah, mon garçon, dit-il, quelle ravissante natte, bien beurrée, bien soignée. Ça va être un plaisir de la cisailler.

Il trouva quelque part une énorme paire de ciseaux, du genre de ceux dont se servaient nos serviteurs pour le jardinage.

— Tische, cria-t-il, viens me tenir le bout de cette corde.

Tische, son assistant, arriva au pas de course et tira si fort sur ma natte que je fus presque soulevé du sol. La langue pendante, Tam-Chô se mit au travail avec ses ciseaux malheureusement émoussés. Après bien des grognements, ma natte fut coupée. Mais ça n'était que le commencement. L'assistant apporta un bol rempli d'une eau si chaude, que lorsqu'il la versa sur ma tête, la douleur me fit faire un bond.

— Quelque chose qui ne va pas, petit ? demanda le coiffeur Je te brûle ?

— Oui, dis-je.

— N'y fais pas attention, ça facilite la coupe ! me répondit-il en prenant un rasoir triangulaire dont on se serait servi à la maison pour gratter les planchers. Finalement, après ce qui me parut être une éternité, ma tête fut entièrement débarrassée de ses cheveux.

— Viens, me dit le Maître. Je le suivis dans sa chambre où il me montra un grand livre.

— Voyons, comment allons-nous t'appeler ?... Ah ! J'y suis ! A partir de maintenant, ton nom sera Yza-mig-dmar Lahlu. (Dans ce livre cependant, je continuerai à utiliser le nom de Mardi Lobsang Rampa, plus facile pour le lecteur.)

Je fus ensuite conduit dans une classe. Je me sentais aussi nu qu'un œuf fraîchement pondu. Comme j'avais reçu une bonne éducation à la maison, on estima que j'avais des connaissances supérieures à la moyenne et on me fit entrer dans la classe des acolytes âgés de dix-sept ans. J'avais l'impression d'être un nain parmi des géants. Ces acolytes m'avaient vu rosser Ngawang, de sorte que personne n'essaya de m'ennuyer, sauf un garçon grand et stupide. Il s'approcha de moi par-derrière et posa ses grosses pattes sales sur mon crâne douloureux. Je n'eus qu'à me redresser et avec mes doigts lui donner un coup sec au bas des coudes pour le faire reculer en hurlant de douleur. Essayez de briser deux « petits Juifs » à la fois et vous verrez ! Vraiment Tzu avait été un bon maître. Tous les instructeurs de judo que je devais rencontrer plus tard dans la semaine le connaissaient ; ils furent unanimes à déclarer qu'il était le meilleur spécialiste du Tibet. Après cet incident, les enfants me laissèrent tranquille. Quant à notre maître qui avait le dos tourné quand le garçon avait posé ses mains sur ma tête, il eut vite fait de comprendre ce qui s'était passé. Mais le résultat de la bataille le fit tellement rire qu'il nous laissa partir de bonne heure.

Il était à peu près huit heures et demie, ce qui nous laissait trois quarts d'heure de liberté avant l'office du soir fixé à neuf heures et quart. Ma joie fut de courte durée. Un lama me fit signe d'approcher au moment où nous sortions de la salle de cours. Je le rejoignis.

— Suis-moi, dit-il.

J'obéis en me demandant quels nouveaux ennuis pouvaient bien m'attendre. Il entra dans une salle de musique où se trouvaient une vingtaine de garçons, des « nouveaux » comme moi. Trois musiciens s'apprêtaient à jouer, l'un du tambour, l'autre de la trompe, le troisième d'une trompette d'argent.

— Nous allons chanter, dit le lama, pour me permettre de répartir vos voix dans le chœur.

Les musiciens attaquèrent un air très connu que chacun pouvait chanter. Nos voix s'élevèrent... et les sourcils du Maître de musique aussi! L'étonnement peint sur son visage fit place à une expression de vive souffrance. Ses mains se levèrent en signe de protestation.

— Arrêtez! Arrêtez! cria-t-il, vous feriez souffrir les Dieux eux-mêmes. Reprenez dès le début et faites attention!

Nous recommençâmes, mais de nouveau il nous arrêta. Cette fois, il vint vers moi :

— Nigaud, me dit-il, tu essaies de te moquer de moi. Je vais faire jouer les musiciens, et tu chanteras tout seul puisque tu ne veux pas chanter avec les autres.

Une fois de plus on attaqua la musique et une fois de plus je chantai. Mais pas longtemps. Le maître de musique, complètement hors de lui, gesticulait devant moi.

— Mardi Lobsang, dit-il, la musique ne figure pas parmi tes talents. Jamais, depuis cinquante-cinq ans que je suis ici, je n'ai entendu une voix si mal accordée. Mal accordée? Elle est irrémédiablement fausse. Petit, tu ne chanteras plus. Pendant les classes de musique, tu étudieras autre chose. Et au temple, tu resteras muet, sinon tu gâcherais tout. Maintenant, file, vandale sans oreille.

Je filai.

Je flânai jusqu'au moment où les trompettes annoncèrent

l'heure du dernier office. La veille... bonté divine, était-ce seulement hier que j'étais entré dans la lamaserie? Il me semblait que j'étais là depuis une éternité. J'avais l'impression de marcher comme un somnambule et je recommençais à avoir faim. Ce qui valait peut-être mieux, car si j'avais eu le ventre plein, je serais sans doute tombé de sommeil. Quelqu'un m'attrapa par la robe et je fus balancé dans les airs. Un grand lama, à la figure sympathique, m'avait installé sur ses larges épaules.

— Viens, mon petit, me dit-il, tu vas être en retard à l'office et tu te feras gronder. Pas de souper, tu sais, si tu es en retard... c'est à ce moment-là que tu auras le ventre creux comme un tambour!

Quand il entra dans le temple, il me portait encore sur ses épaules. Il prit sa place immédiatement derrière les coussins réservés aux acolytes et me déposa avec précaution devant lui.

— Regarde-moi, dit-il, et répète ce que je dis. Mais quand je chanterai, toi, n'ouvre pas la bouche, ha! ha!

Comme je lui étais reconnaissant de m'aider! Si peu de gens, jusque-là, m'avaient manifesté de la bonté. L'éducation que j'avais reçue dans le passé avait été à base de vociférations ou de coups.

Je dus somnoler. Quand je me réveillai en sursaut, je découvris que l'office était terminé et que le grand lama m'avait transporté endormi jusqu'au réfectoire où il avait disposé en face de moi thé, tsampa et légumes bouillis.

— Mange, petit, puis au lit! Je vais te montrer ta chambre car cette nuit tu as le droit de rester couché jusqu'à cinq heures. Tu viendras me voir à ton réveil.

Ce furent les derniers mots que j'entendis avant d'être réveillé à cinq heures — et avec combien de difficultés — par un jeune garçon qui la veille m'avait témoigné de l'amitié. Je vis que j'étais dans une grande chambre, allongé sur trois coussins.

— Le Lama Mingyar Dondup m'a recommandé de te réveiller à cinq heures, me dit-il.

Je me levai et empilai mes coussins contre un mur comme

j'avais vu les autres le faire. Ceux-ci sortaient déjà, et mon camarade me dit :

— Dépêchons-nous pour le petit déjeuner; après je dois te conduire au Lama Mingyar Dondup.

Je commençais alors à me sentir un peu plus à l'aise, non que j'aimasse le monastère ou que je désirasse y rester, mais il m'était venu à l'esprit que n'ayant pas la liberté de choisir, le meilleur service que je pouvais me rendre à moi-même était de m'installer sans faire d'histoires.

Au petit déjeuner, le Lecteur nous gratifia, d'une voix monotone, d'un passage quelconque de l'un des cent douze volumes du *Kan-gyur*, les Écritures bouddhistes. Il dut s'apercevoir que je pensais à autre chose car il m'interpella brusquement :

— Toi, petit nouveau, qu'est-ce que je viens de dire? Réponds vite!

Tel un éclair et sans réfléchir une seconde, je répliquai :

— Vous avez dit, mon Père, cet enfant ne m'écoute pas, je vais bien l'attraper!

Réplique qui suscita l'hilarité, et m'évita d'être rossé pour mon inattention. Le Lecteur sourit — événement rarissime — et expliqua qu'il m'avait demandé de lui répéter le texte des Écritures, mais que « pour cette fois cela irait ».

A tous les repas, le Lecteur installé devant un lutrin nous lisait des passages des livres sacrés. Les moines n'ont pas la permission de parler pendant les repas ni celle de penser à ce qu'ils mangent. Le savoir sacré doit pénétrer en eux en même temps que la nourriture. Nous étions tous assis sur des coussins posés sur le sol et nous mangions à une table haute de cinquante centimètres. Il était formellement interdit de faire le moindre bruit comme de mettre les coudes sur la table.

Au Chakpori, la discipline était véritablement de fer. Chakpori veut dire « Montagne de Fer ». Dans la plupart des lamaseries la discipline ou l'emploi du temps était mal organisé. Les moines pouvaient travailler ou fainéanter à leur gré. Un seul peut-être sur un millier était désireux de progresser et c'était celui-là qui devenait lama, car lama veut dire : « être supérieur » et ne s'applique pas à n'importe qui. Dans notre lamaserie, la discipline était stricte et même inflexible. Nous devions devenir des spécialistes, des dirigeants de notre classe : pour nous l'ordre et l'éducation étaient absolument essentiels. Nous n'étions pas autorisés à porter la robe normale de l'acolyte qui est blanche : la nôtre devait être rouge sombre comme celle des moines. Nous avions aussi des domestiques, mais c'étaient des moines-serviteurs qui veillaient au côté pratique de la vie de la lamaserie. A tour de rôle nous assurions ce genre de travail pour que des idées de grandeur ne nous montent pas à la tête. Nous devions toujours nous souvenir du vieux dicton bouddhiste : « Donne toi-même l'exemple. Fais seulement le bien, et jamais le mal à ton prochain. » Ceci est l'essence même de l'enseignement du Bouddha.

Notre Père Abbé, le Lama Cham-pa La, était aussi sévère que mon père et exigeait une obéissance absolue. L'une de ses paroles favorites était : « Lire et écrire sont les portes de toutes les qualités. »

De sorte que, dans ce domaine, nous avions fort à faire.

5

LA VIE D'UN CHELA

Au Chakpori, notre « journée » commençait à minuit. Quand les trompettes de minuit sonnaient, et que leurs échos retentissaient dans les couloirs faiblement éclairés, nous rangions, à moitié endormis, nos lits-coussins et cherchions nos robes dans le noir. Nous dormions nus, pratique courante au Tibet où la fausse pudeur n'existe pas. Une fois habillés, nous partions, en fourrant nos affaires dans nos robes. Nous descendions en faisant un bruit infernal car, à cette heure, nous étions généralement de mauvaise humeur. Une partie de notre enseignement disait : « Il vaut mieux reposer l'esprit en paix que de prendre l'attitude du Bouddha et de prier quand on est en colère. » Il me venait souvent une pensée irrespectueuse : « Eh bien, pourquoi ne nous laisse-t-on pas reposer l'âme en paix! Ce réveil à minuit *me* met en colère! » Mais personne ne me fournissait de réponse satisfaisante et il me fallait bien aller avec les autres dans le Hall de la Prière. Là, d'innombrables lampes à beurre faisaient de leur mieux pour projeter un peu de lumière à travers les nuages d'encens flottant dans l'air. Sous cette lumière vacillante, et au milieu des ombres mouvantes, les statues sacrées géantes semblaient s'animer. On aurait dit qu'elles s'inclinaient en réponse à nos chants.

Des centaines de moines et d'acolytes s'asseyaient les jambes croisées, sur des coussins alignés d'un bout à l'autre du hall. Ils prenaient place de façon à faire face à une rangée et à tourner le dos à une autre. Nous chantions des hymnes et des mélodies sacrées qui utilisent des gammes spéciales, car les Orientaux ont compris que les sons ont un pouvoir. De même qu'une note musicale peut briser un verre, de même une combinaison de notes est douée d'un pouvoir métaphysique. On nous lisait également *Kan-gyur*. C'était un spectacle très impressionnant que celui de ces centaines d'hommes en robes rouge sang et aux étoles dorées, s'inclinant et chantant à l'unisson, accompagnés par le son grêle et argentin des petites cloches et le roulement des tambours. De bleus nuages d'encens se lovaient autour des genoux des dieux où ils formaient comme des couronnes et souvent, nous avions l'impression, dans cette lumière douteuse, que l'une ou l'autre de ces statues nous regardait fixement.

L'office durait à peu près une heure, après quoi nous retournions à nos coussins pour dormir jusqu'à quatre heures. Un autre office commençait à quatre heures et quart environ. A cinq heures, nous avions notre premier repas composé de tsampa et de thé au beurre. Même alors, nous devions écouter la voix monotone du Lecteur, cependant qu'installé à ses côtés, le Maître de la Discipline nous épiait d'un œil méfiant. On nous communiquait aussi toutes sortes d'ordres et d'informations. Dans le cas, par exemple, d'une course à faire à Lhassa, c'est au petit déjeuner qu'on donnait le nom des moines qui étaient chargés d'y aller. Ils recevaient alors une dispense spéciale, les autorisant à quitter la lamaserie de telle à telle heure et à manquer un certain nombre d'offices.

A six heures, nous étions dans nos salles de classe, prêts pour la première séance de travail. La deuxième loi tibétaine disait : « Tu rempliras tes devoirs religieux et tu étudieras. » Dans l'ignorance de mes sept ans, je n'arrivais pas à comprendre pourquoi il nous fallait obéir à cette loi alors que la cinquième : « Tu honoreras tes aînés ainsi que *les personnes de naissance noble* » n'était absolument pas respectée. Mon expérience en effet me poussait à croire qu'il y avait quelque chose de honteux à être de « naissance noble ». J'avais certainement été victime de cette noblesse. Il ne me vint pas à l'esprit alors que ce n'est pas la naissance d'une personne qui compte mais bien son caractère.

A neuf heures, nous interrompions nos études pendant une quarantaine de minutes, le temps d'assister à un autre office. Ce répit était parfois le bienvenu mais nous devions être de retour dans nos classes, à dix heures moins le quart. A ce moment, commençait l'étude d'une autre matière et on nous gardait au travail jusqu'à une heure. Nous n'avions pas encore la permission de manger : un office d'une demi-heure précédait notre repas de thé au beurre et de tsampa. Venait ensuite une heure de travaux domestiques destinés à nous faire prendre de l'exercice et à nous enseigner l'humilité. Les travaux les plus salissants et les plus déplaisants semblaient m'être confiés, « plus souvent qu'à mon tour ».

A trois heures, nous étions rassemblés pour une heure de repos obligatoire. Défense de parler ou de bouger; l'immobilité absolue. Nous n'aimions guère cette partie du programme car une heure, c'était trop court pour dormir et trop long pour rester à ne rien faire! Nous aurions pu facilement imaginer de meilleures occupations! A quatre heures, après ce repos, nous retournions à nos études. Commençait alors la période la plus terrible de la journée. Elle durait cinq heures, sans une minute de répit, cinq heures pendant lesquelles nous ne devions quitter la salle de classe sous aucun prétexte, sous peine des punitions les plus sévères. Nos maîtres usaient très libéralement de leurs grosses cannes et certains mettaient un enthousiasme réel à punir les délinquants. Seuls les élèves qui n'en pouvaient plus ou ceux qui étaient bêtes demandaient à « être excusés », car au retour la punition était inévitable.

Nous étions libérés à neuf heures pour notre dernier repas de la journée, composé de thé et de tsampa. Parfois, mais rarement, nous avions des légumes, c'est-à-dire le plus souvent des tranches de navets ou de très petites fèves. Ils étaient crus, mais très mangeables pour de jeunes garçons affamés. Une fois — et je ne suis pas prêt de l'oublier — j'avais alors huit ans, on nous donna des cerneaux confits au vinaigre. J'adorais les cerneaux, pour en avoir souvent mangé chez moi. Bêtement, j'essayai de faire un échange avec un de mes camarades : ma robe de rechange contre sa ration. Le Maître de la Discipline m'entendit et me fit venir au milieu de la pièce où je dus confesser ma faute. Comme punition de ma « gourmandise », je fus condamné à n'avoir rien à manger ni à boire pendant vingt-quatre heures. Quant à ma robe, on me la confisqua, sous prétexte qu'elle ne m'était d'aucune utilité puisque « j'avais voulu l'échanger contre quelque chose qui n'était pas de première nécessité ».

A neuf heures et demie, nous retournions à nos coussins, à notre « lit ». Personne n'était en retard pour se coucher! Au début, je pensais que ces longues heures me tueraient, que j'allais tomber mort d'une minute à l'autre ou m'endormir pour ne jamais me réveiller. Avec les autres « nouveaux », nous nous cachions dans des coins pour y faire un petit somme. Mais très rapidement je m'habituai à notre horaire et ces journées interminables ne me gênèrent absolument plus.

Il était presque six heures quand, conduit par le garçon qui m'avait réveillé, je me trouvai devant la porte du Lama Mingyar Dondup. Quoique je n'eusse pas frappé, il me cria d'entrer. Sa chambre était fort agréable avec ses merveilleuses peintures, certaines peintes directement sur le mur et d'autres sur des tentures de soie. Sur des tables basses étaient disposées quelques petites statues de dieux et de déesses, en or, en jade et en cloisonné. Une grande Roue de la Vie était aussi fixée sur le mur. Assis dans l'attitude du lotus sur son coussin, devant une table chargée de livres, le Lama était en train d'étudier quand j'entrai.

— Assieds-toi ici près de moi, Lobsang, me dit-il, nous avons beaucoup à parler. Mais d'abord une question importante quand il s'agit d'un homme en pleine croissance : as-tu eu assez à manger et à boire?

— Oui, dis-je.

— Le Père Abbé a dit que nous pourrions travailler ensemble. Nous avons retrouvé ta dernière incarnation : elle est excellente. Nous voulons maintenant redévelopper certains pouvoirs et certaines facultés que tu avais dans ta ie précédente. En quelques années à peine, nous voulons que tu assimiles plus de connaissances qu'un lama n'en acquiert au cours d'une très longue vie.

Il s'arrêta et m'examina longtemps et avec intensité. Ses yeux étaient très pénétrants.

— Tous les hommes doivent être libres de choisir leur voie, reprit-il. Ton chemin sera pénible pendant quarante ans, si tu choisis la bonne voie, celle qui mène aux grandes récompenses dans la vie future. Sur la mauvaise voie par contre, tu trouveras confort, agrément et richesses dès ici-bas mais tu ne feras pas de progrès. Toi, et toi seul peux choisir.

Il m'interrogea du regard.

— Maître, répondis-je, mon père m'a dit que si je ne réussissais pas à la lamaserie, je ne devais pas revenir chez lui. Comment pourrai-je mener une vie confortable si je n'ai pas de maison où je puisse retourner? Et qui m'indiquera la bonne voie si c'est elle que je choisis?

Il me sourit :

— As-tu déjà oublié? Nous avons retrouvé ta dernière incarnation. Si tu choisis la mauvaise voie, celle de la facilité, tu seras installé dans une lamaserie comme une Incarnation Vivante et dans l'espace de quelques années, nommé à une charge de Père Abbé. Ton père n'appellerait pas cela un échec!

Quelque chose dans son ton me poussa à lui demander :

— Et pour vous, mon Père, serait-ce un échec?

— Oui, répondit-il, sachant ce que je sais, pour moi ce serait un échec.

— Et qui me conduira?

— Je serai ton guide si tu choisis la bonne voie, mais c'est à toi de décider, personne n'a le droit de t'influencer.

Je levai les yeux vers lui; je le regardai. Et j'aimais ce que je vis : un homme grand, avec des yeux noirs au regard vif, un visage ouvert et un front immense. Oui, il me fut sympathique! J'avais beau n'avoir que sept ans, ma vie avait été pénible et j'avais rencontré beaucoup de monde : je pouvais vraiment juger de la qualité d'un homme.

— Maître, dis-je, j'aimerais être votre élève et choisir la bonne voie.

J'ajoutai, sur un ton qui devait être lugubre :

— Mais ça ne me fait toujours pas aimer le travail!

Il se mit à rire et son grand rire me réchauffa le cœur.

— Lobsang, Lobsang, aucun d'entre nous n'aime travailler dur, mais rares sont ceux assez sincères pour l'admettre.

Il regarda ses papiers, et reprit:

— Une petite opération à la tête sera bientôt nécessaire pour te donner la clairvoyance; ensuite nous utiliserons l'hypnotisme pour accélérer tes études. Nous te ferons aller loin en métaphysique ainsi qu'en médecine!

Je me sentais plutôt déprimé devant ce programme : du travail, encore du travail, toujours du travail! Et moi qui avais déjà l'impression de n'avoir fait que cela pendant sept ans, sans beaucoup de temps de reste pour les jeux... et les cerfs-volants!

Le Lama semblait lire en moi.

— C'est vrai, jeune homme, dit-il. Mais les cerfs-volants seront pour plus tard, et ce seront alors de vrais cerfs-volants, qui peuvent porter des hommes. Pour l'instant, il nous faut établir un emploi du temps aussi raisonnable que possible.

Il se pencha sur ses papiers.

— Voyons un peu... De neuf heures à une heure? Oui, cela ira pour commencer. Viens ici tous les matins à neuf heures au lieu d'assister à l'office et nous verrons les choses intéressantes dont nous pourrons discuter. Première séance demain. As-tu un message pour ton père et ta mère, je dois les voir aujourd'hui. Donne-leur ta natte!

J'étais complètement abasourdi. Quand un garçon est accepté dans une lamaserie, on lui rase la tête et on coupe sa natte que l'on envoie à ses parents, par l'intermédiaire d'un petit acolyte, comme un symbole de l'admission de leur fils. Voilà que le Lama Mingyar Dondup allait porter ma natte lui-même! Ce qui signifiait qu'il prenait l'entière responsabilité de ma personne, que j'étais son « fils spirituel ». Ce Lama était un homme fort important, un homme d'une rare intelligence qui jouissait d'une réputation très enviable dans tout le Tibet. Je fus sûr que, sous la direction d'un tel maître, je ne pouvais échouer.

Ce matin-là, de retour dans la salle de classe, je fus un élève très distrait. Mes pensées étaient ailleurs et le maître eut grâce à moi tout le temps et de nombreuses occasions de satisfaire son goût des punitions!

Cette sévérité des maîtres me paraissait bien dure. Mais me dis-je, pour me consoler, je suis venu ici pour étudier. Voilà pourquoi j'ai été réincarné, encore qu'à ce moment-là, je ne savais plus très bien ce qu'il me fallait ré-apprendre. Au Tibet, nous croyons fermement à la réincarnation. Nous pensons qu'un être qui a atteint un certain degré d'évolution peut choisir soit de vivre sur un autre plan d'existence, soit de retourner sur terre pour accroître ses connaissances ou pour aider les autres. Il arrive qu'un sage ait une certaine mission à accomplir pendant sa vie, et qu'il meure avant d'avoir pu la mener à bien. Dans ce cas, nous sommes persuadés qu'il peut revenir sur terre terminer son œuvre, à condition qu'elle soit bénéfique pour les autres. Peu de gens peuvent faire établir leurs incarnations antérieures. Il faut certains signes, beaucoup d'argent et du temps. Ceux qui, comme moi, possédaient ces signes étaient appelés « Incarnations Vivantes ». Pendant leur jeunesse, ils étaient soumis à la plus sévère de toutes les disciplines — ce qui avait été mon cas — mais devenaient l'objet d'un respect unanime en avançant en âge. Pour moi, on allait me faire suivre un traitement spécial destiné à « m'enfourner » des connaissances occultes. Pourquoi, je ne le savais pas alors!

Une volée de coups me fit sursauter : je fus ramené à la réalité de la salle de classe.

— Niais, nigaud, imbécile! Les démons de l'esprit sont-ils entrés dans ton crâne épais? Ce n'est pas moi qui pourrais en dire autant! Tu as de la chance que ce soit l'heure de l'office.

Pour accompagner cette remarque, le Maître hors de lui

me gratifia d'une dernière taloche bien sentie, pour faire bonne mesure, et sortit à grands pas.

— N'oublie pas, me dit mon voisin, que nous « sommes de cuisine » cet après-midi. J'espère que nous pourrons remplir nos sacs de tsampa.

Le travail aux cuisines était dur, car les « cuistots » nous traitaient comme des esclaves. Il n'était pas question de se reposer après cette corvée : deux heures de travaux forcés et nous retournions directement à la salle d'études. Parfois, on nous gardait trop longtemps aux cuisines et nous arrivions en retard en classe. Nous y trouvions un professeur bouillonnant de colère qui nous distribuait une volée de coups de bâton sans nous donner la plus petite chance d'expliquer notre retard.

Ma première corvée faillit être la dernière. Par les corridors dallés, nous nous étions rendus aux cuisines... sans enthousiasme. Un moine de fort mauvaise humeur nous attendait sur le pas de la porte.

— Dépêchez-vous, bande de paresseux et de propres à rien, cria-t-il. Les dix premiers, aux chaudières!

J'avais le numéro dix, je descendis donc avec les autres par un petit escalier. La chaleur était écrasante. En face de nous, les foyers ronflaient sous une lumière rougeoyante. Le combustible était fourni par des bouses de yak dont d'énormes piles étaient disposées près des chaudières.

— Attrapez-moi ces pelles et chargez à mort! hurla le moine qui dirigeait les opérations.

Je n'étais qu'un pauvre petit garçon de sept ans perdu dans un groupe d'élèves dont le plus jeune n'en avait pas moins de dix-sept. J'avais à peine la force de soulever ma pelle et en essayant de charger une chaudière j'en renversai le contenu sur les pieds du moine. Il poussa un hurlement de fureur, me saisit à la gorge, me fit tourner sur moi-même... et trébucha. J'accomplis un vol plané vers l'arrière. Une terrible douleur me transperça et je sentis l'odeur écœurante de la chair brûlée. J'étais tombé sur le bout chauffé au rouge d'une barre sortant de la chaudière. En criant de douleur, je roulai au milieu des cendres chaudes. Le haut de ma jambe gauche, près de la jointure de la cuisse, était brûlé jusqu'à l'os. Il m'en est resté une cicatrice blanche, qui encore maintenant me crée des ennuis. C'est elle qui, plus tard, permit aux Japonais de m'identifier.

Tout ne fut plus que confusion. Des moines arrivaient de partout au pas de course. On eut vite fait de me lever du sol où j'étais allongé parmi les cendres. J'avais des brûlures superficielles un peu partout, mais celle de ma jambe était réellement grave. On me conduisit rapidement aux étages supérieurs où un lama-médecin décida d'essayer de sauver ma jambe. La barre était sale et avait laissé dans ma cuisse des éclats rouillés. Il lui fallut sonder la plaie et retirer les morceaux jusqu'à ce qu'elle fût propre. Il mit ensuite une compresse d'herbes pulvérisées, qu'il maintint en place par un pansement très serré. Sur le reste du corps il appliqua une lotion à base de plantes qui me soulagea beaucoup.

La douleur était lancinante et j'étais sûr de ne plus pouvoir me servir de ma jambe. Quand il eut fini, le lama appela un moine et me fit transporter dans une petite pièce voisine où on me coucha sur des coussins. Un vieux moine entra, s'assit sur le sol à mon chevet et commença à marmonner des prières. « La belle chose en vérité, pensai-je, que d'offrir des actions de grâce pour mon salut alors que je viens d'avoir un accident! » Je décidai, après cette expérience personnelle des tourments de l'enfer, de mener une vie vertueuse. Je me souvenais d'un tableau dans lequel un diable torturait le corps d'une malheureuse victime à peu près à l'endroit où j'avais été brûlé.

On pensera peut-être que contrairement à ce qu'on imagine, les moines étaient des gens terribles. Mais qu'est-ce qu'un « moine »? Pour nous, ce mot s'applique à tout mâle qui vit dans une lamaserie, même s'il n'est pas religieux. Tout le monde ou presque peut le devenir. Il arrive souvent qu'un garçon soit envoyé dans une lamaserie « pour devenir moine » sans être le moins du monde consulté. Parfois, c'est un homme qui en a assez de garder des moutons et qui veut être sûr d'avoir un toit quand la température descendra jusqu'à quarante degrés au-dessous de zéro. Il devient alors moine, non pas par conviction religieuse mais pour s'assurer un certain confort. Les lamaseries emploient ce genre de « moines » comme domestiques pour construire, labourer ou balayer. Partout ailleurs, ces hommes seraient désignés sous le nom de « serviteurs » ou quelque chose d'équivalent. Le plus grand nombre avait connu une existence très difficile : vivre à des hauteurs qui vont de trois à sept mille mètres d'altitude n'est pas commode et ils faisaient souvent preuve de dureté à notre égard simplement par manque d'imagination et de sensibilité. Pour nous, moine était synonyme d'homme. Nous utilisions des mots très différents pour désigner ceux qui étaient entrés en religion. Un *chela* était un élève, un novice ou un acolyte. *Trappa* est le mot qui correspond le mieux à ce que les gens entendent généralement par « moine ». Nous arrivons ensuite à *lama*, un titre très souvent utilisé de travers. Si les *trappas* sont des sous-officiers, alors les *lamas* sont des officiers. A en juger d'après les déclarations et les écrits de la plupart des Occidentaux, nous aurions plus d'officiers que de soldats!

Les lamas sont des maîtres, des *gurus* comme nous les appelons. Le Lama Mingyar Dondup allait être mon *guru* et je serais son *chela*. Après les lamas venaient les abbés. Tous n'avaient pas la responsabilité d'un monastère; beaucoup avaient des postes dans la haute administration ou allaient de lamaserie en lamaserie. Il arrivait parfois qu'un lama soit d'un rang supérieur à celui d'un abbé; tout dépendait de son activité. Ceux qui étaient des « Incarnations Vivantes » — il avait été prouvé que c'était mon cas — pouvaient être nommés abbés à l'âge de quatorze ans, à condition de passer un examen très difficile. Stricts et sévères, ces hommes n'étaient pas méchants et jamais injustes. Un autre exemple de « moine » est fourni par les moines-policiers. Leurs seules fonctions consistaient à maintenir l'ordre, ils n'avaient rien à voir avec le cérémonial du temple, si ce n'est qu'ils devaient être présents pour veiller à ce que tout se passe selon les règles. Ils étaient souvent cruels de même que la plupart des serviteurs comme je l'ai déjà dit. On ne peut condamner un évêque parce que son aide-jardinier s'est mal conduit! Pas plus qu'on ne peut attendre de l'aide-jardinier qu'il soit un saint uniquement parce qu'il est au service d'un évêque!

Il existait une prison dans la lamaserie. Un endroit qui n'avait rien d'agréable, mais le caractère de ceux qui étaient détenus ne l'était pas davantage. J'en fis une fois l'expérience, un jour que je dus soigner tout seul un prisonnier qui était tombé malade. Ceci se passait à l'époque où j'étais sur le point de quitter la lamaserie. On m'avait appelé à la prison. Je trouvai dans la cour arrière un certain nombre de parapets circulaires d'un mètre de haut, construits en grosses pierres carrées. Des barres de pierre, chacune aussi épaisse que la cuisse d'un homme, étaient posées sur le sommet, fermant une ouverture circulaire de trois mètres de diamètre. Quatre moines-policiers saisirent la barre du centre et la firent glisser. L'un d'entre eux se baissa et ramassa une corde en poil de yak au bout de laquelle était fixée une boucle paraissant peu solide. Je la regardai sans enthousiasme; fallait-il vraiment lui confier ma vie?

— Maintenant, Honorable Lama-Médecin, dit l'homme, si vous voulez bien vous avancer et placer le pied dans cette boucle, nous allons vous descendre.

Je m'exécutai de mauvaise grâce.

— Vous aurez besoin de lumière, dit le moine-policier en me passant une torche allumée faite d'une corde trempée dans du beurre. Je devins encore plus pessimiste : il fallait que je me tienne à la corde, une torche à la main, en évitant de mettre le feu à mes vêtements ou de brûler la corde petite et mince, qui me soutenait d'une façon si précaire! Je descendis cependant, à huit mètres ou dix mètres de profondeur, entre des murs luisants d'humidité, jusqu'au sol de pierre couvert d'immondices. A la lumière de ma torche, j'aperçus, blotti contre un mur, un pauvre malheureux à la mine patibulaire. Un seul regard me suffit : pas d'aura, la vie avait donc quitté ce corps. Je dis une prière pour le salut de son âme errante entre les plans de l'existence, fermai les yeux farouches au regard fixe et appelai pour que l'on me remonte.

Ma tâche était terminée, les briseurs de corps allaient entrer en scène. En me renseignant sur son crime, j'appris que le détenu, un vagabond, était venu à la lamaserie pour y trouver une table et un toit et qu'au cours de la nuit, il avait tué un moine pour s'emparer de son maigre avoir. Rattrapé dans sa fuite, il avait été ramené sur les lieux de son crime.

Mais tout cela nous écarte de l'accident survenu lors de la première « corvée de cuisine ».

L'effet rafraîchissant de la lotion s'était dissipé : j'avais l'impression d'avoir été écorché vif. Les élancements de ma jambe augmentèrent et je crus que j'allais exploser. Pour mon imagination enfiévrée une torche avait été placée dans le trou de ma cuisse.

Le temps passa. J'écoutais les bruits de la lamaserie; certains m'étaient familiers, mais il y en avait beaucoup d'autres que je ne reconnaissais pas. De furieux accès de douleur me parcouraient le corps. J'étais allongé sur le ventre mais les cendres chaudes avaient également brûlé le devant de mon corps. J'entendis un bruissement léger. Quelqu'un s'asseyait près de moi. Une voix pleine de bonté et de compassion — la voix du Lama Mingyar Dondup — murmura :

— C'est trop, mon petit. Dors.

Des doigts légers glissèrent le long de ma colonne vertébrale. Encore, et encore. Je perdis conscience.

Un pâle soleil brillait devant mes yeux. Je m'éveillai en clignant des paupières. Ma première pensée en revenant à moi fut que quelqu'un me donnait des coups de pied, parce que j'avais dormi trop longtemps. J'essayai de sauter hors de mon lit pour assister à l'office mais je retombai en arrière, souffrant mille morts. Ma jambe!

— Reste tranquille, Lobsang, me dit une voix pleine de douceur, aujourd'hui, tu te reposes.

Je tournai gauchement la tête et vis à ma grande stupéfaction que je me trouvais dans la chambre du Lama et qu'il était assis près de moi. Il vit mon air étonné et sourit.

— Pourquoi cet étonnement? N'est-il pas juste que deux

amis soient ensemble quand l'un d'entre eux est malade?

Je répondis d'une voix languissante :

— Mais vous êtes un grand Lama et je ne suis qu'un petit garçon.

— Lobsang, nous sommes allés loin ensemble dans d'autres vies. Tu ne t'en souviens pas... encore. Je m'en souviens moi, et nous étions très proches l'un de l'autre dans nos dernières incarnations. Mais pour l'instant, il faut que tu te reposes pour te remettre d'aplomb. Nous sauverons ta jambe, ne te tracasse donc pas.

Je pensai à la Roue de l'existence et je pensai aux commandements de nos livres saints :

« L'homme généreux connaîtra une prospérité sans fin alors que l'avare ne rencontrera jamais de compassion.

» Que l'homme puissant soit généreux envers ceux qui l'implorent. Qu'il contemple le long chemin des vies. Car les richesses tournent comme les roues d'un char; aujourd'hui elles sont tiennes, demain elles seront à un autre. Le mendiant d'aujourd'hui sera un prince demain, et le prince peut devenir un mendiant. »

Je compris alors, sans pouvoir m'en douter, malgré mes souffrances et ma jeunesse, que le Lama qui était maintenant mon guide était un homme de cœur et un homme dont je suivrais les instructions de mon mieux. Il était clair qu'il savait un grand nombre de choses sur moi, beaucoup plus que je n'en savais moi-même. J'étais impatient de travailler avec lui et je décidai que personne n'aurait un meilleur élève. Il existait, je le sentais nettement, une forte affinité entre nous et je m'émerveillais des tours du destin qui me plaçait sous sa direction.

Je tournai la tête pour regarder par la fenêtre. Mon lit de coussins avait été placé sur une table pour que je puisse voir au-dehors. Comme il était étrange d'être ainsi allongé dans l'air à plus d'un mètre du sol! Mon imagination d'enfant me fit comparer ma position à celle d'un oiseau perché sur une branche! Mais le spectacle était grandiose. Très loin, au delà des toits disposés au-dessous de ma fenêtre, Lhassa s'étirait au soleil, avec ses petites maisons aux couleurs tendres que la distance rendait plus minuscules encore. Dans la vallée, la rivière Kyi étalait ses méandres que bordaient les prés les plus verts du monde. Les montagnes lointaines étaient pourpres sous leur blanche calotte de neige brillante. Celles qui étaient plus près de nous avaient leurs flancs pailletés d'or par les toits des lamaseries. A gauche, la masse du Potala formait une petite montagne à elle seule. Un peu à notre droite, il y avait un petit bois d'où émergeaient des temples et des collèges. C'était le domaine de l'Oracle de l'État, personnage important, dont le seul rôle dans l'existence était d'établir une communication entre le monde matériel et le monde immatériel. Sous mes yeux, dans la cour de devant, des moines de tous rangs allaient et venaient. Quelques-uns, les travailleurs manuels, avaient une robe marron foncé. Un petit groupe de jeunes garçons, des étudiants d'une lointaine lamaserie, étaient habillés en blanc. Des moines de haut rang se trouvaient également là, vêtus de robes rouge sang ou pourpres. Ces derniers portaient souvent des étoles dorées indiquant qu'ils appartenaient à la haute administration. Un certain nombre était monté sur des chevaux ou des poneys. Les laïcs utilisaient des montures de toutes les couleurs; celles des prêtres étaient obligatoirement blanches. Tout cela me faisait oublier le présent. Ce qui me préoccupait le plus était d'aller mieux pour redevenir capable de me servir de mes jambes.

Trois jours après, l'on estima qu'il valait mieux que je me lève et que je marche. Ma jambe était très raide et me faisait horriblement souffrir. Toute la région de ma blessure était enflammée et il y avait une forte suppuration due aux particules de fer rouillé qu'il avait été impossible de retirer. Comme j'étais incapable de marcher tout seul, on me fabriqua une béquille dont je me servis pour sautiller, un peu comme un oiseau blessé. Mon corps était encore couvert de brûlures et d'ampoules mais à elle seule ma jambe me faisait plus souffrir que tout le reste. M'asseoir était impossible et je devais me coucher sur le côté droit ou sur le ventre. J'étais manifestement incapable d'assister aux offices ou d'aller en classe, de sorte que mon guide, le Lama Mingyar Dondup, me donna des leçons pratiquement du matin au soir. Il se déclara satisfait des connaissances que j'avais acquises pendant ma « jeunesse ».

— Mais, dit-il, beaucoup d'entre elles sont des réminiscences de ta dernière incarnation.

6

LA VIE DANS LA LAMASERIE

Deux semaines passèrent. Mes brûlures sur le corps étaient presque guéries. Ma jambe me tourmentait encore mais elle allait de mieux en mieux. Je demandai à reprendre un emploi du temps normal car j'avais envie de bouger un peu. J'y fus autorisé et on me donna la permission de m'asseoir comme je le pourrais ou même de m'allonger sur le ventre. Les Tibétains s'assoient les jambes croisées; c'est l'attitude du Lotus. J'en étais tout à fait incapable, en raison de ma jambe.

Le premier jour où je fus de retour parmi les camarades, il y eut corvée de cuisine dans l'après-midi. Muni d'une ardoise, je fus chargé de tenir le compte des sacs d'orge grillée. L'orge fut étalée sur les dalles fumantes; la chaudière où j'avais été brûlé se trouvait au-dessous. L'orge une fois uniformément répartie sur le sol, on ferma la porte et notre troupe suivit un eorridor jusque dans une pièce où l'on écrasait celle qui avait été préalablement grillée. Nous nous servions pour cela d'un bassin de pierre ayant la forme d'un cône, et mesurant un mètre soixante environ dans sa partie la plus large. Des sillons et des encoches avaient été creusés dans la paroi interne pour retenir les grains. Une pierre immense, également conique, était placée dans le bassin de manière à laisser du jeu. Elle était soutenue par une poutre polie par les ans, aux extrémités de laquelle étaient fixées des poutres plus petites, comme les rayons d'une roue sans jante. L'orge grillée était versée dans le bassin et moines et enfants empoignaient les rayons pour faire tourner la pierre qui pesait plusieurs tonnes. A partir du moment où celle-ci était mise en marche, le travail n'était pas trop pénible et nous chantions des chansons en chœur. Là au moins pouvais-je chanter sans me faire attraper! Mais ébranler cette diable de pierre était terrible. Tout le monde devait donner un coup de main. Il fallait ensuite faire très attention qu'elle ne s'arrêtât pas. De nouvelles quantités d'orge grillée étaient versées dans le bassin et le grain écrasé était évacué par le fond. C'était ce grain qui, étalé de nouveau sur les dalles chaudes, et regrillé, formait la base de la tsampa. Chacun de nous portait sur lui une provision de tsampa pour une semaine ou plus exactement la quantité nécessaire d'orge écrasée et rôtie. Aux repas, nous en retirions une petite quantité de nos sacs de cuir, et nous la versions dans nos bols. Après avoir ajouté du thé au beurre, nous remuions le mélange avec nos doigts jusqu'à en faire une sorte de galette que nous mangions ensuite.

Le lendemain, nous fûmes de corvée de thé. Nous nous rendîmes dans une autre partie des cuisines où se trouvait un chaudron contenant six cent soixante-quinze litres. Ce chaudron avait été nettoyé avec du sable et il avait l'éclat du neuf. Le matin de bonne heure, il avait été à moitié rempli d'eau et celle-ci bouillait à toute vapeur. Nous étions chargés d'aller chercher les briquettes de thé et de les écraser. Chacune pesait de sept à huit kilos et avait été transportée de Chine ou des Indes jusqu'à Lhassa par les cols de montagnes. Les morceaux écrasés étaient jetés dans l'eau bouillante. Un moine ajoutait un grand bloc de sel, un autre une certaine quantité de bicarbonate de soude. Quand tout se remettait en ébullition, en ajoutait des pelletées de beurre clarifié et le mélange était laissé sur le feu pendant des heures. Ce thé avait une excellente valeur nutritive et joint à la tsampa suffisait à nous maintenir en vie. Il en était toujours gardé au chaud; dès qu'un chaudron était vide, on en remplissait un autre. La partie la plus pénible de la préparation était l'entretien des feux. Au lieu de bois, nous nous servions comme combustible de plaques de bouses de yaks séchées dont il y avait toujours une réserve pratiquement inépuisable. Ces bouses, une fois mises à brûler, dégageaient des nuages d'une fumée âcre et nauséabonde.

Tout ce qui était exposé à la fumée noircissait peu à peu, les objets de bois ressemblaient à de l'ébène, et les visages dont les pores étaient obstrués prenaient un air sinistre.

Nous étions obligés de prendre part à ces travaux domestiques, non pas par manque de main-d'œuvre mais pour abolir autant que possible toute distinction de classes entre nous. Nous pensons qu'il n'existe qu'un seul ennemi : l'homme que l'on ne connaît pas. Travaillez aux côtés de quelqu'un, parlez-lui, apprenez à le connaître et il cessera d'être un ennemi. Au Tibet, une fois par an, pendant un jour, les gens qui exercent une autorité abandonnent leurs pouvoirs, et n'importe lequel de leurs subordonnés peut dire exactement ce qu'il pense. Si un abbé s'est montré bourru, on le lui dit et si le reproche est justifié, aucune sanction ne peut être prise à l'égard de celui qui se plaint. C'est un système qui fonctionne bien et qui ne donne lieu qu'à de rares abus. Il assure une sorte de justice contre les puissants tout en donnant aux inférieurs le sentiment qu'ils ont après tout leur mot à dire.

Que de choses à étudier en classe! Nous étions assis en rangs à même le sol. Pour faire un cours, écrire sur le tableau, le Maître se tenait en face de nous. Mais quand nous répétions nos leçons, il se promenait derrière notre dos et il fallait travailler assidûment puisque nous ne savions pas qui il était en train d'épier! Il ne se séparait jamais de son bâton, une véritable massue, dont il n'hésitait pas à se servir sur n'importe quelle partie de notre anatomie qui se trouvait à sa portée. Les épaules, les bras, le dos, sans parler de l'endroit « classique » : peu importait aux professeurs, pourvu que leurs coups fassent mal!

Nous faisions beaucoup de mathématiques, une discipline essentielle pour les travaux astrologiques. Notre astrologie, en effet, n'a rien à voir avec le hasard, elle est élaborée à partir de principes scientifiques. On m'en bourra la tête, parce qu'elle était indispensable dans l'exercice de la médecine. Il est préférable de soigner une personne d'après son type astrologique que de lui prescrire au hasard un médicament dont on espère les meilleurs effets sous prétexte qu'il a déjà guéri quelqu'un. A côté des grandes cartes astrologiques fixées sur les murs il y en avait d'autres qui représentaient des plantes. Ces dernières étaient changées chaque semaine et nous devions être familiarisés avec toutes les espèces. Plus tard, des excursions seraient organisées pour aller cueillir et préparer ces plantes, mais on ne nous laisserait pas y participer tant que nous n'aurions pas acquis des connaissances approfondies. Il fallait en effet qu'on puisse nous faire confiance pour ne pas choisir les mauvaises espèces. Ces promenades « opération-herbe » nous fournissaient une détente très appréciée surtout après la vie monotone de la lamaserie. Certaines duraient trois mois ; celles-là allaient dans les Hautes-Terres, une région entourée de glaciers, située entre six et huit mille mètres au-dessus du niveau de la mer, où les vastes nappes de glace alternaient avec de vertes vallées au climat tempéré par des sources chaudes. Il était possible de faire dans cette région une expérience sans doute unique au monde. Il suffisait de parcourir cinquante mètres pour passer d'une température de quarante degrés Fahrenheit au-dessous de zéro à une température de cent degrés ou plus au-dessus de zéro. Cette partie du Tibet n'était connue de personne, si ce n'est d'une petite minorité de moines.

Notre instruction religieuse était très poussée. Nous devions tous les matins réciter les Lois et Étapes de la Voie du Milieu. Voici ces lois :

1. Aie foi en les chefs de la lamaserie et du pays.
2. Accomplis tes devoirs religieux, et étudie de toutes tes forces.
3. Honore tes parents.
4. Respecte les vertueux.
5. Honore tes aînés ainsi que les personnes de naissance noble.
6. Sers ton pays.
7. Sois honnête et véridique en toutes choses.

8. Prends soin de tes amis et de tes parents.
9. Fais un bon usage de la nourriture et de la richesse.
10. Suis l'exemple des gens de bien.
11. Sois reconnaissant et paie la bonté de retour.
12. Reste mesuré en toutes choses.
13. Garde-toi de toute jalousie et de toute envie.
14. Abstiens-toi de tout scandale.
15. Sois doux dans tes paroles et dans tes actes, et ne fais de mal à personne.
16. Supporte la souffrance et l'affliction avec patience et résignation.

On nous répétait sans cesse que si tout le monde obéissait à ces lois, il n'y aurait ni différends ni désaccords.

Notre lamaserie était célèbre pour son austérité et son système rigoureux d'éducation. Un grand nombre de moines venus d'autres monastères nous quittaient pour aller à la recherche d'une existence plus confortable. Nous les considérions comme des ratés par rapport à nous qui faisions partie de l'élite. Beaucoup de lamaseries n'avaient pas d'office de nuit : les moines allaient se coucher au crépuscule et se levaient à l'aube. Nous méprisions ces mollassons, ces dégénérés, car nous avions beau rouspérer contre notre règle, nous aurions été encore plus mécontents qu'elle fût modifiée si cela devait avoir pour conséquence de nous abaisser au médiocre niveau des autres.

Il fallut ensuite éliminer les faibles. Seuls en effet les hommes très vigoureux revenaient des expéditions dans les Hautes-Terres au climat glacial où, à part les moines du Chakpori, personne n'allait. Très sagement, nos maîtres décidèrent de se débarrasser de ceux qui étaient incapables de s'adapter avant qu'ils aient l'occasion de mettre en danger la vie des autres. Pendant cette première année, nous n'eûmes presque pas de détente, de distractions ou d'occasions de jouer. Chacune de nos minutes fut consacrée à l'étude et au travail.

Une des choses dont je suis encore reconnaissant à mes maîtres est la manière dont ils nous apprirent à utiliser notre mémoire. La plupart des Tibétains ont de bonnes mémoires, mais nous qui étudiions pour devenir des moines-médecins, il nous fallait connaître le nom et les caractéristiques d'une quantité d'herbes ainsi que leurs mélanges et leurs utilisations. Nous devions aussi posséder à fond l'astrologie et être capables de réciter le texte de tous nos livres sacrés.

Une méthode pour l'entraînement de la mémoire avait été mise au point au cours des siècles. Nous supposions être installés dans une pièce tapissée de milliers et de milliers de tiroirs. Chaque tiroir avait son étiquette, facilement lisible de nos places. Chaque chose qui nous était enseignée devait être classée et rangée dans le tiroir qui convenait. Nous devions nous représenter l'opération très clairement, « visualiser (1) » la « chose » et l'endroit exact où se trouvait le « tiroir ». Avec un peu d'entraînement, il était extraordinairement facile d'entrer par la pensée dans la pièce, d'ouvrir le bon tiroir et d'en sortir la notion cherchée et tout ce qui s'y rapportait.

Nos maîtres se donnaient beaucoup de mal pour nous faire comprendre la nécessité d'avoir une mémoire entraînée. Ils nous harcelaient de questions dans le seul but d'éprouver les nôtres. Ces questions n'avaient pas de rapports logiques entre elles afin qu'aucun fil conducteur ne nous permette d'y répondre facilement. Souvent elles avaient trait à des textes obscurs tirés de nos livres sacrés, et elles étaient coupées d'interrogations relatives aux herbes. Tout oubli était puni de façon rigoureuse : manquer de mémoire était un crime impardonnable sanctionné par une correction sévère. Nous avions peu de temps pour nous rafraîchir la mémoire. Le professeur disait par exemple :

— Toi, mon garçon, je veux que tu me dises la cinquième ligne de la dix-huitième page du septième volume du *Kan-gyur*. Ouvre le tiroir... Voyons, quelle est cette ligne ?

A moins d'être capable de répondre dans les dix secondes il valait mieux garder le silence car la punition était encore

(1) J'emprunte ce mot à Mme David Neel, qui l'emploie dans son ouvrage *Mystiques et Magiciens du Tibet* (N.d.t.).

plus terrible en cas d'erreur, si minime fût-elle. C'est malgré tout un bon système, très efficace pour entraîner la mémoire. Nous ne pouvions pas avoir constamment nos ouvrages de référence à portée de la main. Nos livres, des feuilles volantes de papier serrées entre des couvertures de bois, mesuraient généralement un mètre de large sur quarante centimètres de long. Je devais plus tard constater combien il est capital d'avoir une bonne mémoire.

Pendant les douze premiers mois, il nous fut interdit de quitter la lamaserie. Ceux qui s'en allèrent se virent condamner la porte à leur retour. Cette règle n'était en vigueur qu'au Chakpori où la discipline était tellement rigoureuse qu'on aurait craint, en nous laissant sortir, de ne plus jamais nous revoir. J'admets en ce qui me concerne que j'aurais pris la fuite si j'avais su où aller. Après une année cependant, nous nous étions acclimatés.

Pendant cette première année, nous n'eûmes pas la permission de jouer; on nous faisait travailler sans relâche, ce qui permit d'éliminer facilement les enfants faibles, incapables de supporter la tension nerveuse. Après ces mois difficiles, nous découvrîmes que nous avions presque oublié comment on joue. Les sports et les exercices avaient pour but de nous endurcir et ils devaient nous être d'une certaine utilité pratique. J'avais gardé de ma première enfance le goût des échasses et je fus alors autorisé à y consacrer quelque temps. Sur nos premières échasses, nos pieds se trouvaient par rapport au sol à une hauteur égale à notre taille. En acquérant de l'expérience nous en prîmes de plus grandes, qui mesuraient environ trois mètres. Montés sur elles, nous nous pavanions dans les cours, mettant le nez aux fenêtres et nous rendant odieux neuf fois sur dix.

Nous n'avions pas de balancier. Pour rester sur place, nous portions alternativement le poids du corps sur un pied, puis sur l'autre comme si nous marquions le pas, ce qui nous permettait de garder l'équilibre. Il suffisait d'un peu d'attention pour ne pas avoir de chute à craindre. Nous nous livrions des batailles. Deux équipes, composées généralement d'une dizaine de garçons chacune, se mettaient en ligne à une trentaine de mètres de distance et à un signal donné fonçaient l'une contre l'autre en poussant des hurlements sauvages destinés à mettre en fuite les démons du ciel. J'ai déjà dit que les garçons de ma classe étaient beaucoup plus âgés et plus grands que moi. Dans ce genre de batailles, ma taille jouait en ma faveur. Les autres ne se déplaçaient qu'avec lourdeur, tandis que j'étais, moi, capable de me faufiler parmi eux, et en tirant une échasse par ici, en poussant une autre par là, d'envoyer rouler au sol le maximum d'adversaires. A cheval, je n'étais pas aussi brillant, mais dès qu'il s'agissait de me débrouiller avec mes propres moyens, je pouvais me tirer d'affaire.

Les échasses étaient également utiles pour traverser les rivières. Montés sur elles, et à condition de faire attention, nous pouvions gagner l'autre rive en nous épargnant la peine de faire un détour jusqu'à un gué. Je me souviens qu'un jour où j'étais monté sur des échasses de deux mètres, je voulus traverser une rivière que j'avais trouvée sur mon chemin. Ses bords étaient escarpés et il n'y avait pas de gué. Je m'assis sur la berge et entrai dans l'eau, sans quitter mes échasses. L'eau arrivait à mes genoux; au milieu du courant elle atteignait presque ma taille. A ce moment précis, j'entendis un bruit de pas. C'était un homme qui marchait rapidement le long de la berge et qui n'accorda qu'un bref regard au petit garçon traversant la rivière. Mais il est probable qu'en remarquant que l'eau n'atteignait pas ma ceinture, il pensa : « Ah! voici un gué! »

Un bruit de plongeon : l'homme avait disparu. Des remous : sa tête reparut à la surface, ses mains agrippèrent le bord où il réussit à se hisser. Il eut alors des mots affreux et ce que j'appris de ses intentions à mon égard, me glaça le sang. Je me précipitai vers la rive opposée où, une fois arrivé, je filai sur mes échasses à une vitesse que je suis sûr de n'avoir jamais atteinte auparavant!

Le vent qui semble souffler en permanence au Tibet pouvait être dangereux quand nous étions sur nos échasses. Il pouvait nous arriver par exemple en jouant dans la cour, d'oublier son existence, dans l'excitation du jeu, et de quitter l'abri offert par les murs. Une rafale s'engouffrait dans nos robes et nous renversait dans un enchevêtrement de jambes, de bras... et d'échasses. Il y avait peu de blessés. Nous avions appris, grâce au judo, à tomber sans nous faire de mal. Il nous arrivait souvent d'avoir des bleus sur le corps ou les genoux écorchés, mais nous ignorions ces vétilles. Bien sûr, il y avait ceux qui auraient trébuché sur leur ombre, les maladroits incapables d'apprendre à « se recevoir » et ils se cassaient parfois une jambe ou un bras.

L'un d'entre nous était capable de faire un « soleil » tout en avançant sur ses échasses. Prenant appui sur le haut de celles-ci, il enlevait ses pieds des étriers et faisait un tour complet sur lui-même. Ses pieds s'élevaient à la verticale et retombaient pile sur les fourchons. Il accomplissait plusieurs fois de suite cet exercice, sans jamais manquer un pas ou presque et sans rompre la cadence. Je pouvais sauter sur mes échasses mais la première fois que j'essayai, je retombai trop lourdement, les deux étriers cédèrent et... la dégringolade fut rapide. Après cette mésaventure, j'inspectai toujours les attaches avec le plus grand soin.

J'allais avoir huit ans quand le Lama Mingyar Dondup me dit que selon les astrologues, le lendemain de mon anniversaire serait favorable pour « l'ouverture du Troisième Œil ». Je n'en conçus pas la moindre inquiétude; je savais qu'il serait là et j'avais entièrement confiance en lui. Avec le Troisième Œil, j'allais être capable, comme il me l'avait été répété maintes et maintes fois, de voir l'humanité telle qu'elle est en réalité. Pour nous, le corps n'est qu'une coquille animée par le grand « moi », le « Sur-moi » qui prend le commandement pendant notre sommeil et à notre mort. Nous croyons que l'homme est incarné dans un corps infirme pour s'instruire et faire des progrès. Pendant qu'il dort, l'homme retourne sur un autre plan d'existence. Il s'allonge pour se reposer, et quand le sommeil vient, l'esprit se libère de la matière et se met à flotter, tout en restant relié au corps par la « corde d'argent » qui n'est coupée qu'au moment de la mort. Les rêves sont des expériences vécues dans le plan spirituel du sommeil. Quand l'esprit revient dans le corps, le choc du réveil déforme la mémoire des rêves, à moins qu'on n'ait été spécialement entraîné, de sorte que le « rêve » peut paraître tout à fait invraisemblable à celui qui est en état de veille. Mais cette question sera traitée plus complètement plus loin quand je raconterai mes propres expériences dans ce domaine.

L'aura qui entoure le corps et que n'importe qui peut apprendre à voir dans certaines conditions n'est que le reflet de la Force Vitale qui brûle à l'intérieur de l'être. Nous pensons que cette force est électrique, au même titre que les éclairs. Or, les savants occidentaux peuvent mesurer et enregistrer les « ondes électriques du cerveau ». Ceux qui rient de ce genre de choses devraient penser à ce fait et aussi à la couronne solaire, avec toutes ses flammes qui brûlent à des millions de kilomètres du disque lui-même. L'homme moyen ne peut voir cette couronne, mais il n'en reste pas moins qu'elle est visible lors d'une éclipse complète pour tous ceux qui prennent la peine de la regarder. Que les gens croient ou non à son existence ne change rien à l'affaire. L'incrédulité n'empêchera pas la couronne d'exister. Elle est toujours là. Il en va de même pour l'aura humaine. C'était cette aura, entre autres choses, que l'ouverture du Troisième Œil allait me permettre de voir.

7

L'OUVERTURE DU TROISIÈME ŒIL

Mon anniversaire arriva. Ce fut un jour de liberté, sans cours ni offices. Au petit matin, le Lama Mingyar Dondup m'avait dit :

— Amuse-toi bien, Lobsang, nous viendrons te voir ce soir.

Comme il était agréable de paresser allongé sur le dos sous la lumière du soleil... Les toits du Potala brillaient sous mes yeux. Derrière moi, les eaux bleues du Norbu Linga — le Parc au Joyau — me donnaient envie de canoter à bord d'un bateau de peau. Au sud, je pouvais observer un groupe de marchands traverser le Kyi Chu en bac. Que cette journée passa vite !

Le jour mourut et ce fut la naissance du soir. Je me rendis dans la petite chambre d'où je ne devais pas sortir. Des bottes de feutre souple glissèrent doucement sur les dalles du corridor et trois lamas de haut rang entrèrent dans la pièce. Ils posèrent une compresse d'herbes sur mon front, qu'ils maintinrent en place par un bandage serré. Ils ne devaient revenir que plus tard dans la soirée. Le Lama Mingyar Dondup était l'un d'entre eux. La compresse fut enlevée et mon front nettoyé et essuyé. Un lama taillé en hercule s'assit derrière moi et me prit la tête entre ses genoux. Le deuxième ouvrit une boîte d'où il sortit un instrument d'acier brillant. Cet instrument ressemblait à une alène, si ce n'est que son évidement, au lieu d'être rond, était en forme d'U et que sa pointe était finement dentelée. Après l'avoir examiné, le lama le stérilisa à la flamme d'une lampe.

— L'opération va être très douloureuse, me dit mon Guide en me prenant les mains et il est indispensable que tu aies toute ta connaissance. Ce ne sera pas long. Efforce-toi par conséquent de rester aussi calme que possible.

J'avais sous les yeux un véritable assortiment d'instruments et une collection de lotions d'herbes. « Eh bien, Lobsang, mon garçon, pensai-je, ils vont te régler ton compte, d'une façon ou d'une autre... Tu n'y peux rien, si ce n'est de rester tranquille. »

Le lama qui tenait l'alène jeta un coup d'œil aux autres :

— Prêts ? Allons-y, le soleil vient juste de se coucher.

Il appliqua la pointe dentelée sur le milieu de mon front et fit tourner le manche. Une minute, j'eus l'impression d'être piqué par des épines. Le temps me parut s'arrêter. La pointe perça ma peau et pénétra dans ma chair sans me faire autrement souffrir, mais quand elle heurta l'os, il y eut une légère secousse. Le moine accentua sa pression, tout en remuant légèrement l'instrument pour que les petites dents puissent ronger l'os frontal. La souffrance n'était pas aiguë : rien qu'une simple pression accompagnée d'une douleur sourde. Je ne fis pas un mouvement car le Lama Mingyar Dondup me regardait : j'aurais préféré rendre l'âme plutôt que de bouger ou de crier. Il avait confiance en moi comme j'avais confiance en lui, et je savais qu'il ne pouvait qu'avoir raison dans tout ce qu'il faisait ou disait. Il surveillait l'opération de très près ; de légères contractions aux plis des lèvres trahissaient la tension de son esprit. Tout à coup, il y eut un craquement léger : la pointe avait pénétré dans l'os. Immédiatement le lama-chirurgien, qui était sur le qui-vive, cessa d'appuyer. Il garda solidement en main la poignée tandis que mon Guide lui passait un éclat de bois très dur, d'une propreté parfaite, traité au feu et aux herbes pour lui donner la dureté de l'acier. Il inséra cet éclat dans le U de l'alène et le fit glisser jusqu'à ce qu'il arrive en face du trou pratiqué dans mon front. Puis il se poussa légèrement de côté pour que mon Guide puisse se placer en face de moi ; sur un signe de lui, il fit avancer, avec des précautions infinies, le morceau de bois de plus en plus profondément dans ma tête. Soudain, j'eus la curieuse sensation qu'on me piquait, qu'on me chatouillait l'arête du nez. Cette sensation disparut et je devins conscient de certaines odeurs légères que je ne pus identifier. Ces odeurs disparurent à leur tour, et j'eus l'impression de pousser un voile élastique ou d'être poussé contre lui. Brusquement, je fus aveuglé par un éclair.

— Arrêtez! ordonna le Lama Mingyar Dondup.

Un instant la douleur fut intense, elle me brûlait comme une flamme blanche. La flamme diminua d'intensité, mourut et fut remplacée par des volutes colorées, et des globes de fumée incandescente. L'instrument de métal fut délicatement retiré. L'éclat de bois devait rester en place pendant deux ou trois semaines, que j'allais passer dans cette petite pièce plongée dans une obscurité presque totale. Personne ne serait admis à me voir, à l'exception des trois lamas qui, jour après jour, continueraient à m'instruire. Tant que le bois n'aurait pas été enlevé, on ne me donnerait en fait de nourriture et de boisson que juste ce qu'il fallait pour me maintenir en vie.

— Tu es maintenant des nôtres, Lobsang, me dit mon Guide, au moment où on m'entourait la tête d'un bandeau pour maintenir l'éclat de bois. Jusqu'à la fin de ta vie, tu verras les gens tels qu'ils sont et non plus comme ils font semblant d'être.

C'était une expérience curieuse que de voir ces trois lamas baigner dans une flamme dorée. Plus tard seulement, je compris qu'ils devaient cette aura dorée à la pureté de leurs vies, et qu'il fallait s'attendre à ce que celle de la plupart des gens ait un tout autre aspect.

Quand ce nouveau sens se fut développé sous l'habile direction des lamas, je decouvris l'existence d'autres émanations lumineuses qui ont leur source dans le centre de l'aura. Par la suite, je devins capable de diagnostiquer l'état de santé de quelqu'un d'après la couleur et l'intensité de son aura. De même la façon dont les couleurs s'altéraient me permettait de savoir si l'on me disait la vérité ou si l'on me mentait. Mais ma clairvoyance n'eut pas le corps humain pour seul objet. On me donna un cristal que je possède encore et avec lequel je m'exerçais fréquemment. Il n'y a rien de magique dans ces boules de cristal. Ce ne sont que des instruments. Un microscope ou un télescope permettent, par le jeu de certaines lois naturelles, de voir des objets qui normalement sont invisibles. Il en va de même pour les boules de cristal. Elles servent de foyer au Troisième Œil avec lequel il est possible de pénétrer dans le subconscient des êtres et de se souvenir des faits qu'on y glane. Tous les types de cristal ne conviennent pas à tout le monde. Certains obtiennent de meilleurs résultats avec le cristal de roche, d'autres préfèrent une boule de verre. D'autres encore utilisent un bol d'eau ou un simple disque noir. Mais quelle que soit la technique employée, le principe reste le même.

Pendant la première semaine qui suivit l'opération, la chambre fut maintenue dans une obscurité presque complète. A partir du huitième jour, on laissa entrer une très faible lumière, qui augmenta progressivement. Le dix-septième jour, la lumière était normale et les trois lamas arrivèrent pour enlever l'éclat de bois. Ce fut très simple. La veille, mon front avait été badigeonné avec une lotion à base d'herbes. Comme le soir de l'opération, un lama me prit la tête entre ses jambes. Avec un de ses instruments, le lama qui m'avait opéré saisit l'extrémité de l'éclat. Une violente secousse et tout était terminé, le bois était retiré de ma tête. Le Lama Mingyar Dondup appliqua alors une compresse d'herbes sur le minuscule trou qui me restait au front et me montra l'éclat qui était devenu noir comme de l'ébène. Le lama-chirurgien se tourna ensuite vers un petit brasero où il le fit brûler avec différentes sortes d'encens. La fumée du bois mêlée à celle de l'encens monta vers le plafond : la première phase de mon initiation était terminée. Cette nuit-là, un tourbillon de pensées se pressait dans ma tête quand je m'endormis : comment verrais-je Tzu maintenant que ma vision des êtres n'était plus la même ? Et mon père, et ma mère, quelle serait leur apparence ? Autant de questions qui devaient provisoirement rester sans réponses.

Les lamas revinrent le lendemain matin et procédèrent à un examen très approfondi de mon front. Ils décidèrent que je pouvais retourner auprès de mes camarades, mais que je passerais la moitié de mon temps avec le Lama Mingyar Dondup qui allait intensifier mon instruction à l'aide de certaines méthodes. L'autre moitié serait consacrée aux classes et aux offices, non pas tant pour leur valeur éducative mais pour me donner une conception équilibrée des choses. Un peu plus tard, l'hypnotisme serait également utilisé pour m'instruire. Mais sur le moment, je ne pensais qu'à manger! J'avais été à la portion congrue pendant dix-huit jours et je comptais bien me rattraper. Je quittai donc les lamas en toute hâte, avec cette seule pensée en tête. Mais dans le corridor, j'aperçus une silhouette enveloppée d'une fumée bleue, parsemée de taches d'un rouge violent. Je poussai un hurlement de terreur et rentrai précipitamment dans la chambre. Les lamas me regardèrent avec étonnement; j'étais plus mort que vif.

— Un homme est en train de brûler dans le corridor, dis-je.

Le Lama Mingyar Dondup sortit en trombe. Quand il revint, il souriait.

— Lobsang, me dit-il, ce n'est qu'un balayeur qui s'est emporté. Son aura est comme une fumée bleue parce qu'il n'est pas évolué. Les taches rouges, ce sont ses pensées coléreuses. Tu peux repartir sans crainte à la recherche de cette nourriture dont tu as tellement envie.

Ce fut une expérience fascinante que de revoir les garçons que je croyais connaître si bien alors que je ne les connaissais pas du tout. Je n'avais qu'à les regarder pour lire leurs véritables pensées, l'affection authentique, la jalousie ou l'indifférence que je leur inspirais.

Il ne suffisait pas de voir les couleurs pour tout savoir : il fallait aussi apprendre à les interpréter.

Pour cela, mon Guide et moi nous nous installions dans un endroit tranquille d'où nous pouvions observer les gens qui entraient par les portes principales.

— Lobsang, me disait le Lama Mingyar Dondup, regarde l'homme qui arrive... Vois-tu le fil de couleur qui vibre au-dessus de son cœur? Cette couleur et cette vibration sont les signes d'une affection pulmonaire.

Ou bien à propos d'un marchand :

— Regarde ces bandes qui bougent et ces taches qui clignotent... Notre Frère Homme-d'affaires est en train de penser qu'il peut rouler ces imbéciles de moines, il se souvient qu'il y est déjà arrivé. Pour de l'argent, les hommes ne reculeraient devant aucune petitesse!

Ou encore :

— Examine ce vieux moine, Lobsang. Voici un saint dans toute l'acception du terme, mais il prend tout ce que disent nos Écritures au pied de la lettre. As-tu remarqué combien le jaune de son aura est décoloré? C'est qu'il n'est pas suffisamment évolué pour raisonner par lui-même.

Et ainsi de suite, jour après jour. Mais c'est surtout dans nos rapports avec les malades, malades du corps ou malades de l'esprit, que le pouvoir donné par le Troisième Œil nous était utile.

— Plus tard, me dit un soir le Lama, nous t'apprendrons à fermer le Troisième Œil à volonté, car il serait intolérable d'avoir toujours devant les yeux le triste spectacle des imperfections humaines. Mais, pour le moment, sers-t'en constamment, comme tu te sers de tes yeux physiques. Nous te montrerons ensuite comment l'ouvrir et le fermer aussi facilement que les autres.

Il y a bien longtemps, assurent nos légendes, hommes et femmes pouvaient utiliser le Troisième Œil. C'était l'époque où les dieux venaient sur la terre et se mêlaient aux humains. Les hommes se voyant déjà leurs successeurs, essayèrent de les tuer, sans penser que ce que l'homme pouvait voir, les dieux le voyaient encore mieux. En punition, le Troisième Œil fut fermé. Depuis, au cours des siècles, une minorité a reçu à sa naissance le don de clairvoyance. Ceux qui l'avaient naturellement ont pu avoir son pouvoir multiplié par mille, grâce à un traitement approprié, comme celui qui m'avait été appliqué. Il va de soi qu'un talent aussi particulier doit être traité avec précaution et respect.

Le Père Abbé me convoqua un jour.

— Mon fils, me dit-il, tu possèdes maintenant un pouvoir qui est refusé au plus grand nombre. Ne t'en sers que pour le bien, jamais à des fins égoïstes. Quand tu seras dans les pays étrangers, des gens exigeront de toi que tu te conduises comme un illusionniste dans une foire; ils te diront : « Prouve-nous ceci, prouve-nous cela. » Mais je te le dis, mon fils, il ne faudra pas leur obéir. Ce talent t'est donné pour aider ton prochain, et non pour t'enrichir. Il te sera beaucoup révélé par la Clairvoyance mais quoi que tu puisses apprendre, tu ne devras en faire part à personne, si tes paroles peuvent provoquer la souffrance de ton prochain ou changer le Chemin de sa Vie. Car l'homme, mon fils, doit choisir son propre Chemin. Dis-lui ce que tu veux, il n'en suivra pas moins sa route. Aide ceux qui sont malades, et ceux qui sont malheureux, mais ne dis rien qui puisse changer le Chemin d'un homme.

Le Père Abbé, un homme très cultivé, était le docteur personnel du Dalaï Lama. Avant de mettre un terme à notre entretien, il m'annonça que j'allais être bientôt convoqué par le Dalaï Lama qui désirait me voir. Nous serions donc, le Lama Mingyar Dondup et moi, les hôtes du Potala pendant quelques semaines.

8

LE POTALA

Un lundi matin, le Lama Mingyar Dondup m'apprit que notre visite au Potala avait été fixée à la fin de la semaine.

— Il faut faire une répétition, me dit-il, notre présentation doit être parfaite.

Près de notre salle de classe se trouvait un petit temple désaffecté qui contenait une statue grandeur nature du Dalaï Lama.

— Regarde-moi, Lobsang, me dit le Lama, je vais te montrer ce qu'il faut faire. Tu entres comme ceci, les yeux baissés. Tu marches jusqu'ici, à un mètre cinquante environ du Dalaï Lama. Tire la langue pour le saluer et incline-toi. Une fois, deux fois, trois fois. Toujours à genoux, la tête baissée, tu places l'écharpe autour de ses pieds, de cette façon. Redresse-toi, en gardant la tête baissée pour qu'Il puisse placer une écharpe à ton cou. Compte jusqu'à dix, afin de ne pas faire preuve d'une hâte inconsidérée, puis lève-toi et marche à reculons jusqu'au premier coussin libre,

J'avais suivi toute sa démonstration, faite avec l'aisance que confère une longue pratique.

— Un conseil maintenant, reprit-il. Avant de reculer, repère, d'un coup d'œil rapide et discret, la position du coussin le plus proche. Il ne s'agit pas de te prendre les talons dedans et d'être obligé de faire une cabriole pour éviter de te briser le cou! On trébuche facilement dans l'excitation d'un pareil moment. A ton tour... Montre-moi que tu es capable de faire aussi bien.

Je sortis et le Lama frappa les trois coups dans ses mains. Je me précipitai, pour être aussitôt arrêté.

— Lobsang! Lobsang! Ceci n'est pas une course! Allons, avance plus lentement. Règle ton allure en te disant à toi-même : *Om-ma-ni-pad-me-Hum.* Ainsi, tu entreras comme un jeune prêtre plein de dignité au lieu de galoper comme un cheval de course dans la plaine du Tsang-Po.

Nouvelle sortie, pour une nouvelle entrée plus « digne »! Arrivé devant la statue, je tombai à genoux et je continuai à avancer, saluant à la tibétaine, la langue tirée. Mes trois saluts furent sûrement des modèles de perfection, j'en étais fier! Mais bonté divine, j'avais oublié l'écharpe! Aussi fis-je une troisième sortie pour reprendre le cérémonial dès le début. Cette fois, je réussis à me conduire correctement et je plaçai l'écharpe de cérémonie au pied de la statue. Après quoi, je marchai à reculons et je parvins, sans trop de difficultés, à un coussin où je m'assis dans la position du Lotus.

— Passons maintenant à la deuxième phase. Il s'agit de dissimuler ta coupe de bois dans ta manche gauche car, une fois assis, on te servira du thé. Elle se tient de cette façon, coincée entre la manche et l'avant-bras. Avec un minimum d'attention, elle doit rester en place. Mets-la dans ta manche maintenant et entraîne-toi à faire ton entrée... sans oublier l'écharpe.

Chaque matin, pendant une semaine, nous répétâmes jusqu'à ce que je sois capable de faire tous les gestes automatiquement. Au début, quand je saluais, la coupe tombait, bien entendu, en faisant un potin du diable mais je réussis vite à trouver le truc.

Le vendredi, il fallut que je fasse voir mes progrès au Père Abbé.

— Ta présentation, déclara-t-il, fait grandement honneur à ton maître, notre Frère Mingyar Dondup.

Le lendemain matin, nous descendîmes la colline pour nous rendre au Potala. Notre lamaserie était administrativement rattachée au Potala, bien qu'elle se trouvât à l'écart des bâtiments principaux. Elle portait le nom de « Temple et École de la Médecine ». Notre Abbé était le seul docteur du Dalaï Lama, position qui n'était pas de tout repos, puisqu'il ne devait pas tant le guérir de ses maladies que le conserver en bonne santé. Aussi était-il tenu pour responsable du moindre malaise de son auguste patient. Il n'en avait pas pour autant le droit d'aller l'examiner quand il le jugeait utile; il fallait qu'il attende que le Dalaï Lama soit malade pour être appelé!

Mais ce matin-là, je ne pensais pas aux soucis du Père Abbé, les miens me suffisaient. Au pied de la colline, nous prîmes la direction du Potala, au milieu d'une foule composée de touristes passionnés et de pèlerins. Ces gens venaient de toutes les parties du Tibet voir la demeure du Très Profond, nom que nous donnons au Dalaï Lama. S'ils pouvaient jeter sur lui, ne fût-ce qu'un coup d'œil, ils repartaient avec le sentiment d'être récompensés au centuple des fatigues de leurs longs voyages. Certains pèlerins avaient voyagé à pied pendant des mois pour saluer le Saint des Saints. Dans cette foule se trouvaient pêle-mêle des fermiers, des nobles, des bergers, des marchands et des malades qui espéraient trouver la guérison à Lhassa. Ils encombraient la route car tous faisaient le tour du Potala, un circuit de neuf kilomètres. Certains marchaient à quatre pattes, d'autres s'étendaient de tout leur long par terre, se relevaient et s'étendaient de nouveau. Des malades et des infirmes avançaient clopin-clopant, sur des béquilles ou soutenus par des amis. Partout, des colporteurs proposaient du thé au beurre préparé sur des braseros portatifs et toutes sortes de victuailles. On pouvait également acheter des charmes et des amulettes « bénies par une sainte Incarnation ». Des vieillards refilaient des horoscopes imprimés aux jobards. Plus loin, de joyeux camelots essayaient de placer de petites roues à prières, « souvenirs de Lhassa ». Des écrivains publics délivraient, moyennant finances, des certificats attestant que leur client avait visité Lhassa et tous ses lieux saints. Nous passâmes parmi eux sans nous arrêter car nous ne pensions qu'à la Cime.

La résidence privée du Dalaï Lama se trouvait sur le toit même du Potala, car personne n'a le droit d'habiter plus haut que lui. Un immense escalier de pierre, qui est plutôt une rue qu'un escalier, permet d'y accéder. De nombreux hauts fonctionnaires le montent à cheval pour s'épargner la peine de le gravir à pied. Nous en rencontrâmes beaucoup sur notre chemin. Nous étions déjà très haut quand le Lama Mingyar Dondup s'arrêta.

— Regarde ton ancienne maison, me dit-il, en la désignant du doigt. Les serviteurs s'agitent beaucoup dans la cour.

Je regardai. Il est préférable que je ne dise rien de l'émotion que je ressentis. Mère était sur le point de sortir, avec sa suite. Tzu était là lui aussi. Mais à quoi bon ? Ce que je pensai alors, doit rester enfoui dans mon cœur.

Le Potala est une commune indépendante bâtie sur une petite montagne. C'est là que se traitent toutes les affaires religieuses et temporelles du Tibet. Ce bâtiment ou plutôt ce groupe de bâtiments est le cœur du pays, l'objet de toutes les pensées, la source de tous les espoirs. A l'intérieur de ses enceintes, dans des maisons du Trésor sont entreposés des lingots d'or, d'innombrables sacs de pierre précieuses et de curieux objets de la plus haute antiquité. Les bâtiments n'ont pas plus de trois siècles et demi, mais ils ont été élevés sur les fondations d'un ancien palais. Autrefois, un fort dominait la montagne. Celle-ci qui est d'origine volcanique recèle dans ses flancs une caverne immense d'où rayonnent des passages. L'un d'entre eux conduit à un lac. Seuls quelques rares privilégiés y sont allés ou connaissent son existence.

Mais revenons au moment où nous montions l'escalier du Potala par une matinée lumineuse. Partout, nous entendions le cliquetis des roues à prières — les seules roues qui existent au Tibet en raison d'une vieille prophétie suivant laquelle la paix quittera notre pays au moment où des roues y feront leur apparition. Finalement nous atteignîmes le sommet. En voyant mon Guide qu'ils connaissaient bien, les colosses qui montaient la garde ouvrirent la porte dorée. Nous continuâmes notre chemin jusqu'au point culminant du toit où se trouvaient les tombes des Incarnations précédentes du Dalaï Lama et sa résidence personnelle. Un grand rideau marron en laine de yak dissimulait l'entrée. Il fut écarté et nous entrâmes dans un grand hall que gardaient des dragons en porcelaine verte. Des tapisseries somptueuses, représentant des scènes religieuses et des légendes anciennes, couvraient les murs. Sur des tables basses étaient disposés des objets dignes de réjouir le cœur d'un collectionneur, statuettes de divers dieux et déesses de notre mythologie, et ornements en cloisonné. Sur une étagère, près d'un passage caché par un rideau, était posé le Livre de la Noblesse. Comme j'aurais voulu pouvoir l'ouvrir et lire le nom de ma famille pour me donner confiance! Ce jour-là et dans un tel lieu, je me sentais particulièrement petit et insignifiant. A huit ans, je n'avais déjà plus d'illusions, et je me demandais quelles raisons avaient bien pu pousser le premier personnage du pays à me convoquer. Je savais qu'une entrevue de ce genre était exceptionnelle et à mon avis, il ne pouvait s'agir que d'un surcroît de travail, d'études et d'épreuves.

Un lama en robe rouge cerise, une étole dorée sur les épaules, conversait avec le Lama Mingyar Dondup. Celui-ci semblait être vraiment très connu au Potala. Comme d'ailleurs partout où j'étais allé avec lui.

— Sa Sainteté est très intéressée et veut lui parler en tête à tête, entendis-je.

Mon Guide se tourna vers moi :

— C'est le moment de te présenter, me dit-il, je vais t'indiquer la porte. Dis-toi en entrant que tu es en train de répéter, comme tu l'as fait pendant toute la semaine.

Il me prit par les épaules et me conduisit à une porte tout en me parlant à l'oreille :

— Tu n'as pas besoin de t'inquiéter... Allez, entre maintenant.

Et, après m'avoir donné une tape sur l'épaule pour m'encou rager, il resta à me regarder. Je fis mon entrée : au fin fond d'une pièce immense se tenait le Très Profond, le treizième Dalaï Lama.

Assis sur un coussin de soie couleur safran, il portait la tenue habituelle des lamas, à part un grand bonnet jaune, dont les rabats lui descendaient jusqu'aux épaules. Il venait de poser un livre. La tête baissée, je traversai la pièce. Arrivé à deux mètres de lui, je me laissai tomber à genoux, je le saluai par trois fois, et je déposai à ses pieds l'écharpe de soie que le Lama Mingyar Dondup m'avait donnée. En réponse, le Très Profond se pencha vers moi et plaça la sienne sur les poignets et non à mon cou, comme il était d'usage. Je sentis alors l'affolement me gagner, à l'idée de marcher à reculons jusqu'au coussin le plus proche car j'avais remarqué qu'ils étaient tous très loin. Le Dalaï Lama parla pour la première fois :

— Ces coussins sont trop loin pour que tu marches à reculons. Fais demi-tour et va en chercher un pour que nous puissions parler tous les deux.

Je fus bientôt de retour devant lui avec un coussin.

— Pose-le en face de moi, dit-il, et assieds-toi.

Quand je fus installé, il prit la parole :

— On m'a dit des choses étonnantes à ton sujet, jeune homme. Tu es né avec la Clairvoyance et cette faculté a été développée par l'Ouverture du Troisième Œil. J'ai le dossier de ta dernière incarnation, de même que les prédictions des astrologues. Ta vie sera dure au début, mais elle sera couronnée de succès. Tu voyageras dans le monde entier, tu connaîtras de nombreux pays étrangers, dont tu n'as jamais entendu parler. Tu verras la mort, des ruines et aussi une cruauté qui dépasse l'imagination. Ta route sera longue et pénible, mais le succès sera au bout comme il a été prédit.

Pourquoi me disait-il tout cela, que je savais par cœur, mot pour mot, depuis ma septième année ? Je savais aussi qu'après avoir étudié la médecine et la chirurgie au Tibet, je recommencerais mes études en Chine. Mais le Très Profond continuait à parler. Il me mettait en garde. Je ne devais pas donner de preuve de mes pouvoirs exceptionnels ni aborder le sujet de l'être ou de l'âme, quand je serais dans le monde occidental.

— Je suis allé aux Indes et en Chine, dit-il. Dans ces pays, il est possible de discuter des Réalités Supérieures, mais j'ai rencontré beaucoup d'hommes venus des pays de l'Ouest. Ils n'ont pas le même sentiment des valeurs que nous, ils adorent le commerce et l'or. Leurs savants disent : « Montrez-nous l'âme. Montrez-la, que nous puissions la palper, la peser, connaître ses réactions aux acides. Indiquez-nous sa structure moléculaire, ses réactions chimiques. Une preuve, une preuve, il nous faut une preuve », te diront-ils, sans se soucier de détruire par leur attitude négative, par leur suspicion, toutes les chances d'obtenir la preuve qu'ils réclament. Mais il nous faut du thé.

Il frappa légèrement sur un gong et donna des ordres à un lama qui revint rapidement avec du thé et des produits importés des Indes. Pendant que nous nous restaurions, le Très Profond me parla des Indes et de la Chine. Il me dit aussi qu'il voulait que je travaille d'arrache-pied et qu'il choisirait des professeurs spécialement à mon intention. Incapable de me contenir, je lâchai tout à trac :

— Personne ne peut être plus savant que mon maître le Lama Mingyar Dondup!

Le Dalaï Lama me regarda, et... éclata de rire. Il est probable que personne ne lui avait jamais parlé sur ce ton, et encore moins un petit garçon de huit ans. Ma spontanéité parut lui plaire :

— Ainsi, d'après toi, Mingyar Dondup est un homme de bien? Dis-moi ce que tu penses vraiment de lui, petit coq de combat!

— Seigneur, répondis-je, vous m'avez dit que mon pouvoir de clairvoyance est exceptionnel. Eh bien, le Lama Mingyar Dondup est la meilleure personne que j'aie jamais rencontrée!

Tout en se remettant à rire, le Dalaï Lama donna un coup sur le gong placé à ses côtés.

— Fais entrer Mingyar, dit-il au lama qui nous avait servis.

Le Lama Mingyar Dondup entra et salua le Très Profond.

— Prends un coussin et assieds-toi, Mingyar, dit le Très Profond. Ton petit élève vient de me parler de toi. Je suis entièrement d'accord avec son jugement.

Mon Guide s'assit près de moi et le Dalaï Lama reprit :

— Tu as accepté de prendre l'entière responsabilité de l'éducation de Lobsang Rampa. Organise ses études comme bon te semblera. Tu me demanderas les lettres d'autorité dont tu auras besoin. Je reverrai Lobsang Rampa de temps en temps.

Il se pencha vers moi :

— Tu as bien choisi, jeune homme, dit-il, ton Guide est un vieil ami de ma jeunesse et un véritable maître des sciences occultes.

Après avoir échangé quelques paroles, nous nous levâmes et nous saluâmes pour prendre congé. A son visage, je devinai que le Lama Mingyar Dondup était au fond de lui-même très content de moi, et de l'impression que j'avais produite.

— Nous allons passer quelques jours ici, me dit-il, et nous visiterons certains coins secrets des bâtiments. Il existe dans les étages inférieurs des corridors et des chambres où personne n'est allé depuis deux siècles. Tu y apprendras beaucoup de choses concernant l'histoire du Tibet.

Un des lamas au service du Dalaï Lama — il n'y avait personne au-dessous de ce rang à sa résidence — vint à notre rencontre et nous annonça qu'on nous avait réservé des chambres sur le toit même du Potala. Il nous y conduisit. La vue que j'avais de la mienne, qui donnait directement sur Lhassa et la plaine, m'enthousiasma.

— Sa Sainteté a donné des instructions, nous dit le Lama, pour que vous puissiez aller et venir selon votre bon plaisir et que toutes les portes vous soient ouvertes.

Mon Guide me conseilla de m'allonger un peu. La cicatrice de ma cuisse gauche me gênait encore beaucoup; je souffrais, et je marchais en boitillant. On avait même craint un moment que je ne restasse estropié jusqu'à la fin de mes jours. Je restai allongé pendant une heure, jusqu'au moment où mon Guide revint avec du thé et des aliments.

— Voilà de quoi remplir quelques-uns de tes creux, Lobsang, dit-il. La nourriture est bonne ici, profitons-en.

Je n'eus pas besoin d'autres encouragements pour lui obéir. Quand nous eûmes fini, il me conduisit dans une pièce située à l'autre bout du toit. Là, à ma grande surprise, je vis qu'il n'y avait pas de tissus huilés aux fenêtres : il n'y avait rien, mais un rien qui était cependant visible. Je tendis la main et touchai ce néant avec précaution. C'était froid, presque aussi froid que la glace et glissant. Tout à coup, la lumière se fit dans mon esprit : du verre! Je n'avais jamais vu de carreaux auparavant. Certes, nous nous étions servis de verre pilé pour les batailles de cerfs-volants, mais il s'agissait d'un verre épais et non transparent. De plus, il était coloré, tandis que celui-ci... celui-ci était clair comme de l'eau.

Mais ce ne fut pas tout. Après avoir ouvert la fenêtre, le Lama Mingyar Dondup prit un tube de cuivre gainé de cuir qui ressemblait à une trompette « sans tête ». Du tube, il fit sortir quatre morceaux, qui étaient emboîtés les uns dans les autres. Tout en riant de mon air étonné, il posa une des extrémités du tube sur le rebord de la fenêtre et approcha l'autre de son visage. « Ah, pensai-je, il va faire de la musique! » Mais au lieu de souffler dedans, il y colla un œil.

— Mets ton œil droit ici, Lobsang, me dit-il, après quelques manipulations, et garde l'autre fermé.

J'obéis et faillis m'évanouir de stupéfaction, en voyant dans le tube un cavalier qui venait à ma rencontre. Je fis un bond de côté et je jetai un regard éperdu autour de moi. Il n'y avait personne dans la pièce si ce n'est mon Guide qui se tordait de rire. Je le regardai avec méfiance. M'avait-il ensorcelé?

— Sa Sainteté a dit que vous étiez un maître de l'occultisme, dis-je, mais est-il indispensable de ridiculiser votre élève?

Ma question eut le don de le faire rire encore plus et il me fit signe de regarder de nouveau. J'obéis, non sans crainte. Il déplaça légèrement le tube, de sorte que mes yeux découvrirent un autre spectacle. C'était une longue-vue, la première de ma vie. Jamais je n'ai pu oublier cet homme à cheval. J'y pense souvent quand un Occidental refuse de croire en l'existence de certains phénomènes occultes. C'est impossible, dit-il. Ce jour-là, ce cavalier m'avait paru « impossible » à moi aussi! Le Dalaï Lama avait ramené des Indes un certain nombre de longues-vues et il aimait beaucoup s'en servir pour regarder le paysage. C'est au Potala aussi que je me vis dans un miroir pour la première fois, sans reconnaître l'horrible créature qui s'y reflétait, un petit garçon au teint pâle, au front barré en son milieu d'une large cicatrice rouge et dont le nez était indiscutablement proéminent. Il m'était déjà arrivé de voir mon image dans l'eau mais elle était floue tandis que celle-ci était... trop nette à mon goût. On comprendra que depuis, je ne me sois plus soucié de me regarder dans une glace!

On pensera peut-être que sans vitres, ni longues-vues, ni miroirs, le Tibet devait être un drôle de pays, mais notre peuple n'avait pas envie de ce genre de choses. De même ne voulions-nous pas de roues. Les roues servent la vitesse et la prétendue civilisation. Nous avions compris depuis longtemps que la vie dans le monde des affaires est trop précipitée pour laisser le temps de s'occuper des choses de l'esprit. Notre monde physique s'était transformé avec lenteur pour que nos connaissances ésotériques puissent grandir et se développer. Depuis des milliers d'années, nous avons percé les secrets de la clairvoyance, de la télépathie et des autres branches de la métaphysique. Il est tout à fait exact que de nombreux lamas sont capables de s'asseoir nus dans la neige et de la faire fondre par la seule puissance de leur pensée, mais ce ne sera jamais pour distraire les amateurs de sensations fortes. Des lamas, qui sont des maîtres de l'occultisme, peuvent vraiment se soulever par lévitation, mais ils ne se servent jamais de leurs pouvoirs pour amuser un public plus ou moins naïf. Un maître, au Tibet, s'assure toujours que son élève est moralement digne de connaître de tels secrets. Comme il doit être absolument certain de l'intégrité morale de son élève, les pouvoirs métaphysiques ne sont jamais galvaudés, car ils ne sont confiés qu'aux gens qui en sont dignes. Ces pouvoirs n'ont absolument rien de magique, ils résultent simplement de l'application de certaines lois naturelles.

Au Tibet, certains ont besoin de compagnie pour se perfectionner, tandis que d'autres doivent se retirer du monde. Ceux-là gagnent des lamaseries éloignées où ils vivent dans une cellule d'ermite, une petite chambre, bâtie dans la plupart des cas à flanc de montagne. Les murs de pierre sont épais — leur épaisseur atteint parfois deux mètres — pour qu'aucun bruit ne puisse y pénétrer. Quand l'ermite a décidé d'y faire retraite, l'entrée est murée. C'est dans cette boîte de pierre vide qu'il va vivre seul, sans lumière, sans meubles, sans rien. Une fois par jour, il reçoit de la nourriture par une trappe, par où ne passent ni lumière ni son. Son premier séjour dure trois ans, trois mois et trois jours, pendant lesquels il médite sur la nature de la vie et sur celle de l'homme. Son corps physique ne doit quitter la cellule sous aucun prétexte. Un mois avant la fin de sa réclusion, le toit est percé d'un trou minuscule qui laisse entrer un faible rayon de lumière. Ce trou est ensuite élargi progressivement pour que les yeux de l'ermite se réaccoutument à la lueur du jour. Sinon, il deviendrait aveugle dès sa sortie de la cellule. Il arrive très souvent qu'après quelques semaines à peine dans le monde, ces ermites regagnent leur retraite où ils restent jusqu'à leur mort. Une pareille vie n'est ni stérile ni inutile comme on pourrait le penser. L'homme est un esprit, une créature d'un autre monde; une fois libéré des liens de la chair, il peut parcourir l'univers et se rendre utile par l'intermédiaire de ses pensées. Les pensées, comme nous le savons très bien au Tibet, sont des ondes d'énergie. La matière est de l'énergie condensée. Une pensée, soigneusement dirigée et partiellement condensée, peut déplacer un objet. Dirigée différemment elle peut aboutir à la télépathie qui permet de faire faire à une personne éloignée une action déterminée. Pourquoi serait-il si difficile de me croire, alors que tout le monde trouve normal qu'un homme muni d'un microphone puisse diriger l'atterrisage d'un avion malgré le brouillard épais et la visibilité nulle? Avec un peu d'entraînement, et à condition de n'être pas sceptique, l'homme pourrait diriger ces atterrissages par télépathie, au lieu d'utiliser une machine qui n'est pas infaillible.

Mon éducation ésotérique ne comporta pas de longue réclusion dans une obscurité complète. Elle se fit par une autre méthode qui n'est pas à la portée de la plupart de ceux qui ont une vocation d'ermite. Je suivis un entraînement conçu en fonction d'un objectif bien déterminé, et cela sur l'ordre exprès du Dalaï Lama. On m'instruisit selon une méthode particulière et aussi par hypnotisme, toutes choses qui ne peuvent être discutées dans un livre comme celui-ci. Qu'il me suffise de dire que je reçus plus d'éclaircissements que la moyenne des ermites n'en obtient au cours d'une très longue vie. Ma visite au Potala était liée au début de cet entraînement, mais je reviendrai là-dessus.

La longue-vue me fascinait et je l'utilisais fréquemment pour observer les endroits que je connaissais si bien. Le Lama Mingyar Dondup m'en expliqua les principes jusque dans leurs moindres détails, de sorte que je compris que la magie n'avait rien à y voir et qu'il s'agissait simplement de l'application de certaines lois naturelles.

Non seulement tout m'était expliqué, mais encore on me disait pourquoi telle ou telle chose était arrivée. Je ne pouvais jamais dire :

— Oh, c'est de la magie! sans être éclairé sur les lois qui entraient en jeu. Une fois, au cours du même séjour au Potala, mon guide me conduisit dans une chambre plongée dans une obscurité complète.

— Reste ici, Lobsang, me dit-il, et regarde ce mur blanc. Il éteignit ensuite la flamme de sa lampe à beurre et arrangea le volet de la fenêtre d'une certaine façon. Immédiatement, une image renversée de Lhassa apparut sur le mur! Je poussai un cri d'étonnement à la vue des hommes, des femmes et des yaks qui marchaient la tête en bas. Soudain, l'image trembla et tous reprirent une position normale. L'explication de « la réfraction des rayons lumineux » ajouta encore à ma perplexité... Comment était-il possible de réfracter la lumière? On m'avait démontré que des jarres et des carafons peuvent être brisés avec un sifflet silencieux, ce qui m'avait paru très simple et ne pas mériter une seconde de plus de réflexion, mais cette réfraction! Aussi, ne compris-je rien à la question jusqu'au moment où mon Guide apporta d'une pièce voisine un appareil spécial, fait d'une lampe et de diverses lamelles qui servaient à cacher la lumière. Je fus en mesure de voir cette fameuse réfraction et ce fut la fin de mes surprises.

Les greniers du Potala étaient pleins à craquer de statues merveilleuses, de livres anciens et d'admirables peintures murales représentant des sujets religieux. Les rares, très rares Occidentaux qui en ont vu les trouvent indécentes. Elles représentent souvent un esprit mâle et un esprit femelle intimement enlacés. Mais leur esprit est loin d'être obscène et nul Tibétain ne saurait s'y tromper. Ces deux corps nus enlacés symbolisent l'extase qui naît de l'union de la Connaissance et de la Vie droite. J'avoue avoir été horrifié au delà de toute mesure, la première fois que j'ai vu des chrétiens adorer comme le symbole de leur religion un homme torturé et cloué sur une croix. Il est certes regrettable que nous ayons tous tendance à juger les autres d'après nos propres convictions. Depuis des siècles, des cadeaux venus d'un peu partout arrivaient au Potala, à l'intention des Dalaï Lamas. Presque tous avaient été entreposés dans des salles spéciales où je passais des heures merveilleuses à les regarder pour connaître, grâce à la psycho métrie, les intentions profondes des donateurs. Un véritable enseignement sur les mobiles humains. Quand j'avais défini l'impression produite par un objet, mon guide, à l'aide d'un livre, m'en racontait l'histoire depuis ses origines jusqu'à nos jours. J'étais enchanté de l'entendre me dire de plus en plus souvent :

— Bravo, Lobsang, tes progrès sont indéniables.

Avant de quitter le Potala, nous visitâmes un des tunnels souterrains. Les autres, me dit-on, me seraient montrés plus tard. Munis de torches flamboyantes nous descendîmes précautionneusement ce qui me parut être un escalier sans fin et nous nous glissâmes dans des passages aux parois rocheuses. J'appris que ces tunnels étaient dus à une éruption volcanique vieille de plusieurs dizaines de siècles. Sur les murs, je vis des figures géométriques étranges et des dessins représentant des scènes que je ne reconnus pas. J'avais surtout hâte de voir le lac dont je savais, pour l'avoir entendu dire, qu'il se trouvait à la fin d'un passage et qu'il s'étendait sur des kilomètres et des kilomètres. Enfin nous pénétrâmes sous un tunnel qui alla en s'agrandissant, jusqu'au moment où ses voûtes s'enfoncèrent dans l'ombre, hors de la portée de nos torches. Une centaine de mètres plus loin, nous étions arrivés au bord de l'eau, mais d'une eau comme je n'en avais encore jamais vu. Elle était stagnante et noire au point d'être presque invisible, et au lieu d'un lac on avait l'impression de regarder un trou sans fond. Pas une ride à la surface, pas un bruit pour rompre le silence. Les torches faisaient briller le rocher sombre sur lequel nous nous tenions. Quelque chose scintilla sur une paroi rocheuse. Je m'approchai et je vis que le rocher contenait un large filon d'or de cinq à sept mètres de long. Une température élevée avait jadis commencé à le faire fondre. L'or avait dégouliné comme la cire dorée d'une chandelle, puis s'était solidifié par la suite en se refroidissant.

Le Lama Mingyar Dondup rompit le silence :

— Ce lac va jusqu'à la rivière Tsang-Po, à soixante kilomètres d'ici. Il y a bien longtemps, des moines audacieux, qui avaient construit un radeau, quittèrent le rivage, munis de torches et de pagaies. Ils pagayèrent pendant des kilomètres et des kilomètres sur des eaux inconnues et finirent par arriver à un endroit où le lac souterrain s'élargissait. Les parois et la voûte étaient invisibles. Ils continuèrent à dériver, ne sachant quelle direction prendre.

En l'écoutant, je voyais la scène comme si je m'étais trouvé sur le radeau avec les moines.

— Ils étaient perdus, continua la Lama, et incapables de s'orienter. Tout à coup, le radeau fit une embardée, leurs torches furent éteintes par un coup de vent, et ils se trouvèrent au milieu d'une obscurité totale. Ils pensèrent que les griffes des Démons de l'Eau s'étaient abattues sur leur fragile embarcation. Cramponnés aux cordes du radeau, ils tourbillonnèrent dans la nuit, étourdis et malades. Ils avançaient si vite que de petites vagues balayaient le pont, en les trempant jusqu'aux os. Leur radeau filait de plus en plus rapidement, comme si un géant impitoyable les entraînait à une mort certaine. Combien de temps dura cette équipée, ils ne le savaient pas car ils avaient perdu la notion du temps. Il n'y avait pas une lumière et l'obscurité n'était plus qu'un bloc noir comme il n'y en eut jamais à la surface de la terre. Ils entendirent des grincements, des frottements... avant d'être assommés par des coups violents et écrasés sous de fortes pressions. Renversés du radeau, ils furent projetés au fond de l'eau. Certains eurent à peine le temps d'aspirer un peu d'air. Les autres n'eurent pas cette chance. Les survivants aperçurent une lumière verdâtre et diffuse qui augmenta peu à peu. Ballottés et roulés par les eaux, ils émergèrent enfin sous un soleil brillant.

« Deux moines réussirent à gagner le rivage, où ils arrivèrent aux trois quarts morts, couverts de contusions et de sang. Trois autres avaient disparu sans laisser de traces. Pendant des heures ils restèrent allongés sur le sol, entre la vie et la mort. Finalement, il y en eut un qui rassembla assez de forces pour regarder autour de lui. Ce qu'il vit lui donna un tel choc qu'il faillit s'évanouir. Au loin se dressait la montagne du Potala et ils étaient entourés de yaks qui paissaient dans les vertes prairies. Leur première pensée fut qu'ils étaient morts et qu'ils se trouvaient dans un ciel tibétain. C'est alors qu'ils entendirent un bruit de pas : un pâtre se penchait sur eux. Il était venu s'emparer de l'épave flottante du radeau qu'il avait aperçue de loin. Quand ils eurent réussi, malgré leurs robes en loques, à le convaincre qu'ils étaient moines, il se décida à aller chercher des brancards au Potala. Depuis lors, très peu de gens se sont aventurés sur le lac, mais on sait que de petites îles se trouvent un peu au delà de la partie éclairée par nos torches. L'une d'entre elles a été explorée. Ce qu'on y a trouvé, tu l'apprendras par toi-même lors de ton initiation.

Comme j'aurais voulu partir tout de suite sur un radeau ! Mon Guide, qui ne m'avait pas quitté des yeux, éclata de rire :

— Oui, dit-il, ce serait très amusant, mais pourquoi nous fatiguer quand il est si facile de faire cette exploration « astralement » ? Cela t'est possible, Lobsang, et dans quelques années tu seras en mesure d'explorer le lac avec moi et d'apporter ta contribution à la connaissance que nous en avons. Mais pour l'instant, mon garçon, il te faut étudier encore et toujours. Pour nous deux.

La flamme de nos torches baissait et je crus que nous allions être bientôt obligés d'aller à tâtons comme des aveugles. Je pensai même en faisant demi-tour pour rentrer que nous avions été fous de ne pas emmener des torches de secours. Au même moment, le Lama Mingyar Dondup sortit d'une niche bien dissimulée des torches qu'il alluma aux dernières flammes des nôtres.

— Nous en avons une réserve ici, dit-il, car il serait difficile de retrouver son chemin dans l'obscurité. Maintenant, en route!

Nous remontâmes péniblement les tunnels en pente, nous arrêtant parfois pour reprendre haleine et regarder les dessins des parois. Je n'arrivais pas à les comprendre. On eût dit des dessins de géants, sans parler des machines étranges qui dépassaient mon entendement. Il était clair en revanche que mon guide était parfaitement familiarisé avec ces dessins et qu'il se trouvait comme chez lui dans ces passages. Flairant quelque mystère, je brûlais d'envie de revenir, car je ne pouvais entendre parler d'un mystère sans essayer de le percer. Comment aurais-je supporté l'idée de passer des années à essayer de deviner la solution, alors que sur place, j'avais une chance de la découvrir? Le danger m'importait peu. La voix du Lama Mingyar Dondup interrompit le cours de mes pensées.

— Lobsang! Tu radotes comme un vieillard. Quelques marches encore et nous reverrons la lumière du jour. Du toit, je te montrerai où ces moines du temps jadis sont revenus à la surface de la terre.

Quand arrivés sur le toit, il tint sa promesse, j'aurais bien voulu faire à cheval les soixante kilomètres qui nous séparaient de cet endroit pour le voir de près. Mais le Lama Mingyar Dondup me dit qu'il n'y avait rien de plus à voir que ce que la longue-vue me révélait. L'issue souterraine du lac était très au-dessous du niveau de l'eau et rien n'en marquait l'emplacement, si ce n'est un bosquet d'arbres plantés sur l'ordre de la précédente Incarnation du Dalaï Lama.

9

LA BARRIÈRE DE LA ROSE SAUVAGE

Le lendemain matin, nous fîmes nos préparatifs pour rentrer au Chakpori. Nous ne nous pressions guère car nous nous sentions en vacances au Potala. Avant de partir, je me précipitai sur le toit pour regarder une dernière fois le paysage. Sur le toit du Chakpori, un jeune acolyte lisait allongé sur le dos, interrompant parfois sa lecture pour lancer des petits cailloux sur les crânes chauves des moines passant dans la cour. La longue-vue me permettait de voir son sourire espiègle, quand il se mettait précipitamment à l'abri des regards étonnés que ses victimes lançaient vers le ciel. A la pensée que le Dalaï Lama m'avait sans aucun doute vu faire de pareilles farces, je me sentis vraiment mal à l'aise. Et je pris la résolution de limiter dorénavant mes efforts à la partie du Chakpori invisible de Potala.

Mais l'heure du départ arriva. C'était le moment de remercier les lamas qui avaient rendu notre court séjour si agréable, et aussi de témoigner une amabilité particulière à l'Intendant personnel du Dalaï Lama. Il régnait en effet sur « les produits des Indes ». Je dus lui être sympathique, car il me fit un cadeau d'adieu qu'en un rien de temps j'eus englouti. Ayant ainsi pris des forces, nous commençâmes à descendre le grand escalier pour rentrer à la Montagne de Fer. Nous étions arrivés à mi-hauteur, quand nous entendîmes des cris, des appels, cependant que des moines qui passaient par là nous faisaient signe de regarder en arrière. Nous fîmes halte. Un moine essoufflé par la course nous rejoignit et tout haletant transmit un message au Lama Mingyar Dondup.

— Attends-moi ici, Lobsang, me dit mon Guide, je n'en aurai pas pour longtemps.

Après quoi, il fit demi-tour et remonta l'escalier.

Je restai donc à musarder, admirant la vue, et regardant mon ancienne maison. La tête pleine de souvenirs, je me retournai et faillis tomber à la renverse en apercevant mon père qui arrivait à cheval dans ma direction. Au moment où je le regardai, il me vit. Son visage s'allongea légèrement quand il me reconnut. Mais il passa devant moi sans m'accorder un seul regard. Mon chagrin fut indicible. Je le regardai s'éloigner.

— Père ! criai-je.

Il continua à chevaucher tranquillement comme s'il ne m'avait pas entendu. Mes yeux me brûlaient et je me mis à trembler. Allais-je me couvrir de honte en public, et qui plus est sur les marches du Potala ? Avec une maîtrise de mes nerfs qui me surprit moi-même, je cambrai la taille et laissai mes yeux errer sur Lhassa.

Une demi-heure après, le Lama Mingyar Dondup était de retour avec deux chevaux.

— Vite, en selle, Lobsang, me dit-il, nous devons filer à Séra, car un des abbés a eu un grave accident.

Une trousse était attachée à chacune des selles, et je devinai qu'elles contenaient les instruments de mon guide. Sur la route de Lingkhor nous passâmes au galop devant mon ancienne maison ; pèlerins et mendiants s'écartaient devant nos chevaux. Il ne nous fallut pas longtemps pour arriver à la lamaserie de Séra où un groupe de moines nous attendait. Nous sautâmes à terre, chacun notre trousse à la main, et un abbé nous conduisit dans une chambre où un vieillard était couché.

Il avait un teint de plomb et sa force vitale semblait sur le point de s'éteindre. Le Lama Mingyar Dondup demanda de l'eau bouillante ; elle était déjà prête et il y laissa tomber diverses herbes. Pendant que je remuais la décoction, il examina le vieillard qui s'était fracturé le crâne en faisant une chute. Un os aplati lui comprimait le cerveau. Quand le liquide eut suffisamment refroidi, nous baignâmes le front du malade et mon guide en utilisa une partie pour se nettoyer les mains. Prenant ensuite un couteau aiguisé, il fit une rapide incision en forme de U. Grâce aux herbes, l'hémorragie fut légère. Nous appliquâmes encore de la lotion et le lambeau de chair fut retourné pour découvrir le crâne. Avec une douceur extrême, le Lama examina la tête du patient et trouva la partie de l'os crânien qui, sous l'effet du choc, était déplacée au-dessous de son niveau normal. Il retira alors du bol où il avait mis ses instruments à désinfecter dans une lotion, deux tiges d'argent, dont chacune avait un bout aplati et dentelé. Il inséra précautionneusement l'extrémité de l'une d'entre elles au milieu de la fracture et la maintint solidement en place. De l'autre, il s'assura une forte prise sur l'os qu'il souleva lentement pour l'amener au-dessus de son niveau normal.

— Lobsang, passe-moi le bol, dit-il en coinçant l'os avec une tige.

Je le lui tendis pour qu'il puisse prendre ce dont il avait besoin et il en retira une petite cheville d'argent, un minuscule coin en forme de triangle, dont il se servit pour bloquer la fissure pratiquée entre la boîte crânienne et l'os fracturé, qui se trouvait alors au-dessus de sa place habituelle. Il appuya un peu sur l'os. Celui-ci bougea légèrement. Une nouvelle pression très faible et l'os avait retrouvé sa place.

— La soudure se fera toute seule, dit-il, et l'argent étant une substance inerte, il n'amènera pas de complications.

Il nettoya la plaie avec la lotion, et remit soigneusement en place le lambeau de chair qui était resté attaché par un côté. L'incision fut ensuite recousue avec du crin de cheval passé à l'eau bouillie et recouverte d'un onguent à base d'herbes serré par un bandage.

Dès que son cerveau avait été libéré de la pression qui l'écrasait, le vieil abbé avait commencé à récupérer sa force vitale. Nous le calâmes sur des coussins pour qu'il puisse se mettre sur son séant. Je nettoyai les instruments, les essuyai avec un linge également bouilli et les rangeai avec soin dans les deux trousses. Au moment où je me lavais les mains, le vieillard ouvrit les yeux, et sourit faiblement en reconnaissant le Lama Mingyar Dondup penché sur lui.

— Je savais que tu étais le seul à pouvoir me sauver, dit-il, c'est pourquoi j'ai envoyé le message mental au Potala. Ma tâche n'est pas encore terminée et je ne suis pas prêt à quitter le corps.

Mon Guide le regarda avec attention et lui répondit :

— Tu guériras. Quelques jours pénibles, une migraine ou deux, et après tu pourras reprendre tes occupations. Cependant, quand tu dormiras, quelqu'un devra rester près de toi pour t'empêcher de t'allonger. Au bout de trois ou quatre jours, tu n'auras plus rien à craindre.

Je m'étais approché de la fenêtre. C'était passionnant d'observer comment vivaient les moines d'une autre lamaserie. Le Lama me rejoignit.

— Puisque tu t'es bien conduit, dit-il, nous ferons équipe. Maintenant, je vais te faire visiter cette communauté qui est très différente de la nôtre.

Après avoir confié le vieil abbé aux soins d'un lama, nous sortîmes dans le corridor. Le monastère était loin d'être aussi propre que le Chakpori. Il ne me parut pas que la discipline fût très stricte : les moines allaient et venaient selon leur bon plaisir. Comparés aux nôtres, leurs temples étaient mal entretenus. L'odeur de l'encens elle-même était plus aigre. Des bandes d'enfants jouaient dans les cours : au Chakpori ils eussent été en train de travailler d'arrache-pied. La plupart des moulins à prières étaient immobiles. Parfois, un vieux moine s'asseyait devant les roues pour les faire tourner, mais nulle part je ne vis l'ordre, la propreté et la discipline que j'avais appris à considérer comme étant de règle.

— Eh bien, Lobsang, me demanda mon Guide, aimerais-tu rester ici et mener comme eux une vie facile ?

— Sûrement pas, c'est à mon avis une bande de sauvages.

Il se mit à rire.

— Ça ferait sept mille sauvages et c'est beaucoup! Il suffit d'une minorité sans manières pour jeter le discrédit sur une communauté, tu sais.

— C'est possible, répliquai-je, mais ils ont beau appeler cette lamaserie la Barrière de la Rose, moi, je lui donnerais un autre nom...

Il me regarda en souriant.

— Je crois bien que tu te chargerais de les ramener à l'ordre, à toi tout seul...

Il était de fait que la discipline de notre lamaserie était des plus austères, alors que presque partout ailleurs régnait un grand relâchement. Si un moine voulait paresser, eh bien, il paressait, sans que personne y trouve à redire. Séra, ou la Barrière de la Rose sauvage, pour lui donner son nom exact, est située à cinq kilomètres du Potala et elle fait partie du groupe des lamaseries appelées: « Les trois sièges ». Drebung, dont l'effectif n'est pas inférieur à dix mille moines, est la plus grande. Vient ensuite Séra avec sept mille cinq cents moines environ, puis Ganden qui en compte à peine six mille. Toutes les trois sont de véritables villes, avec des rues, des collèges, des temples et tous les bâtiments administratifs nécessaires. Des hommes de Kham patrouillaient dans les rues. A l'heure actuelle des soldats communistes ont sans doute pris leur place! La communauté de Chakpori était petite mais très influente. En tant que Temple de la Médecine elle était alors le « Siège de la Science médicale » et elle avait une importante représentation dans le Conseil du gouvernement.

Au Chakpori, on nous apprenait ce que j'appellerais le « judo » faute d'un autre mot, la définition tibétaine de *sungthru Kyôn-pa-tü de-po le-le-po* ne pouvant être traduite, pas plus que notre mot technique *amaree*. Le « judo » n'est qu'une forme très élémentaire de notre système. Il n'était pas enseigné dans toutes les lamaseries; dans la nôtre il servait à nous entraîner, à nous rendre maîtres de nos réflexes, à endormir les gens dans un but médical et à nous rendre capables de voyager en toute sécurité dans les régions les plus dangereuses. En tant que lamas-médecins, en effet, nous étions toujours par monts et par vaux.

Le vieux Tzu avait été professeur de judo, peut-être le meilleur du Tibet, et il m'avait appris tout ce qu'il savait, pour la seule satisfaction du devoir accompli. La plupart des hommes et des jeunes gens connaissaient les prises et les lancers élémentaires, mais moi, je les avais pratiqués dès l'âge de quatre ans. Cet art, croyons-nous, doit être utilisé pour se défendre et se contrôler, et non pas pour se conduire comme des lutteurs professionnels. Nous disons souvent au Tibet qu'un homme qui est fort peut se permettre d'être doux tandis que les vantardises et les fanfaronnades sont le propre des faibles.

Il nous permettait d'endormir une personne lors de la réduction d'une fracture par exemple, ou de l'extraction d'une dent, sans souffrance ni danger. On peut faire perdre connaissance à un homme sans qu'il s'en rende compte, et quelques heures ou même quelques secondes après, lui rendre toute sa lucidité, sans conséquence fâcheuse. Fait curieux, un homme endormi au moment où il parle finira sa phrase à son réveil. En raison des dangers évidents que présente cette technique d'anesthésie, le judo et l'hypnotisme « instantané » n'étaient enseignés qu'à ceux qui pouvaient passer des tests très sévères. Et pour plus de précaution, ils étaient soumis à certaines passes magnétiques qui les empêchaient d'abuser de leurs pouvoirs.

Une lamaserie tibétaine n'est pas seulement un endroit où vivent des gens ayant une vocation religieuse, c'est aussi une ville autonome avec ses services et ses distractions. Nous avions nos théâtres où l'on jouait des pièces religieuses et traditionnelles. Des musiciens étaient toujours prêts à nous divertir et à prouver que nulle autre communauté ne possédait des instrumentistes de leur classe. Les moines qui avaient de l'argent pouvaient acheter des aliments, des vêtements, des objets de luxe et des livres dans les boutiques. Ceux qui voulaient faire des économies déposaient leur numéraire dans ce qui nous servait de banque. Toutes les communautés du monde ont leurs délinquants. Les nôtres étaient arrêtés par les moines-policiers et traduits devant un tribunal qui les jugeait équitablement. S'ils étaient reconnus coupables, ils accomplissaient leur peine dans la prison de la lamaserie.

Il y avait assez d'écoles pour que chaque enfant puisse recevoir l'enseignement qui convenait à sa mentalité. On aidait les brillants élèves à faire une carrière, mais partout, sauf au Chakpori, le fainéant était libre de passer son existence à dormir ou à rêver. Nous pensions en effet que puisqu'il est impossible d'influencer la vie de son prochain, il vaut mieux le laisser se rattraper lors de sa future réincarnation! Au Chakpori, il n'en allait pas de même, et quiconque ne faisait pas de progrès était prié d'aller chercher refuge ailleurs, là où la discipline serait moins rigoureuse.

Nos malades étaient bien soignés car chaque lamaserie avait son hôpital où les patients étaient traités par des moines ayant étudié la médecine et la chirurgie. Des spécialistes comme le Lama Mingyar Dondup s'occupaient des cas les plus graves. Depuis que j'ai quitté mon pays, j'ai entendu des Occidentaux raconter que les Tibétains s'imaginent que le cœur de l'homme est placé à gauche et celui de la femme à droite. Ce qui n'a pas manqué de me faire rire, car nous avons disséqué assez de cadavres pour savoir ce qu'il en est. J'ai également été beaucoup amusé par notre réputation de « peuple sale et rongé par les maladies vénériennes ». Ceux qui ont écrit des phrases de ce genre ne sont sans doute jamais entrés dans ces endroits fort commodes, en Angleterre, et aux États-Unis, où un « traitement gratis et confidentiel... » est offert aux citoyens. Nous sommes sales; certaines de nos femmes, par exemple, se mettent un produit sur le visage et sont obligées de « souligner » leurs lèvres pour qu'on les voie bien. Très souvent, elles emploient des lotions pour faire briller leurs cheveux quand ce n'est pas pour les teindre. Elles vont même jusqu'à s'épiler les sourcils ou se peindre les ongles, ce qui prouve de façon indiscutable que les Tibétaines sont des femmes « sales et sans moralité ».

Mais revenons à notre lamaserie. Nous avions fréquemment

des visiteurs, marchands ou moines, qui étaient logés dans notre hôtel. A leurs frais, bien entendu! Tous les moines n'étaient pas célibataires. Ceux qui pensaient que « la grâce du célibat » ne disposait pas favorablement l'esprit à la contemplation, étaient libres de s'affilier à une secte des « Bonnets Rouges » qui étaient autorisés à se marier. Ils ne constituaient qu'une minorité. Dans la vie religieuse, la classe dirigeante se recrutait dans une secte vouée au célibat, les « Bonnets Jaunes ». Dans les lamaseries « mixtes », moines et nonnes travaillaient côte à côte et formaient une communauté parfaitement organisée dont l'atmosphère était très souvent plus douce que celle des communautés entièrement masculines.

Certaines lamaseries imprimaient elles-mêmes leurs livres sur leurs propres presses. D'une façon générale, elles fabriquaient aussi leur papier. C'était un travail malsain par suite de la haute toxicité de la variété de *chinchona* utilisée. Cette écorce protégeait efficacement le papier des attaques des insectes, mais les moines qui la manipulaient se plaignaient de violentes migraines et d'autres maux plus graves encore. Nos caractères n'étaient pas en métal. Toutes nos pages étaient dessinées sur des formes d'un bois spécial, et les contours des dessins étaient ensuite découpés pour que les parties à imprimer soient en relief par rapport au reste de la forme. Ces formes mesuraient parfois un mètre sur un demi-mètre et leur dessin était souvent très compliqué. Toutes celles qui comportaient une erreur — même minime — étaient mises au rebut. Nos pages courtes et larges n'ont pas la même forme que celles de ce livre, qui elles sont plus hautes que larges. Nos livres ne sont jamais reliés : les feuilles volantes sont serrées entre des planchettes de bois gravé. Lors de l'impression, la forme de la page était placée à plat et un moine passait le rouleau à encre en veillant à l'appliquer régulièrement. Après qu'un deuxième moine eut étalé prestement un feuillet sur la forme, un troisième l'enfonçait à l'aide d'un lourd rouleau. Un quatrième moine retirait la page imprimée et la passait à un apprenti qui la rangeait. Les rares feuilles mâchurées n'étaient jamais utilisées dans les livres, on les gardait pour que les apprentis puissent s'exercer. Au Chakpori, nous disposions de planches gravées hautes de deux mètres environ sur un mètre trente de large qui reproduisaient le corps de l'homme avec ses organes principaux. Elles servaient à imprimer des cartes murales qu'on nous donnait ensuite à colorier. Nous avions aussi des cartes astrologiques. Celles qui étaient utilisées pour établir les horoscopes avaient une surface de soixante centimètres carrés. Elles indiquaient la position des planètes au moment de la conception et de la naissance du sujet. Il ne restait qu'à inscrire dans les blancs qui y étaient ménagés, les données fournies par les tables mathématiques précises qui étaient publiées par nos soins.

Après avoir inspecté la lamaserie de la Barrière de la Rose, et en ce qui me concerne l'avoir comparée défavorablement à la nôtre, nous allâmes revoir le vieil abbé. En deux heures, son état s'était sérieusement amélioré et il avait assez de forces pour s'intéresser un peu plus à ce qui l'entourait. Il fut capable en particulier d'écouter très attentivement le Lama Mingyar Dondup, auquel il semblait très attaché.

— Nous devons partir, lui dit mon Guide, mais je vais te laisser quelques herbes pulvérisées. En partant, je donnerai des instructions précises au moine qui s'occupera de toi.

Il lui remit trois petits sacs de cuir qu'il retira de sa trousse. Trois petits sacs qui pour un vieillard signifiaient la vie au lieu de la mort.

Dans la cour d'entrée, nous trouvâmes un moine qui tenait par la bride deux poneys déplorablement fringants. Ils avaient eu à manger, ils s'étaient reposés et ils n'attendaient plus que le moment de prendre le galop. Ce qui n'était pas mon cas. Heureusement pour moi le Lama Mingyar Dondup se contenta de nous faire aller à l'amble. La Barrière de la Rose se trouve à près de six kilomètres de la route de Lingkhor. Je n'avais nulle envie de passer devant mon ancien domicile. Mon Guide dut deviner mes pensées :

— Nous traverserons la route pour prendre la rue des

Boutiques, me dit-il. Rien ne nous presse. Demain sera un autre jour qu'il nous reste à vivre.

Voir les boutiques des marchands chinois et les écouter se quereller ou débattre leurs prix de leurs voix perçantes était un spectacle fascinant. De l'autre côté de la rue se trouvait un *chorten*, symbolisant l'immortalité de l'Être; derrière lui s'élevait un temple resplendissant vers lequel se dirigeait un flot de moines de la Shada Gompa toute proche. Quelques minutes plus tard, nous arrivions dans des allées bordées de maisons serrées les unes contre les autres, à l'ombre du Jo-Kang, dont elles semblaient chercher la protection. « Ah! pensai-je, la dernière fois que j'étais ici, j'étais un homme libre, je n'étudiais pas pour être moine. Comme je voudrais que tout cela soit un rêve dont je puisse m'éveiller! »

Après avoir descendu la route au pas de nos poneys, nous prîmes à droite la direction du pont de la Turquoise. Le Lama Mingyar Dondup se tourna alors vers moi :

— Ainsi, tu ne veux toujours pas devenir moine? C'est vraiment une bonne vie, tu sais. A la fin de la semaine, les moines vont faire leur excursion annuelle dans les collines pour y cueillir des herbes. Je ne te laisserai pas partir avec eux cette année. Tu resteras avec moi et nous travaillerons ensemble, afin que tu puisses passer l'examen de Trappa à douze ans. J'ai formé le projet de t'emmener plus tard dans une expédition extraordinaire sur les Hautes-Terres où poussent des espèces très rares.

Nous avions atteint la sortie du village de Shô et nous approchions du Pargo Kaling, la poste de l'ouest de la vallée de Lhassa, quand un mendiant s'aplatit contre le mur.

— Oh, Très Saint Révérend Lama Médecin, ne me guéris pas de mes maladies, par pitié, sinon je n'aurai plus de gagne-pain.

Mon Guide avait l'air triste en passant sous le *chorten* qui formait la porte.

— Que de mendiants! me dit-il. Et comme nous nous en passerions volontiers. Ce sont eux qui nous valent une mauvaise réputation à l'étranger. Aux Indes, en Chine où je suis allé avec « l'Inappréciable », les gens parlent des mendiants du Tibet, sans se rendre compte que certains d'entre eux sont riches. Enfin, peut-être après l'accomplissement de la prophétie de l'année du Tigre de Fer (1950, invasion du Tibet par les communistes), les mendiants seront-ils obligés de travailler. Ni toi ni moi ne serons là pour le voir, Lobsang. Tu vivras dans des terres étrangères et moi je serai de retour dans les Champs Célestes.

Je fus pris d'une tristesse indicible à la pensée qu'un jour viendrait où mon *Guru* bien-aimé me quitterait et qu'il cesserait de vivre sur la terre. Je ne comprenais pas alors que cette vie n'est qu'une illusion, une série d'épreuves, une école. Comment aurais-je pu connaître alors le comportement de l'Homme vis-à-vis de ceux que l'adversité a frappés? Depuis, j'en ai fait l'expérience!

Après être passés devant le Kundu Ling, nous trouvâmes sur notre gauche la route qui menait à notre Montagne de Fer. Je ne me lassais jamais de regarder les sculptures en pierres de couleur qui décoraient un de ses flancs. Toute cette partie de la colline était couverte de sculptures et de peintures représentant nos divinités. Mais le jour était bien avancé et nous n'avions plus de temps à perdre. Tout en chevauchant, je pensais aux chercheurs d'herbes. Chaque année, un groupe de moines du Chakpori partait pour les collines ramasser ces herbes qu'ils enfermaient, une fois séchées, dans des sacs étanches. C'était là que la nature avait mis à notre disposition une de ses plus grandes réserves de remèdes. En revanche, très peu de gens sont jamais allés dans les Hautes-Terres où se trouvent des choses trop étranges pour que j'en parle. « Oui, pensai-je, je peux très bien renoncer à l'expédition de cette année. Je vais me préparer très sérieusement pour aller dans les Hautes-Terres quand le Lama Mingyar Dondup le jugera bon. » Les astrologues avaient annoncé que je passerais mon examen du premier coup, mais je savais qu'il me faudrait beaucoup étudier. Le succès en effet ne m'était promis qu'à la condition expresse que je le mérite par mon travail. Mentalement, j'étais au moins aussi développé qu'un garçon de dix-huit ans, car j'avais toujours été en contact avec des gens beaucoup plus âgés que moi et il avait bien fallu que je me débrouille tout seul.

10

CROYANCES TIBÉTAINES

Voici quelques détails concernant notre civilisation qui intéresseront peut-être le lecteur. Notre religion est une forme de bouddhisme mais elle n'a pas de nom qui puisse être transcrit. Pour nous, elle est « la religion ». Nous appelons « initiés » quiconque partage notre foi et « étrangers » les autres. Le mot le plus exact est lamaïsme, que l'Occident connaît déjà. Notre foi diffère du bouddhisme en ce qu'elle est fondée sur l'espérance alors qu'il nous paraît être une véritable religion du désespoir, entièrement négative. Il est certain en tout cas que nous ne croyons pas en l'existence d'un père omniscient et doué d'ubiquité qui surveillerait et protégerait tout le monde.

De nombreuses personnes instruites ont commenté notre religion en faisant preuve de beaucoup d'érudition. Bon nombre d'entre elles l'ont condamnée car leur propre foi les rendait aveugles à tout ce qui ne correspondait pas à leur point de vue. Certains nous ont même qualifiés de « sataniques » parce que nos façons leur étaient étrangères. La plupart de ces écrivains se sont fait une opinion par ouï-dire ou en lisant les écrits des autres. Il est possible qu'une très faible minorité ait étudié notre religion pendant quelques jours; après quoi, ils se sont sentis capables de tout comprendre, d'écrire des livres, d'interpréter et d'expliquer ce que les plus intelligents de nos sages ne découvrent qu'après une vie de méditation.

Imaginez ce que pourrait être l'enseignement d'un Hindou ou d'un Bouddhiste qui, après avoir feuilleté la Bible pendant une heure ou deux, essayerait d'expliquer les points les plus subtils du christianisme ! Pas un seul de ces auteurs d'ouvrages sur le lamaïsme n'a passé sa vie dans une lamaserie ni étudié les livres sacrés. Ces livres sont tenus secrets, car ils ne sont pas mis à la disposition de ceux qui veulent faire leur salut de façon rapide, facile et vulgaire. Les fidèles qui cherchent la consolation d'une liturgie ou d'une forme quelconque d'auto-suggestion peuvent l'avoir si elle doit les aider. Mais loin d'accéder à la Réalité Supérieure, ils sont alors victimes d'une illusion puérile. Certains se réconfortent en pensant qu'ils peuvent commettre péché sur péché à la condition d'aller au temple le plus proche, quand leur conscience devient trop gênante, porter aux dieux une offrande quelconque et ainsi leur inspirer une telle gratitude que le pardon est immédiat, total et assuré. Pourquoi dans ces conditions ne pas se laisser aller ensuite à une nouvelle succession de fautes ? Mais il existe un Dieu, un Être Suprême. Qu'importe le nom qu'on Lui donne ! Dieu est une réalité.

Les Tibétains qui ont étudié le véritable enseignement du Bouddha ne prient jamais pour être pardonnés ou pour obtenir des grâces ; ils demandent seulement que l'Homme fasse preuve de justice à leur égard. Un Être Suprême, étant l'essence même de la justice, ne peut accorder sa miséricorde à l'un et la refuser à l'autre car ce serait un déni de son principe même. Implorer son pardon ou des grâces, en promettant de l'or ou de l'encens au cas où la prière serait exaucée, revient tout simplement à dire que le salut récompensera l'enchère la plus haute, bref, que Dieu est pauvre et qu'on peut « l'acheter ».

ཨོཾམཎིཔདྨེཧཱུྃ།

L'homme peut faire preuve de compassion à l'égard de son prochain, mais cela lui arrive rarement : l'Être Suprême n'est que justice. Nous sommes des âmes immortelles. Notre prière :

Om mani padme Hum! qui est reproduite ci-dessus est souvent traduite littéralement par : « Salut au Joyau dans le Lotus! » Nous qui sommes allés un peu plus loin, connaissons son sens profond : « Salut au Sur-Moi! » La mort n'existe pas. De même qu'on enlève ses vêtements, le soir venu, de même l'âme se dépouille de son corps pendant le sommeil. Des effets sont mis au rebut quand ils sont vieux; quand le corps est usé ou abîmé, l'âme en dispose de même. La mort est une naissance. Mourir, c'est simplement naître à une autre vie. L'homme, ou l'esprit de l'homme, est éternel. Le corps n'est qu'un vêtement qui habille temporairement l'esprit; la tâche à accomplir sur terre détermine son choix. L'apparence extérieure ne compte pas. Seule a d'importance l'âme qui vit à l'intérieur. Un grand prophète peut naître sous les dehors d'un misérable — comment pourrait-on mieux connaître la charité que l'homme inspire à son semblable? Et un misérable qui a vécu dans le péché peut dans une nouvelle vie être comblé de richesses; commettra-t-il les mêmes erreurs alors qu'il n'y est plus poussé par la pauvreté?

La « Roue de la Vie » est le nom que nous donnons au cycle naissance-vie-mort-retour à la condition spirituelle et — au bout d'un certain temps — renaissance dans des circonstances et des conditions différentes. Uh homme peut être accablé d'épreuves sans que cela implique nécessairement qu'il ait fait le mal au cours d'une existence antérieure. Cette souffrance est peut-être le moyen le plus sûr et le plus rapide de lui faire comprendre certaines choses. L'expérience n'est-elle pas le meilleur des maîtres? Tel qui s'est suicidé peut être renvoyé sur terre pour vivre les années perdues par sa faute mais il ne s'ensuit pas que tous ceux qui meurent jeunes, les bébés par exemple, soient des suicidés. La Roue de la Vie est la même pour tous, mendiants et rois, hommes et femmes, gens de couleur ou visages pâles. Elle n'est évidemment qu'un symbole, mais un symbole qui suffit à éclairer ceux qui n'ont pas le temps d'étudier sérieusement ces problèmes. Il est impossible d'exposer nos croyances en un paragraphe ou deux; le *Kan-gyur*, notre Bible, comprend plus d'une centaine d'ouvrages et ils sont loin d'épuiser le sujet. Enfin, de nombreux livres qui ne sont communiqués qu'aux initiés sont cachés dans des lamaseries isolées du monde.

Depuis des siècles, les peuples orientaux savent qu'il existe des forces occultes et des lois qui sont du domaine de la nature. Au lieu de nier leur existence — sous prétexte qu'il est impossible de les peser ni de les soumettre à des réactifs — nos savants et nos chercheurs se sont efforcés d'accroître leur contrôle sur elles. Ce sont par exemple les résultats obtenus par la clairvoyance qui ont retenu leur attention et non son mécanisme. Beaucoup ne croient pas qu'elle soit possible : ils sont comme des aveugles de naissance qui diraient que la vue n'existe pas parce qu'ils n'en ont aucune expérience! Comment pourraient-ils comprendre qu'un objet peut être vu à une certaine distance alors qu'il n'y a manifestement aucun contact entre cet objet et les yeux?

Le corps baigne dans une sorte de halo multicolore : l'aura. Ceux qui sont expérimentés peuvent déduire de l'intensité des couleurs, l'état de santé d'une personne, son intégrité et son degré d'évolution. Cette aura est une radiation produite par le flux vital intérieur, le moi ou l'âme. La tête est entourée d'une sorte d'auréole qui est également émise par ce flux. A la mort, la lumière s'éteint : l'âme a quitté le corps et elle est en route vers la nouvelle phase de son existence. Elle devient une « ombre » et flotte, peut-être parce que le choc brutal de sa libération l'a étourdie. Il est possible qu'elle n'ait pas une conscience totale de ce qui lui arrive. C'est pourquoi des lamas assistent les moribonds et les instruisent des stades par lesquels ils vont passer. Sinon, l'esprit resterait attaché à la terre par les désirs charnels. Le rôle des prêtres est de briser ces liens.

Nous avions fréquemment des offices pour guider les ombres. Si la mort n'inspire aucune terreur aux Tibétains, ils pensent que certaines précautions peuvent grandement faciliter le passage de cette vie dans l'autre. Il est nécessaire de suivre des itinéraires précis et de diriger convenablement ses pensées. Les services avaient lieu dans un temple en présence de trois cents moines environ. Un groupe de quatre ou cinq lamas télépathes s'asseyaient en cercle au centre, en se faisant face. Pendant que les moines chantaient sous la direction d'un abbé, ils s'efforçaient de maintenir un contact télépathique avec les âmes en détresse. Il est impossible de traduire les prières tibétaines comme elles le méritent, mais voici un essai :

— Écoutez les voix de nos âmes, vous tous qui errez sans guide dans les confins de l'au-delà. Les vivants et les morts vivent dans des mondes séparés. Où les visages des morts peuvent-ils être vus ? Où leurs voix peuvent-elles être entendues ?

Le premier bâtonnet d'encens est allumé pour appeler une ombre errante et lui indiquer sa route.

— Écoutez les voix de nos âmes, vous tous qui errez sans guide. Les montagnes se dressent vers le ciel, mais aucun son ne brise le silence. Une douce brise fait frémir les eaux et les fleurs sont encore épanouies. Les oiseaux ne s'envolent pas à votre approche. Comment vous verraient-ils ? Comment sentiraient-ils votre présence ?

Le deuxième bâtonnet d'encens est allumé pour appeler une ombre errante et lui indiquer sa route.

— Écoutez les voix de nos âmes, vous tous qui errez. Ce monde est un monde d'illusion. La vie n'est qu'un rêve. Tout ce qui est né doit mourir. Seul le chemin du Bouddha conduit à la vie éternelle.

Le troisième bâtonnet d'encens est allumé pour appeler une ombre errante et lui indiquer sa route.

— Écoutez les voix de nos âmes, vous tous les puissants de ce monde, vous qui avez régné sur les montagnes et imposé votre loi aux fleuves. Vos règnes n'ont duré qu'un instant et les plaintes de vos peuples n'ont pas connu de fin. Un flot de sang coule sur la terre et les soupirs des opprimés font trembler les feuilles des arbres.

Le quatrième bâtonnet d'encens est allumé pour appeler les ombres des rois et des dictateurs et leur indiquer la route.

— Écoutez les voix de nos âmes, vous tous les guerriers qui avez envahi, blessé et donné la mort. Où sont vos armées ? La terre gémit et les herbes folles recouvrent les champs de bataille.

Le cinquième bâtonnet d'encens est allumé pour appeler les ombres solitaires des généraux et des seigneurs de la guerre et leur indiquer la route.

— Écoutez les voix de nos âmes, vous tous artistes et érudits qui avez consacré votre vie à la peinture et à l'art d'écrire. Vos yeux se sont fatigués en vain. En vain, vos plumes se sont usées. Vous avez sombré dans l'oubli et vos âmes doivent poursuivre leur quête.

Le sixième bâtonnet d'encens est allumé pour appeler les ombres des artistes et des érudits et leur indiquer la route.

— Écoutez les voix de nos âmes, vous belles vierges et vous femmes de haut lignage dont la jeunesse est semblable à un frais matin de printemps. A l'étreinte des amants succède le déchirement des cœurs. A l'automne succède l'hiver. Les arbres se dessèchent, les fleurs se fanent et la beauté n'est bientôt plus qu'un squelette.

Le septième bâtonnet d'encens est allumé pour appeler les ombres errantes des vierges et des femmes de haut lignage afin de les libérer de leurs chaînes.

— Écoutez les voix de nos âmes, vous tous mendiants et voleurs et vous qui avez commis des crimes contre votre prochain et à qui la paix est maintenant refusée. Vos âmes errent sans le secours d'un ami et la justice n'habite pas votre cœur.

Le huitième bâtonnet d'encens est allumé pour appeler les ombres de tous ceux qui ont péché et qui errent dans la solitude.

— Écoutez les voix de nos âmes, prostituées, femmes de la nuit, vous que le péché des hommes a souillées et qui errez maintenant dans le royaume des ombres.

Le neuvième bâtonnet d'encens est allumé pour appeler leurs ombres afin qu'elles soient guidées et libérées des liens d'ici-bas.

Dans l'obscurité lourde d'encens, le vacillement des lampes faisait danser des ombres vivantes derrière les statues dorées.

La tension grandissait : concentrés, les moines télépathes s'évertuaient à rester en contact avec ceux qui avaient quitté ce monde sans se libérer cependant de leurs attaches terrestres.

Des moines en robe rouge assis par rangées, les uns en face des autres, entonnaient la litanie des morts, cependant que des tambours invisibles battaient au rythme du cœur humain. Le temple était comme un gigantesque corps. De divers points, parvenaient jusqu'à nous le grondement des organes internes, le gargouillis des liquides et le sifflement de l'air dans les poumons. La cérémonie se poursuivait par l'instruction des ombres et le rythme de ces bruits changeait, devenait de plus en plus lent jusqu'à ce qu'enfin l'esprit quitte le corps : un bruissement, un râle étranglé — puis le silence. Le silence qui vient avec la mort. Alors les moines les moins sensibles avaient conscience d'être entourés d'autres êtres qui attendaient en écoutant. L'instruction télépathique se poursuivait et la tension diminuait graduellement : les esprits inquiets passaient à l'étape suivante de leur voyage.

Nous croyons fermement que la vie nous est donnée maintes et maintes fois. Mais pas seulement sur la terre. Il existe des millions de mondes et nous savons qu'ils sont habités pour la plupart. Leurs habitants peuvent être très différents des êtres que nous connaissons et il est possible qu'ils nous soient supérieurs. Que l'homme représente le point le plus avancé et le plus noble de l'évolution est une opinion que nous n'avons jamais partagée. Nous pensons qu'on trouvera ailleurs des formes d'humanité supérieures qui ne lancent pas de bombes atomiques. J'ai vu au Tibet des textes où il était question d'étranges machines volantes, appelées généralement « Chars des Dieux ». Le Lama Mingyar Dondup m'a raconté qu'un groupe de lamas étant entré en communication télépathique avec ces « dieux », ceux-ci avaient dit qu'ils surveillaient la terre, sans doute comme les hommes observent les animaux sauvages et dangereux d'un zoo.

On a beaucoup écrit sur la lévitation. Elle est possible — j'ai pu m'en rendre compte souvent — mais elle exige une grande pratique. Il est inutile toutefois de s'y entraîner car il existe une technique beaucoup plus simple : les voyages astraux qui sont plus faciles et plus sûrs. La plupart des lamas connaissent cette technique et quiconque est prêt à faire preuve d'un peu de patience peut s'adonner à cet art aussi utile qu'agréable.

Pendant nos heures de veille sur la terre, notre moi est enfermé dans le corps physique et à moins d'être entraîné, il n'est pas possible de l'en libérer. Quand nous dormons, seul le corps a besoin de repos; l'esprit se libère et d'habitude gagne le royaume des esprits comme un enfant qui rentre chez lui, le soir après l'école. Le moi et le corps sont reliés par la « corde d'argent » qui peut être étirée indéfiniment. Tant que cette corde est intacte, le corps reste en vie; à la mort, elle est tranchée pour que l'esprit naisse à une autre vie dans le monde spirituel, exactement comme le cordon ombilical d'un bébé est coupé pour le séparer de sa mère. Pour un bébé, la naissance signifie la fin de la vie abritée qu'il a menée dans le ventre maternel. Pour un esprit, la mort est une nouvelle naissance dans un monde spirituel plus libre.

Tant que la corde d'argent n'a pas été coupée, le moi est libre de parcourir le monde pendant le sommeil, ou même pendant les heures de veille si l'individu a suivi un entraînement spécial. Ces randonnées de l'esprit produisent les rêves qui sont des impressions transmises par l'intermédiaire de cette corde. Quand elles parviennent au cerveau, celui-ci les « rationalise » pour les adapter à sa raison. Dans le monde spirituel, le « temps » n'existe pas, c'est du reste un concept essentiellement physique, de sorte que des rêves longs et compliqués semblent parfois se dérouler en une fraction de seconde. Rencontrer en rêve une personne qui se trouve très loin, peut-être même au delà des océans, et lui parler est une expérience que probablement tout le monde a faite. Un message a peut-être été transmis et au réveil, on est sous le coup d'une forte impression : il y a *quelque chose* dont il faudrait se souvenir. Parfois, on se rappelle avoir rencontré un ami ou un parent alors qu'ils habitent très loin et on n'est pas surpris de recevoir de leurs nouvelles peu de temps après. La mémoire de ceux qui ne sont pas exercés est souvent déformée et il en résulte des rêves illogiques ou des cauchemars.

Au Tibet, nous voyageons beaucoup, non par lévitation, mais par projection astrale, technique que nous contrôlons entièrement. Le moi est contraint de quitter le corps tout en restant relié à lui par la corde d'argent. On est alors libre d'aller où l'on veut, à la vitesse même de sa pensée. L'aptitude à de tels voyages est très courante. Le choc ressenti souvent par ceux qui les ont essayés provient de leur manque d'entraînement. Il est probable que tout le monde a eu un jour la sensation de glisser dans le sommeil pour être ensuite, sans raison valable, brutalement réveillé par une puissante secousse. Ce phénomène est causé par une extériorisation trop rapide du moi, une séparation trop brusque du corps physique et du corps astral : la corde d'argent se contracte et le corps astral est vivement ramené dans son enveloppe. Au retour d'un voyage de ce genre, la sensation est encore plus pénible. Le moi flotte très haut au-dessus du corps, comme un ballon au bout d'une corde. Tout à coup, quelque chose, un bruit peut-être, le force à réintégrer son corps avec une rapidité excessive. Le dormeur est réveillé en sursaut et il a l'horrible sensation d'être tombé du haut d'une falaise et de s'être réveillé juste à temps.

Ce voyage astral, entièrement contrôlé et accompli en pleine conscience, est à la portée de presque tout le monde. Un certain entraînement est nécessaire, mais dans les premiers stades, il importe surtout d'être seul, sans avoir à craindre d'être dérangé. Ce livre n'étant pas un traité de métaphysique, il ne servirait à rien de donner ici des conseils pratiques mais je dois souligner qu'à moins d'avoir un maître compétent, l'expérience peut être bouleversante. Pratiquement, elle est sans danger mais non sans risques de chocs et de troubles émotifs, si le corps astral quitte ou réintègre le corps physique au mauvais moment. Elle est à déconseiller formellement aux personnes qui ont le cœur faible. Car si quelqu'un entre inopinément dans la pièce où elles se trouvent, leur corps ou leur corde peuvent être dérangés et elles courent de ce fait un grave danger, alors qu'il n'y en a aucun dans la projection en elle-même. Le choc peut être fatal et avoir des conséquences fort gênantes : le moi en effet est obligé de renaître pour finir son « temps » sur terre avant de passer au stade suivant de son évolution...

Les Tibétains croient qu'avant la Chute de l'Homme, l'humanité pouvait voyager astralement, pratiquer la voyance, la télépathie et la lévitation. Cette chute a été provoquée, selon nous, par un usage abusif des pouvoirs occultes, l'homme les utilisant à des fins égoïstes au lieu de les faire servir au développement général du genre humain. Dans les premiers temps, les êtres communiquaient par télépathie. Les dialectes particuliers des tribus n'étaient utilisés qu'entre membres d'une même tribu. Le langage télépathique fondé sur la pensée était naturellement compris de tout un chacun, quelle que fût la langue maternelle. Quand, à force d'abus, ce don fut perdu pour l'humanité, il y eut... Babel !

Nous n'observons pas de « sabbat » mais des « jours saints » qui tombent le huit et le quinze de chaque mois. Des services particuliers sont célébrés ces jours-là qui sont considérés comme sacrés et généralement fériés. Il paraît que nos fêtes annuelles correspondent assez aux fêtes chrétiennes mais je connais trop mal celles-ci pour me prononcer.

Voici les nôtres : le premier mois, c'est-à-dire approximativement celui de février, nous célébrons du premier au trois le Logsar, ce que les Occidentaux appelleraient le Nouvel An; cette fête donne lieu à des jeux aussi bien qu'à des offices. La cérémonie la plus importante de l'année se déroule du quatrième au quinzième jour, les « Jours de la Supplication », *Mon-lam* en tibétain. C'est le point culminant de l'année religieuse et laïque. L'anniversaire de la Conception du Bouddha tombe le quinze et c'est l'occasion d'une solennelle action de grâces où les jeux n'ont pas leur place. Enfin, le vingt-septième jour, une procession mi-religieuse, mi-mythique, la Sainte Dague, termine les fêtes du mois.

Le deuxième mois, qui correspond à peu près à mars, est pratiquement sans fêtes. Le vingt-neuf cependant, est célébrée la Chasse et l'Expulsion du Démon de la Mauvaise Fortune.

Peu de cérémonies publiques non plus pendant le troisième mois (avril), la plus importante étant l'anniversaire de la Révélation qui est fêté le quinze.

L'anniversaire de la Renonciation au Monde du Bouddha est fixé au huitième jour du quatrième mois (mai dans le calendrier occidental). Alors commence une période qui, pour autant que je sache, ressemble au Carême des Chrétiens car notre existence, pendant les jours de la Renonciation, était encore plus austère que d'habitude. L'anniversaire de la Mort du Bouddha, dont nous avons fait l'anniversaire de tous ceux qui ont quitté cette vie, tombe le quinze. Cette fête est aussi connue sous le nom de « Jour de toutes les Ames ». Ce jour-là, nous brûlons les bâtonnets d'encens pour appeler les esprits de ceux qui errent, prisonniers de la terre.

Il va de soi qu'il ne s'agit là que des fêtes principales. Il y a également un grand nombre de jours mineurs qu'il ne faut pas oublier et d'autres cérémonies qui sont obligatoires mais leur importance n'est pas telle qu'il soit nécessaire de les énumérer ici.

Le cinquième jour du mois de juin, les « lamas-médecins » — dont je faisais partie — devaient assister à des cérémonies spéciales qui avaient lieu dans les autres lamaseries. On célébrait alors les Grâces pour le ministère des Moines-Médecins, fondé par Bouddha lui-même. Tout nous était permis ce jour-là, mais le lendemain nos supérieurs ne manquaient pas de nous demander des comptes et ce qu'ils ne savaient pas, ils l'imaginaient facilement !

Le quatrième jour du sixième mois (juillet), nous fêtions l'anniversaire de la Naissance du Bouddha et aussi celui du Premier Prêche de la Loi.

La Fête des Moissons a lieu le huitième jour du huitième mois (octobre). Le Tibet étant un pays aride et très sec, son existence dépendait des fleuves beaucoup plus qu'il n'est courant dans les autres pays. Les précipitations sont faibles, de sorte qu'à la Fête des Moissons était associée celle de l'Eau. Sans l'eau des rivières en effet, pas de récoltes sur la terre.

La Descente Miraculeuse du Ciel du Bouddha était commémorée le vingt-deuxième jour du neuvième mois (novembre) et la Fête des Lampes, le vingt-cinquième jour du mois suivant.

Les dernières manifestations religieuses de l'année prenaient place le vingt-neuvième et le trentième jour du douzième mois, c'est-à-dire fin janvier-début février selon le calendrier occidental. Après l'Expulsion de la Vieille Année, nous nous préparions pour la suivante.

Notre calendrier est très différent de celui en usage en Occident. Nous nous servons d'un cycle de soixante ans et pour désigner les années d'un animal et d'un élément. Il y a douze animaux et cinq éléments. Le Nouvel An a lieu au mois de février. Voici comment s'établit le Calendrier des années du cycle actuel qui a commencé en 1927 :

1927. Année du Lièvre de Feu.
1928. Année du Dragon de Terre.
1929. Année du Serpent de Terre.
1930. Année du Cheval de Fer.
1931. Année du Mouton de Fer.
1932. Année du Singe d'Eau.
1933. Année de l'Oiseau d'Eau.
1934. Année du Chien de Bois.
1935. Année du Porc de Bois.
1936. Année de la Souris de Feu.
1937. Année du Bœuf de Feu.
1938. Année du Tigre de Terre.
1939. Année du Lièvre de Terre.
1940. Année du Dragon de Fer.
1941. Année du Serpent de Fer.
1942. Année du Cheval d'Eau.
1943. Année du Mouton d'Eau.
1944. Année du Singe de Bois.
1945. Année de l'Oiseau de Bois.
1946. Année du Chien de Feu.
1947. Année du Porc de Feu.
1948. Année de la Souris de Terre.
1949. Année du Bœuf de Terre.

1950. Année du Tigre de Fer.
1951. Année du Lièvre de Fer.
1952. Année du Dragon d'Eau.
1953. Année du Serpent d'Eau.
1954. Année du Cheval de Bois.
1955. Année du Mouton de Bois.
1956. Année du Singe de Feu.
1957. Année de l'Oiseau de Feu.
1958. Année du Chien de Terre.
1959. Année du Porc de Terre.
1960. Année de la Souris de Fer.
1961. Année du Bœuf de Fer, etc.

Nous croyons fermement que les probabilités du futur peuvent être prédites. La divination — quels que soient les moyens employés — est une science et une science exacte. Nous croyons en l'astrologie. Les « influences astrologiques » ne sont que des rayons cosmiques « colorés » ou altérés par le corps qui les reflète vers la Terre. Tout le monde m'accordera qu'avec une caméra et une lumière blanche, il est possible de prendre des photos. Certains filtres, disposés devant la lentille — ou devant la lumière — permettent d'obtenir des effets spéciaux, orthochromatiques, panchromatiques ou infra-rouges pour n'en citer que trois parmi des centaines. Les radiations cosmiques affectent de même les gens en agissant chimiquement ou électriquement sur leur personnalité.

« L'astronomie et l'astrologie, l'art de lire dans les signes le malheur ou le bonheur, prédire le bien ou le mal, toutes ces choses sont interdites », a dit le Bouddha. Mais dans un de nos livres sacrés se trouve un décret postérieur selon lequel : « Ce pouvoir que la nature ne donne qu'à un très petit nombre et pour lequel peine et souffrance ont été supportées, ce pouvoir peut être utilisé. Nul pouvoir psychique ne sera asservi à la cupidité égoïste et à l'ambition matérielle. Nul pouvoir ne devra servir à prouver son existence. Ainsi seulement seront protégés ceux qui n'ont pas reçu le Don. »

L'ouverture du Troisième Œil avait été douloureuse et elle

avait augmenté la puissance du don que j'avais reçu à ma naissance. Mais nous reviendrons sur ce sujet dans un autre chapitre. Par contre, le moment me paraît bien choisi pour continuer à parler de l'astrologie en citant notamment les noms de trois Anglais éminents qui ont pu vérifier l'exactitude d'une prophétie.

Depuis 1027, toutes les décisions importantes ont été prises au Tibet à l'aide de l'astrologie. L'invasion anglaise de 1904 avait été prédite avec précision. On trouvera ci-après une reproduction de cette prophétie en tibétain. Voici sa traduction : « En l'année du Dragon de Bois. La première partie de l'année protège le Dalaï Lama, après quoi des voleurs batailleurs et querelleurs s'avancent. Les ennemis sont nombreux, les armes susciteront des malheurs et le peuple entrera en guerre. A la fin de l'année, un conciliateur mettra fin aux combats. » Cette prédiction faite avant 1850 concernait 1904, l'année du Dragon de Bois et le colonel Younghusband, chef des Forces britanniques, en a vu le texte à Lhassa. En 1902, un certain M.L.A. Waddell (1) qui appartenait également à l'armée britannique, a pu voir cette prédiction imprimée, de même que M. Charles Bell qui devait venir à Lhassa plus tard. Voici quelques événements parmi tant d'autres qui ont été prédits avec exactitude : 1910, invasion chinoise; 1911, révolution chinoise et formation du gouvernement nationaliste; fin 1911, les Chinois sont chassés du Tibet; 1914, guerre entre l'Angleterre et l'Allemagne; 1933, le Dalaï Lama quitte cette vie; 1935, retour du Dalaï Lama dans une nouvelle Incarnation; 1950, les forces du mal envahissent le Tibet. (Les communistes ont envahi le Tibet au mois d'octobre 1950.) M. Bell, plus tard Sir Charles Bell, a vu toutes ces prédictions à Lhassa. Dans mon cas, tout ce qui avait été prédit s'est réalisé. Surtout les tribulations.

La science des horoscopes — car il s'agit bien d'une science — ne peut être traitée en quelques pages dans un livre de ce

(1) Il s'agit peut-être du D.L.A. Waddell, autorité connue sur le lamaïsme, et auteur de nombreux ouvrages dont *The Buddism of Tibet or Lamaïsm* (N.d.T.).

LA PROPHÉTIE

༎ དབང་ཐང་བསྟན་སྐད་གཉེཾ་ལོ་ཤིང་ཕོ་འབྲུག

། ལོ་སྟོད་རྒྱལ་པོ་གཞོན་ནུའི་སྒྲོང་།

། ཆོམ་ཀྱུན་ཐེན་ཚེ་རྗོད་འབྲུག་ཀོང་།

། དགྲ་ཀྱུན་ལ་སོགས་འཚེར་བ་མད་།

། མཆེན་ཕྱི་ལྷུག་བཀྱལ་ལྷ་ཚོགས་འཁྲུང་།

། ཆར་བབས་སྐྱུ་རྒྱལ་པ་བུ་འཕྲུག

། སོ་སྨང་གཡུལ་ཐྲུས་སྟན་དག་མཁན༎

genre. Disons brièvement que préparer un horoscope consiste à établir une carte des cieux tels qu'ils étaient au moment de la conception et à celui de la naissance. Il est indispensable de connaître l'heure exacte de la naissance et celle-ci doit être traduite en « heure stellaire », laquelle n'a rien à voir avec tous les fuseaux horaires du monde. La rapidité de rotation de la terre dans son orbite étant de trente kilomètres par seconde environ, il est facile de comprendre que la moindre inexactitude peut entraîner d'énormes différences. A l'équateur, la vitesse de rotation est approximativement de mille sept cents kilomètres à l'heure. La terre est inclinée pendant qu'elle tourne sur elle-même et en automne, le pôle nord est à peu près en avance de cinq mille kilomètres sur le pôle sud. Au printemps, c'est le contraire. La longitude de l'endroit de la naissance est par conséquent d'une importance extrême.

Quand les cartes sont prêtes, il faut des spécialistes pour les interpréter. Les inter-réactions de toutes les planètes doivent être calculées ainsi que leurs influences sur la carte céleste du sujet. Une carte de la Conception nous permet de connaître les forces prédominantes lors des tout premiers moments de la vie. Celle de la Naissance indique les influences en jeu quand l'individu fait une entrée confiante dans le monde. Pour connaître un moment particulier du *futur*, nous en établissons la carte que nous comparons à celle de la Naissance. Certains demandent : « Pouvez-vous prédire avec exactitude le gagnant de la première course ? » La réponse est non ! A moins d'établir l'horoscope de tous les jockeys, chevaux et propriétaires qui y prennent part. Il vaut beaucoup mieux dans ce cas fermer les yeux et se servir d'une épingle pour sélectionner un cheval sur la liste des partants ! Nous pouvons dire si un malade va guérir ou si Tom épousera Mary et connaîtra avec elle un bonheur éternel, mais il s'agit alors d'individus. Nous sommes également en mesure de prédire qu'à moins que l'Angleterre et les États-Unis mettent le communisme en échec, la guerre éclatera dans l'année du Dragon de Bois, qui, dans le cycle actuel correspond à l'année 1964. Dans cette éventualité, il y a lieu de prévoir, pour la fin du siècle, un remarquable feu d'artifice qui ne manquera pas de distraire les observateurs de Mars ou de Vénus. Dans l'hypothèse où les communistes n'auront pas été matés d'ici là, bien entendu.

Une autre question qui semble beaucoup troubler les Occidentaux concerne la reconstitution des vies antérieures. Les gens non informés assurent que c'est impossible, tout comme un homme complètement sourd qui dirait : « Je n'entends aucun son, donc le son n'existe pas. » Or, de telles reconstitutions sont possibles. Il faut du temps, établir de nombreuses cartes, et faire de longs calculs. Supposons un homme dans un aéroport qui se demande d'où viennent les avions qui atterrissent. S'il n'est qu'un simple spectateur, il essaye de deviner alors que l'équipe de la tour de contrôle, étant composée de spécialistes, ne se pose pas de questions parce qu'elle *sait*. Mais avec une liste des indicatifs des appareils et un bon horaire, n'importe quel curieux est capable de trouver les escales lui-même. C'est ainsi que nous procédons pour les vies antérieures. Un livre entier ne serait pas de trop pour expliquer notre méthode; il est donc inutile d'en dire plus long pour le moment. En revanche, le lecteur aimera peut-être connaître les points couverts par l'astrologie tibétaine. Nous utilisons dix-neuf symboles répartis dans les douze Maisons Astrologiques. En voici la signification :

Personnel et intérêt personnel.

Finances, comment on peut gagner ou perdre de l'argent.

Relations, voyages de courte durée, aptitudes à penser et à écrire.

Propriété et l'état de la fortune à la fin de la vie.

Enfants, plaisirs et méditations.

Maladie, travail et petits animaux.

Associations, mariage, ennemis et procès.

Héritages.

Longs voyages et questions métaphysiques.

Profession et honneurs.

Amitiés et ambitions.

Ennuis, contraintes et chagrins cachés.

Nous pouvons également dire approximativement quand et dans quelles conditions surviendront les incidents suivants :

L'Amour, le type de la personne aimée et le jour de la rencontre.

Le Mariage, quand et comment il se fera.

La Passion, style « frénétique ».

La Catastrophe, quand elle se produira ou *si* elle aura lieu.

La Fatalité.

La Mort, quand et comment elle surviendra.

La Prison, et autres formes de contraintes.

La Discorde, habituellement les querelles de famille ou les discussions d'affaires.

L'Esprit, le stade d'évolution qui est atteint.

Tout en pratiquant beaucoup l'astrologie, je trouve pour ma part que la psychométrie et la divination par les boules de cristal sont beaucoup plus pratiques sans être moins précises. Elles sont également plus commodes quand on est faible en calcul! La psychométrie est l'art d'obtenir d'un objet des impressions plus ou moins faibles concernant des événements passés. Tout le monde en est capable dans une certaine mesure. Dans une vieille église ou dans un temple sanctifié par le passage des siècles, certains s'exclameront par exemple : « Quelle atmosphère recueillie et apaisante! » Et les mêmes diront sur le lieu d'un crime horrible : « Je n'aime pas cet endroit, il me donne le frisson, filons! »

La divination par les boules de cristal est un peu différente. Le cristal — comme je l'ai dit plus haut — sert de foyer pour les radiations émises par le Troisième Œil, de même que des rayons X dirigés sur un écran y font apparaître une image fluorescente. Le phénomène n'a rien de magique; il résulte simplement d'une application des lois naturelles.

SYMBOLISME DES CHORTENS TIBETAINS

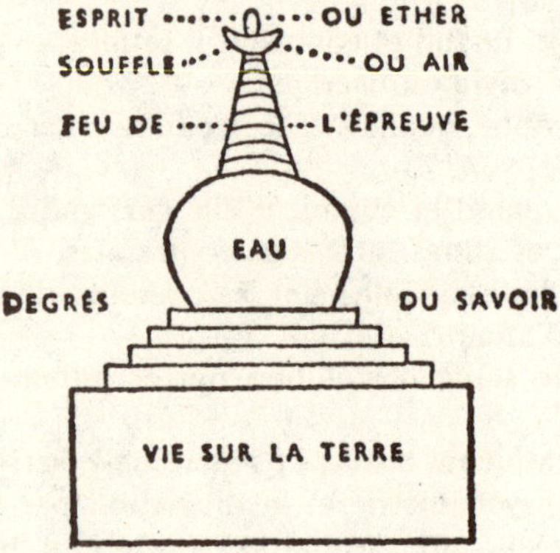

Au Tibet, il existe des monuments élevés aux « lois naturelles » : les *chortens* dont la hauteur varie de deux à seize mètres et qui sont des symboles au même titre qu'un crucifix ou qu'une icône. Il y en a partout. Le plus grand de Lhassa, le Pargo Kaling, est une des portes de la ville. Ils ont tous la forme indiquée ci-avant. Le carré représente la fondation solide de la Terre sur laquelle repose le Globe de l'Eau surmonté lui-même par un Cône de Feu. Au sommet de ce Cône. se trouve la Soucoupe d'Air, et plus haut l'Esprit qui flotte (l'Éther) en attendant l'heure de quitter le monde du matérialisme. Les Degrés du Savoir permettent d'accéder à chacun de ces éléments. Ainsi le *chorten* est-il un symbole complet de notre foi. Nous naissons sur la Terre; pendant notre vie, nous gravissons les Degrés du Savoir ou nous nous y efforçons. Finalement, après le dernier soupir, nous entrons dans l'Esprit. Puis, après un intervalle plus ou moins long, nous naissons de nouveau pour apprendre une autre leçon. La Roue de la Vie symbolise ce cycle sans fin : naissance-vie-mort-esprit-naissance-vie, etc. De nombreux étudiants pleins d'ardeur commettent le lourde erreur de penser que nous *croyons* aux enfers qui sont parfois représentés sur la Roue. Peut-être quelques sauvages analphabètes sont-ils persuadés de leur existence mais certainement pas les initiés. Les chrétiens croient-ils vraiment qu'à leur mort, Satan et compagnie préparent la rôtissoire et le chevalet ? Ou que s'ils font partie de la minorité admise à l'Autre Endroit, ils s'assoiront sur un nuage, vêtus d'une chemise de nuit, et apprendront à jouer de la harpe ? Nous pensons, nous, que c'est sur terre que nous apprenons nos leçons et que c'est sur cette terre que nous sommes « brûlés et mis à la torture ». L'Autre Endroit n'est que le lieu où vont les êtres libérés de leur corps et où ils peuvent rencontrer des entités également libérées. Le spiritualisme n'a rien à y voir. Il s'agit d'une conviction : nous sommes libres pendant notre sommeil, ou après notre mort, d'errer sur les plans astraux, dont les régions les plus hautes portent en tibétain le nom de « Pays de la Lumière Dorée ». Nous sommes certains d'y rencontrer ceux que nous aimons parce que nous sommes en harmonie avec eux. Mais pas ceux que nous détestons parce qu'il en résulterait une dissonance et que toute dissonance est impensable au « Pays de la Lumière Dorée ».

Tout cela a été prouvé avec le temps et il est regrettable que le scepticisme et le matérialisme de l'Occident n'aient pas permis une investigation *sérieuse* des possibilités de la Science. Il n'est arrivé trop souvent que des inventions qui n'avaient pas été prises au sérieux à leurs débuts soient reconnues exactes et utiles par la suite : qu'on songe par exemple au téléphone, à la radio, à la télévision et à l'aviation entre beaucoup d'autres.

11

TRAPPA

Toute mon énergie juvénile était tendue vers un seul but : réussir du premier coup à mes examens. Comme la date de mon douzième anniversaire approchait, je ralentis progressivement le rythme de mon travail, car ils devaient commencer le lendemain. Je venais de passer des années terriblement studieuses consacrées à l'Astrologie, la Médecine par les Simples, l'Anatomie, l'Éthique religieuse (sans oublier la préparation orthodoxe de l'encens), l'étude du tibétain et du chinois (en soignant particulièrement la calligraphie), et aux mathématiques. Je n'avais guère eu le temps de jouer, le seul « jeu » autorisé étant le judo qui donnait lieu à une épreuve sévère. Trois mois avant l'examen, le Lama Mingyar Dondup m'avait dit :

— N'abuse pas des révisions, Lobsang, elles ne servent qu'à encombrer la mémoire. Reste calme, comme tu l'es actuellement, et la connaissance ne te fera pas défaut.

Le grand jour arriva. A six heures du matin, je me rendis dans le hall des examens, en compagnie d'une quinzaine d'autres candidats. Après un court service destiné à nous mettre dans de bonnes dispositions d'esprit, on nous obligea à nous déshabiller et on nous fouilla pour s'assurer qu'aucun candidat n'avait cédé à une tentation indigne d'un prêtre. Après quoi, nous passâmes des robes propres et nous quittâmes le petit temple du hall pour nous rendre à nos loges sous la conduite du président du jury. Celles-ci, des boîtes de deux mètres sur trois mètres cinquante et hautes de deux mètres soixante, étaient placées sous la surveillance constante de moines-policiers qui patrouillaient dans le hall. Chaque candidat se vit désigner une loge. Nous y entrâmes et les portes furent fermées, verrouillées et scellées d'un grand sceau. Une fois ainsi « scellés » dans nos boîtes, nous reçûmes par une petite trappe aménagée dans le mur de quoi écrire et la première liste de questions, ainsi que du thé et de la tsampa. Le moine qui nous servit nous dit que nous pourrions avoir de la tsampa trois fois par jour et du thé à volonté.

Après quoi, on nous laissa attaquer l'examen. Un sujet par jour : pendant six jours, dès la première lueur du matin nous travaillâmes jusqu'au moment où nous étions arrêtés par l'obscurité. Nos loges n'avaient pas de toit, de sorte que la seule lumière à notre disposition était celle qui éclairait le hall des examens.

Pendant tout l'examen, nous restâmes chacun dans notre boîte, car il était interdit d'en sortir sous aucun prétexte. Quand la lumière baissait, un moine apparaissait à la trappe et demandait nos devoirs. C'était le moment de dormir jusqu'au lendemain matin. Fort de cette expérience personnelle, je peux dire qu'une composition d'examen qui demande quatorze heures de travail met sérieusement à l'épreuve les connaissances et les nerfs d'un candidat. Les examens écrits prirent fin le soir du sixième jour. Mais on nous laissa dans nos loges, car le lendemain matin nous devions les nettoyer et les laisser dans l'état où nous les avions trouvées. Le reste de la journée fut libre. Trois jours après, nos compositions étaient corrigées et nous comparûmes individuellement devant le jury qui nous questionna uniquement sur nos points faibles. Cette interrogation prit toute la journée.

Le lendemain, les seize candidats se rendirent dans la salle de judo, montrer ce qu'ils savaient des prises, clefs, chutes, lancers et de l'art du self-contrôle. Chacun eut à se mesurer avec trois autres garçons. Les plus faibles furent vite éliminés, puis ce fut le tour des autres, et finalement je restai seul, grâce à l'entraînement précoce que Tzu m'avait fait suivre.

Moi au moins, je m'étais classé premier en judo ! Mais je devais ce succès uniquement à l'entraînement qu'enfant j'avais trouvé brutal et injuste.

On nous accorda le jour suivant pour nous remettre de nos fatigues, et la proclamation des résultats eut lieu le surlendemain. J'étais reçu ainsi que quatre de mes camarades : nous devenions des *trappas*, des prêtres-médecins. Le Lama Mingyar Dondup, que je n'avais pas vu pendant toute la période des examens, me fit appeler. Son visage rayonnait de joie.

— Bravo, Lobsang, me dit-il, quand je me présentai devant lui. Tu t'es classé premier. Le Père Abbé a envoyé un rapport spécial au Très Profond. Il voulait lui suggérer de te nommer Lama immédiatement, mais je m'y suis opposé.

Je dus avoir l'air plutôt peiné car il ajouta :

— Il vaut beaucoup mieux étudier et ne devoir ta nomination qu'à tes seuls mérites. Si tu étais nommé Lama, tu te relâcherais dans tes études et tu verras plus tard combien elles sont d'une importance vitale. Je t'autorise cependant à t'installer dans la cellule d'à côté, car tu réussiras certainement à passer tes examens quand le moment sera venu.

Sa décision me parut raisonnable. De toute manière, je ne demandais qu'à lui obéir aveuglément. Quelle émotion fut la mienne quand je compris que mon succès était « son » succès et qu'il tirerait un grand honneur d'être le maître d'un garçon classé premier dans toutes les matières de l'examen.

Quelques jours plus tard, un messager hors d'haleine, la langue pendante, et sur le point de rendre l'âme — tout au moins en apparence — m'apporta un message du Très Profond. Ces messagers avaient toujours recours à leurs talents de comédiens pour impressionner les gens ; il fallait qu'on sache bien qu'ils avaient voyagé ventre à terre et souffert mille fatigues pour s'acquitter de leur mission. Étant donné que le Potala n'était distant que d'un kilomètre et demi, son « jeu » me parut tant soit peu exagéré.

Le Très Profond m'adressait ses compliments pour mon succès et ordonnait que je sois dorénavant traité comme un lama. J'allais donc porter les robes des lamas et bénéficier de tous les droits et privilèges attachés à leur statut. Il était d'accord avec mon Guide pour que je me présente à l'examen à seize ans « car ainsi, écrivait-il, tu seras amené à étudier des sujets qu'autrement tu négligerais et tu approfondiras tes connaissances ».

Dans mon nouveau statut, je devais jouir d'une plus grande liberté dans mes études, sans être retenu par des cours à suivre en classe. Quiconque possédait une spécialité serait libre de me l'enseigner, de sorte que je pourrais m'instruire aussi vite que je le désirais.

Une des matières inscrites en premier lieu à mon programme fut l'art de se « relaxer », sans lequel il est impossible d'étudier sérieusement la métaphysique. Un jour, le Lama Mingyar Dondup vint me voir dans la chambre où j'étais en train de compulser quelques livres et m'examina attentivement.

— Lobsang, dit-il, tes nerfs me paraissent très tendus. Tu ne feras pas de progrès dans la Contemplation si tu n'apprends pas à te détendre. Je vais te montrer comment on s'y prend pour y arriver.

Je dus d'abord m'allonger, car, bien qu'il soit possible de se « relaxer » assis ou même debout, il vaut mieux commencer dans la position couchée.

— Imagine que tu viens de tomber du haut d'une falaise, me dit-il. Tu es sur le sol, tout ratatiné, les muscles sans ressort... tes membres ont été désarticulés par le choc, ta bouche est entrouverte... voilà... maintenant les muscles de tes joues peuvent se reposer.

Après m'être tourné et retourné dans tous les sens, je finis par trouver la position qu'il m'indiquait.

— Imagine maintenant que tes bras et tes jambes sont peuplés de lutins qui font « travailler » tes muscles. Dis-leur de se retirer de tes pieds; il faut que cette partie de ton corps soit insensible, immobile, détendue. Que ton esprit explore tes pieds et s'assure que tous tes muscles sont au repos.

Allongé, j'essayai de me représenter ces lutins. Tout à coup, c'est le vieux Tzu que je vis installé à l'intérieur de mes pieds en train de me tirailler les orteils. J'en profitai pour me débarrasser de lui... Et avec quel plaisir!

— Passons aux jambes, Lobsang. Les mollets d'abord : ils sont sûrement pleins de lutins, qui ont travaillé dur ce matin quand tu faisais du saut en hauteur. Mets-les au repos. Conduis-les vers ta tête. Sont-ils tous sortis? En es-tu certain? Que ton esprit s'en assure. Oblige-les à abandonner tes muscles qui doivent être détendus et flasques.

Il s'arrêta brusquement et tendit le doigt vers ma cuisse :

— Tu as oublié quelqu'un là, dit-il. Regarde ce petit lutin qui tire sur un muscle dans le haut de ta jambe. Débarrasse-t'en, Lobsang, débarrasse-t'en!

Finalement, mes jambes furent suffisamment détendues puisqu'il se déclara satisfait.

— Au tour de tes bras, maintenant, dit-il. Commence par les doigts. Fais partir le petit monde. Conduis-le par les poignets et les coudes jusqu'aux épaules. Imagine que tu le fais sortir afin qu'il n'y ait plus en toi ni fatigue, ni tension, ni sensation.

Une fois que j'eus atteint ce stade, il reprit :

— Passons au corps. Imagine que ton corps est une lamaserie. Pense à tous les moines qui de l'intérieur tirent sur tes muscles pour les faire fonctionner. Dis-leur de partir. Chasse-les d'abord du bas de ton corps, après en avoir relâché tous les muscles. Oblige-les à quitter leurs occupations et à s'en aller : ton corps n'est plus maintenu que par son enveloppe extérieure; en toi, tout s'affaisse, tombe et trouve sa position naturelle. Voilà, ton corps est détendu.

Il devait être satisfait de mes progrès car il continua :

— La tête est sans doute ce qu'il y a de plus important. Nous allons nous en occuper. Regarde ta bouche, les commissures de tes lèvres sont crispées. Détends-les, Lobsang, détends-les toutes les deux. Tu ne vas pas parler ou manger, donc, pas de tension, je te prie. Tes yeux sont vissés dans ta tête. Il n'y a pas de lumière pour les déranger, aussi ferme doucement les paupières, très doucement, sans aucune contraction.

Il alla jeter un coup d'œil par la fenêtre ouverte.

— Notre meilleur spécialiste de « relaxation » est dehors en train de prendre un bain de soleil. Ce chat pourrait te donner une leçon, Lobsang, personne n'arrive à se détendre comme lui.

Tout cela prend longtemps à écrire et à la lecture peut paraître compliqué, mais avec un minimum d'entraînement, il est très simple de se détendre en une seconde. C'est un système infaillible. Ceux que les soucis de la vie civilisée mettent dans un état d'hypertension feraient bien de le pratiquer ainsi que la méthode de relaxation mentale qui en est le complément.

— Il ne sert pas à grand-chose d'être décontracté physiquement, si l'on reste tendu mentalement, me dit le Lama Mingyar Dondup. En restant allongé, le corps au repos, oblige ton esprit à se fixer un moment sur tes pensées. Suis-en nonchalamment le cours, vois ce qu'elles sont et combien elles sont triviales. Puis arrête-les, et n'en laisse pas d'autres naître dans ton esprit. Imagine un carré noir, le néant, et les pensées qui essaient de sauter à l'extérieur. Au début, certaines y parviennent. Va les chercher, ramène-les et oblige-les à ressauter à l'intérieur du néant. Imagine-le dans la réalité, « visualise-le » fortement, et très vite, tu « verras » cette obscurité sans effort. Ainsi ta relaxation mentale et physique sera parfaite.

Encore une fois, tout cela est plus difficile à expliquer qu'à faire. En réalité, cette relaxation, qui est absolument nécessaire est très facile, pour peu qu'on s'y entraîne. Beaucoup ne « ferment » jamais leur esprit; ils sont comme ceux qui refusent de se reposer, même la nuit. Quelqu'un qui essayerait de marcher pendant des jours et des nuits, sans s'accorder une minute de repos, aurait tôt fait de s'écrouler. Pourtant le cerveau et l'esprit n'ont jamais la permission de se reposer. Toute notre formation au contraire avait pour but d'entraîner notre esprit. L'instruction du judo était très poussée car c'est un excellent exercice de self-contrôle. Notre professeur, qui était capable de repousser dix attaques simultanées, adorait le judo et faisait l'impossible pour nous y intéresser. Les esprits occidentaux qui jugeraient sauvages et cruelles nos « prises d'étranglement » auraient tort. Comme je l'ai déjà dit, une certaine petite pression sur le cou permet de rendre une personne inconsciente pendant une fraction de seconde, sans qu'elle s'aperçoive de ce qui lui arrive. Dans ce cas, le cerveau est paralysé sans danger. Par suite du manque d'anesthésiques au Tibet, nous avions recours à cette technique pour extraire une dent ou réduire une fracture. Le patient ne s'apercevait de rien et n'éprouvait aucune souffrance. Elle était également utilisée lors des initiations, pour que le moi, délivré du corps, puisse voyager astralement.

Ainsi entraînés, nous n'avions presque plus rien à craindre des chutes. Une partie du judo consiste à apprendre à tomber, et sauter du haut d'un mur de trois à cinq mètres était un exercice courant que les enfants traitaient comme un jeu.

Un jour sur deux, avant de commencer nos exercices de judo, nous devions réciter les Marches de la Voie du Milieu, les fondements du Bouddhisme. Les voici :

La Pensée Convenable : ce sont les pensées libres de toute illusion et de tout égoïsme.

L'Aspiration Convenable est celle qui permet d'avoir des intentions et des desseins élevés et honorables.

La Parole Convenable est celle qui exprime la bonté, le respect et la vérité.

La Conduite Convenable est celle de l'homme paisible, honnête et désintéressé.

La Vie Convenable : cette règle commande de se garder de faire du mal aux hommes et aux animaux, et de reconnaître à ces derniers le droit d'être traités comme des êtres humains.

L'Effort Convenable : il faut se contrôler soi-même et s'exercer sans cesse.

L'Intention Convenable : avoir de bonnes pensées et s'efforcer de faire ce qu'on sait être juste.

Le Ravissement Convenable est celui que procure la méditation sur les réalités de la vie et du Sur-Moi.

Quiconque ne respectait pas ces Règles devait s'allonger, face contre terre, en travers de l'entrée principale du temple, de sorte que tous ceux qui entraient étaient obligés d'enjamber son corps. Il fallait, de l'aurore au crépuscule, rester sans bouger, sans rien à manger ni à boire. Une telle punition était jugée très infamante.

J'étais donc devenu lama. Je faisais partie de l'élite, celle des « Êtres Supérieurs ». Cela sonnait bien. Mais il y avait des désavantages : avant, je devais suivre les trente-deux Règles de la Conduite Sacerdotale, ce qui faisait déjà un total effrayant. Une fois lama, je découvris avec effroi et consternation qu'il y en avait deux cent cinquante-trois. Et au Chakpori, un bon lama les respectait toutes, sans exception! Le monde me parut si plein de choses à apprendre que je pensai que ma tête éclaterait. Mais il était plaisant de s'installer sur le toit pour observer l'arrivée du Dalaï Lama au Norbu Linga (le Parc du Joyau), juste sous mes yeux. Il fallait alors que je me cache car personne ne doit abaisser son regard sur l'Inappréciable. Également sous mes yeux, mais de l'autre côté de la Montagne de Fer, se trouvaient deux parcs de grande beauté, le Khati Linga et sur la rive opposée de la rivière Kaling Chu, le Dodpal Linga. Le mot tibétain « Linga » que je transcris le plus fidèlement possible dans la graphie occidentale veut dire « parc ». Plus loin vers le nord, je pouvais contempler la Porte de l'Occident, le Pargo Kaling. Ce grand *chorten* est à cheval sur la route qui va de Drepung au cœur de la ville, en passant par le village de Shô. Plus près, presque au pied du Chakpori, un *chorten* commémorait la mémoire d'un héros de notre histoire, le roi Kesar qui vivait à l'époque des guerres, avant que le Bouddhisme et la paix ne s'installent au Tibet.

Le travail? Nous en avions beaucoup mais nous ne manquions pas de compensations ni de distractions. C'était une compensation plus que généreuse que de fréquenter des hommes, comme le Lama Mingyar Dondup, dont la seule pensée était de servir « la Paix » et d'aider leur prochain. C'était une récompense aussi que d'avoir sous les yeux notre merveilleuse vallée, si verte, peuplée d'arbres bien-aimés, de voir au loin les rivières aux eaux bleues serpenter entre les chaînes de montagnes, les *chortens* brillants sous la lumière, les pittoresques lamaseries et les ermitages perchés sur des rochers inaccessibles, et de contempler avec respect les dômes dorés du Potala si proche, et les toits resplendissants du Jo-Kang, un peu plus loin vers l'est. La camaraderie des lamas, la rude sympathie des moines, l'odeur familière de l'encens flottant dans les temples, tout cela remplissait notre vie et c'était une vie qui valait la peine d'être vécue. Les difficultés ? Oui, elles étaient nombreuses. Mais elles importaient peu. Dans toutes les communautés, il se trouve des éléments peu compréhensifs, des êtres de peu de foi. Au Chakpori, ils étaient vraiment en minorité.

12

HERBES ET CERFS-VOLANTS

Les semaines passèrent vite. Il y avait tant à faire et à apprendre, surtout depuis que je pouvais approfondir les sciences occultes et suivre un entraînement spécial.

Au début du mois d'août, mon Guide me dit :

— Cette année, nous partirons avec les ramasseurs d'herbes. Tu y gagneras des connaissances utiles en ce qui concerne les simples et nous te ferons connaître les *vrais* cerfs-volants!

Pendant deux semaines, personne ne resta inactif. Il fallait nettoyer les vieux sacs de cuir, en confectionner d'autres, remettre les tentes en état, et s'assurer que nos animaux étaient capables de supporter les fatigues d'une longue randonnée. Notre expédition, forte de deux cents moines, devait établir sa base à la vieille lamaserie de Tra Yerpa, d'où des groupes partiraient tous les jours prospecter les environs. Vers la fin août, nous quittâmes le Chakpori, au milieu d'un beau tumulte. Les moines qui n'étaient pas du voyage se rassemblèrent autour des murs et nous regardèrent partir, manifestement jaloux de ce départ vers les vacances et l'aventure. En ma qualité de lama, je montais un cheval blanc. Je faisais partie d'un petit groupe qui partait avec le minimum de bagages pour arriver à Tra Yerpa plusieurs jours avant le gros de la troupe. Nos chevaux pouvaient faire vingt-cinq kilomètres par jour alors que les yaks dépassaient rarement une moyenne de douze à seize kilomètres. Nous n'amenions avec nous que le minimum d'équipement pour gagner du temps. Tous les yaks de la caravane qui nous suivait portaient leur charge habituelle, c'est-à-dire quatre-vingts kilos.

Ce fut avec joie que les vingt-sept cavaliers qui composaient l'élément précurseur arrivèrent à Tra Yerpa, après plusieurs jours de voyage. La route avait été dure, surtout pour moi qui ne portait pas l'équitation dans mon cœur. J'étais devenu capable de rester en selle quand mon cheval partait au galop, mais là s'arrêtaient mes prouesses. Quant à monter comme certains de mes compagnons, impossible! Je m'asseyais sur ma bête et je me cramponnais à son encolure, position sans grâce peut-être, mais du moins sans danger.

On nous avait aperçus alors que nous avançions dans la vallée et les moines qui vivaient en permanence dans la lamaserie avaient préparé du thé au beurre, de la tsampa et des légumes en grande quantité. Ce qui n'était pas entièrement désintéressé car ils brûlaient d'entendre les dernières nouvelles de Lhassa et de recevoir les cadeaux traditionnels. Sur le toit plat du temple, des braseros d'encens lançaient d'épaisses colonnes de fumée vers le ciel. Nous entrâmes à cheval dans la cour, tout ragaillardis à l'idée d'être enfin arrivés. La plupart de mes compagnons de voyage avaient de vieux amis à saluer. Tout le monde apparemment connaissait le Lama Mingyar Dondup. Il disparut au milieu d'une foule d'amis qui lui faisaient fête et j'avais l'impression une fois de plus d'être seul au monde quand je l'entendis appeler :

— Lobsang, Lobsang, où es-tu?

Je répondis immédiatement, mais avant que j'aie le temps de me rendre compte de ce qui se passait, la foule s'était ouverte devant moi et m'avait plus ou moins englouti. Mon Guide était en train de converser avec un vieil Abbé qui se tourna vers moi :

— Ainsi, c'est lui? demanda-t-il. Mon Dieu, qu'il est jeune!

Comme d'habitude, je pensais surtout à manger. Sans perdre plus de temps, notre groupe se rendit au réfectoire où nous mangeâmes en silence, comme si nous étions encore au Chakpori. Chakpori dépendait-il de Tra Yerpa ou était-ce le contraire? Question controversée. De toute façon, ces deux lamaseries figuraient parmi les plus anciennes du Tibet. Tra Yerpa était célèbre pour sa bibliothèque; elle contenait en effet des manuscrits de grande valeur traitant de la médecine par les simples que j'allais pouvoir lire en prenant les notes qui m'étaient indispensables. Elle possédait aussi un récit de la première expédition aux Hautes-Terres de Chang Tang, dû aux dix hommes qui étaient revenus de cet extraordinaire voyage. Mais c'est le plateau d'où nous allions lancer nos cerfs-volants qui alors m'intéressait le plus.

Le paysage était étrange. Des pics immenses semblaient jaillir du sol. De bas en haut de ces pics, des plateaux s'étageaient comme des jardins en terrasse, jusqu'à former un escalier gigantesque. Les simples poussaient à profusion sur les marches inférieures. C'est là qu'on trouvait une espèce de mousse aux capacités d'absorption incomparablement supérieures à celles de la Sphaigne, et une petite plante aux baies jaunes qui possédait de remarquables propriétés analgésiques. Toutes deux étaient recueillies par les moines et les enfants qui les faisaient ensuite sécher. En tant que lama, j'aurais pu me contenter de superviser leur travail, mais mon séjour devait être surtout consacré à des « leçons de choses » données par le Lama Mingyar Dondup et des spécialistes herborisateurs. A ce moment-là cependant, je ne pensais, tout en contemplant le paysage, qu'aux cerfs-volants, aux vrais, à ceux qui peuvent porter des hommes. Derrière moi, à l'intérieur de la lamaserie étaient entreposées les planches de sapin importées d'un lointain pays car les conifères ne poussent pas au Tibet. Celles-ci, qui provenaient probablement de l'Assam, passaient pour convenir parfaitement à la construction des cerfs-volants. A la fois légères et solides, elles pouvaient en effet supporter des chocs violents sans se casser. Quand les cerfs-volants étaient démontés, l'armature était soigneusement inspectée et on la mettait de côté pour une prochaine occasion.

La discipline n'était guère plus souple à la lamaserie de

Tra Yerpa; nous avions encore nos offices, celui de minuit et les autres célébrés à intervalles réguliers. Mesure très sage, si on y réfléchit, car autrement il eût été très difficile de nous réadapter aux longues journées du Chakpori. Nos classes étaient entièrement consacrées aux simples et aux cerfs-volants.

Dans cette lamaserie accrochée au flanc d'une montagne, alors que nous étions encore éclairés par la lumière du jour, la terre au-dessous de nous s'habillait d'ombres pourpres et le vent du soir faisait frémir la maigre végétation. Quand le soleil se cachait derrière les cimes lointaines, nous étions plongés à notre tour dans les ténèbres. Le paysage ressemblait alors à un lac noir. Pas la moindre lumière à la ronde. Et pas âme qui vive en dehors des saints bâtiments de la lamaserie. Au coucher du soleil, le vent de la nuit se levait et s'attelait au travail des dieux, le nettoyage des quatre coins de la Terre. En ramonant la vallée, il se heurtait au flanc de la montagne; contraint de s'engouffrer dans des crevasses, il les remontait à toute vitesse; à la hauteur de la lamaserie il en sortait avec un grondement lugubre semblable à la plainte d'une conque géante appelant les fidèles au temple. Ce n'étaient partout que grincements et craquements : les rochers, délivrés de la chaleur accablante du jour, se contractaient. Au-dessus de nos têtes, les étoiles brillaient d'un vif éclat dans le ciel noir de la nuit. Selon les Anciens, les légions de Kesar, lorsque le Bouddha leur avait demandé de mettre bas les armes, avaient laissé tomber leurs javelots sur le Parquet du Ciel; d'où des trous par où passaient les reflets des lumières de la Chambre Céleste que nous appelons étoiles.

Tout à coup une sonnerie domina le bruit du vent qui se levait : les trompettes du temple annonçaient la fin du jour. Sur le toit, je discernai vaguement les silhouettes des moines qui accomplissaient leurs devoirs sacerdotaux; la brise faisait voler leurs robes. C'était le signal du repos jusqu'à minuit. Çà et là, autour des salles et des temples, des moines discutaient par petits groupes des affaires de Lhassa et du monde et parlaient de notre Dalaï Lama bien-aimé, la plus grande Incarnation de tous les Dalaï Lamas. La sonnerie de la Fin du jour les fit se disperser lentement; chacun alla se coucher. Peu à peu, tout devint silencieux et la paix régna sur la lamaserie. Allongé, je contemplai le ciel par une petite fenêtre, trop énervé pour dormir ou même pour en avoir envie. Énervé par les étoiles et par la vie qui m'attendait. D'elle, je savais ce qui m'avait été prédit et c'était déjà beaucoup. Mais bien des points restaient obscurs! Les prédictions relatives au Tibet par exemple : pourquoi fallait-il que nous fussions envahis? Que pouvait-on reprocher à mon pays pacifique dont la seule ambition était de se développer sur le plan spirituel? Pourquoi d'autres nations convoitaient-elles notre terre? Nous ne désirions rien qui ne nous appartînt déjà. Pourquoi fallait-il alors qu'on veuille conquérir notre pays et réduire notre peuple en esclavage? Notre seul désir était de vivre en paix, et à notre guise. Et on attendait de moi d'aller chez nos futurs envahisseurs guérir les malades et soigner les blessés d'une guerre qui n'avait pas encore commencé! Par les prédictions, je connaissais les ombres et les lumières de ma vie; il me fallait pourtant poursuivre mon chemin tel un yak sur une piste dont il ne connaît que trop bien les haltes, les lieux d'étapes et les maigres pâturages, et qui doit malgré tout continuer à avancer... Mais il se pouvait qu'en arrivant à la Passe de la Prosternation Respectueuse, un yak s'estimât récompensé de ses fatigues en apercevant la Cité Sainte de Lhassa...

Le roulement des tambours du temple me réveilla en sursaut : je m'étais endormi sans m'en apercevoir. Ma première pensée fut vraiment indigne d'un prêtre tandis que, chancelant, je tendais des mains tout engourdies de sommeil vers une robe qui manifestement ne voulait pas se laisser attraper. Minuit? Je ne pourrais jamais rester éveillé... Attention à ne pas tomber dans les escaliers... Brr... quel froid... Deux cent cinquante-trois règles à observer, Lama Lobsang Rampa? Eh bien, en voici une de violée, car ce réveil brutal m'a inspiré des pensées coléreuses...

D'un pas mal assuré, je rejoignis mes camarades aussi

hébétés que moi, et nous allâmes au temple tenir notre partie dans le chant et le contre-chant de l'office.

On m'a demandé :

— Pourquoi ne pas avoir évité les pièges et les épreuves qui vous attendaient, puisque vous les connaissiez ?

La réponse est évidente :

— Le simple fait de pouvoir échapper à ce qui m'avait été prédit aurait suffi à prouver que les prédictions étaient erronées !

Les prédictions sont fondées sur les probabilités, elles ne signifient pas que l'homme soit privé de volonté. Bien au contraire. Supposons un homme qui veuille aller de Darjeeling à Washington, et qui connaît par conséquent son point de départ et sa destination. S'il prend la peine de consulter une carte, il constatera qu'il y a des endroits par lesquels il est logique qu'il passe. Or, s'il est possible de prendre un autre itinéraire, il n'est pas toujours sage de le faire, sous peine de perdre du temps ou de l'argent. De même, dans le cas d'un voyage par la route de Londres à Inverness. Un conducteur avisé consulte une carte et emprunte un itinéraire établi par une organisation de tourisme. Il est ainsi en mesure d'éviter les routes en mauvais état, ou s'il est obligé de les emprunter, de réduire sa vitesse à bon escient. Il en va de même pour les prédictions. Il n'est pas toujours « payant » de prendre les voies agréables et faciles. En tant que bouddhiste, je crois en la réincarnation et je crois que nous venons sur terre pour « apprendre ». A l'école, tout nous paraît difficile et désagréable. Les leçons d'histoire, de géographie, d'arithmétique, ou de tout ce que vous voudrez, sont ennuyeuses, inutiles et insipides. C'est tout au moins l'impression qu'elles nous font. Pourtant, quand nous quittons cette bonne vieille école, il arrive que ce soit avec mélancolie. Nous pouvons en être fiers au point de porter un insigne, une cravate ou même une certaine couleur sur notre robe monastique. Il n'en va pas autrement pour la vie. Elle est dure et amère, mais les leçons que nous devons apprendre ont pour seul but de « nous » mettre à l'épreuve; nous et personne d'autre. Mais quand nous quittons l'école, ou cette Terre, peut-être en arborons-nous l'insigne avec fierté. En ce qui me concerne, j'espère bien porter plus tard *mon* halo d'un air dégagé! Vous êtes scandalisés? Aucun bouddhiste ne le serait à votre place. Mourir consiste simplement à quitter notre vieille enveloppe vide et à renaître dans un monde meilleur.

Dès les premières lueurs du jour nous étions debout, attendant avec impatience de pouvoir explorer les lieux. Nos aînés désiraient surtout bavarder avec ceux qu'ils n'avaient pu voir la veille. Pour moi, je ne pensais qu'aux grands planeurs dont j'avais tant entendu parler. On nous fit d'abord visiter la lamaserie pour nous la faire connaître. Du toit élevé, nous contemplâmes les cimes qui la dominaient et les précipices effrayants qui s'ouvraient sous nos yeux. Au loin, j'aperçus un torrent impétueux qui charriait des morceaux d'argile jaune. Plus près gazouillaient des rivières d'un bleu d'azur. Parfois, quand tout était calme, je pouvais entendre dans mon dos le son clair et joyeux d'une petite source qui descendait à toute allure le flanc de la montagne; elle était pressée de rejoindre les eaux tumultueuses des rivières qui, aux Indes, formeraient le puissant Brahmaputra et plus tard se jetteraient dans la baie du Bengale après s'être mêlées aux eaux sacrées du Gange. Le soleil qui se levait sur les montagnes chassa vite l'air froid du matin. Très loin, un vautour solitaire piquait vers la terre à la recherche de son petit déjeuner. A mes côtés, un lama attirait respectueusement mon attention sur les points de vue les plus remarquables. « Respectueusement » parce que j'étais un pupille du bien-aimé Mingyar Dondup et aussi parce que j'étais une « Incarnation Reconnue » (Trülku, en tibétain).

Pour ceux de mes lecteurs qui aimeraient savoir comment nous reconnaissons les Incarnations, voici quelques brefs renseignements. Le comportement d'un petit garçon peut inciter ses parents à penser qu'il possède des connaissances supérieures à la moyenne ou des souvenirs impossibles à expliquer rationnellement. Dans ce cas, ils consultent l'Abbé de la lamaserie la plus proche qui nomme une commission chargée de l'examiner. Celle-ci établit d'abord les horoscopes de la pré-vie, après quoi, il reste à constater sur le corps du garçon la présence de certains signes. Il doit avoir par exemple des marques particulières aux mains, aux omoplates et aux jambes. Si ces signes existent, on recherche l'identité de l'enfant dans sa vie antérieure. Il se peut qu'il soit reconnu par des lamas — comme dans mon cas — et il est alors possible de se procurer des objets qui jadis lui ont appartenu. Ces objets lui sont présentés avec d'autres apparemment identiques et il doit reconnaître *tous* ceux — il peut y en avoir neuf — qui étaient en sa possession lors de sa précédente existence. Et cela, dès l'âge de trois ans.

On estime qu'à cet âge un enfant est trop jeune pour être influencé par ce que ses parents pourraient lui dire. S'il est plus jeune, cela n'en vaut que mieux. En fait, il importe peu que les parents essayent ou non de lui dicter sa conduite. Ils n'assistent pas à l'épreuve et il doit choisir parfois jusqu'à neuf objets parmi trente autres. Deux erreurs sont éliminatoires. Si le garçon ne se trompe pas, il est élevé comme une Incarnation et il reçoit une instruction poussée. Quand il a sept ans, on lui lit les prédictions concernant son avenir. On estime en effet qu'à cet âge, il est tout à fait capable d'en comprendre le sens exprimé ou sous-entendu. Mon expérience personnelle me permet d'assurer qu'il y arrive parfaitement!

Le Lama qui se tenait « respectueusement » à mes côtés pensait certainement à tout cela en m'indiquant les parties intéressantes de la région. A droite du torrent, on trouvait en abondance le *Noli-me-tangere* dont le jus sert à enlever les cors et les verrues, et à soulager les hydropiques et les cas de jaunisse. Sous les eaux d'un petit lac qu'il me fit voir, poussait le *Polygorum Hydropiper*, une herbe à piquants et aux fleurs roses dont les feuilles guérissent les douleurs rhumatismales et fournissent un remède contre le choléra. Mais ce n'étaient là que des variétés d'herbes très communes, les espèces les plus rares ne poussant que dans les Hautes-Terres.

Je vais maintenant, pour les amateurs d'herboristerie,

donner quelques renseignements sur les herbes que nous employons le plus souvent et sur leurs utilisations. Mais comme j'ignore leur nom anglais, en supposant même qu'elles en aient un, je me servirai du latin.

L'*Allium sativum* est un très bon antiseptique, qui sert aussi à soigner l'asthme et les affections pulmonaires. Un autre excellent antiseptique, mais en petites doses seulement, est la *Balsamodendronmyrrha* qu'on utilise en particulier pour les gencives et les muqueuses. Prise en potion, elle soulage l'hystérie.

Le jus d'une grande plante aux fleurs crème enlève aux insectes toute envie de piquer. Son nom latin est *Becconia cordata*, nom qui suffit peut-être à les effrayer si tant est qu'ils le connaissent! Une autre plante a pour effet de dilater les pupilles, l'*Ephedra sinica*, dont l'action est semblable à celle de l'atropine, et qui est particulièrement efficace dans les cas de basses tensions artérielles, tout en nous fournissant un de nos meilleurs remèdes contre l'asthme. Pour le préparer, on pulvérisait ses racines et ses branches, après les avoir mises à sécher.

La mauvaise odeur dégagée par les ulcérations rendait souvent le choléra aussi déplaisant pour le médecin que pour le malade. Le *Ligusticum levisticum* détruisait toutes les odeurs. Un mot pour les femmes : c'est avec les pétales de l'*Hibiscus rosasinensis* que les Chinoises noircissent leurs sourcils et leurs souliers! Ses feuilles une fois bouillies donnaient une lotion rafraîchissante à l'usage des fiévreux. Et voici encore pour nos compagnes : le *Lilium tigrinum* guérit complètement les douleurs ovariennes, tandis que les feuilles de la *Flacourtia indica* aident les femmes à surmonter la plupart des troubles qui leur sont « particuliers ».

Dans le groupe des *Sumachs Rhus*, la *Vernicifera* sert aux Chinois et aux Japonais à fabriquer le vernis de « Chine ». La *glabra* soulage les diabétiques et l'*aromatica* est d'un grand secours pour les maladies de la peau, de la voie urinaire et les cystites. Un autre astringent puissant, utilisé pour les ulcérations de la vessie, est tirée des feuilles de l'*Arctestaphylouva ursi.* Les Chinois préfèrent les fleurs de la *Bignonia grans diflora* avec lesquelles ils préparent un astringent d'usage courant. Plus tard, dans les camps de prisonniers, j'eus l'occasion de vérifier la réelle efficacité de la *Polygonum bistorta,* dans les cas de dysenterie chronique.

Les femmes qui ont aimé imprudemment, se servaient souvent d'un astringent à base de *Polygonum erectum* : une façon très commode de pratiquer l'avortement. Dans les cas de brûlures, nous pouvions redonner une « nouvelle peau » aux patients. La *Siegesbeckia orientalis* est une grande plante qui dépasse un mètre et dont les fleurs sont jaunes. Son suc appliqué sur les blessures et les brûlures les recouvre d'une nouvelle peau, comme le collodion. En potion, il a un effet comparable à celui de la camomille. Le *Piper augustifolium* servait à coaguler le sang des blessures. L'envers de ses feuilles en forme de cœur est très efficace. Il ne s'agit là que d'espèces très communes. Quant aux autres, elles n'ont pas pour la plupart de nom latin, puisque le monde occidental qui est chargé de baptiser les plantes ne les connaît pas. C'est uniquement pour montrer que nous n'étions pas tout à fait ignorants en matière de médecine par les simples, que j'en ai parlé!

Par cette journée tout illuminée de soleil, les vallées et les endroits abrités où poussaient ces plantes étaient parfaitement visibles de notre observatoire. Au delà s'étendait un paysage de plus en plus désolé. L'autre face de la montagne sur le flanc de laquelle était nichée la lamaserie, était, me dit-on, très aride. Quelques jours plus tard, je fus en mesure de le constater moi-même, en planant dans les airs à bord d'un cerf-volant.

Dans le courant de la matinée, le Lama Mingyar Dondup me fit appeler :

— Un groupe de moines va inspecter le plateau d'où sont lancés les cerfs-volants, me dit-il. Allons avec eux, Lobsang, le grand jour est arrivé.

Il n'en fallut pas davantage pour que je sois prêt à le suivre, tant je brûlais d'impatience. Des moines en robe rouge nous attendaient en bas, à la porte principale; nous descendîmes avec eux les escaliers menant au plateau battu par les vents. La végétation était rare sur cette plate-forme rocheuse recouverte d'une mince épaisseur de terre. Quelques buissons solitaires se cramponnaient à la montagne comme s'ils avaient peur de culbuter par-dessus bord et de tomber dans les ravins. Au-dessus de nos têtes, sur le toit de la lamaserie, le vent avait déroulé les bannières à prières. De temps en temps, les mâts craquaient et gémissaient comme ils le faisaient depuis des siècles mais ils tenaient bon. Près de nous, un petit novice remuait négligemment la terre avec le bout de sa botte et la forte brise faisait voler la poussière. Nous marchâmes vers le bord rocheux du plateau, adossé au bas de la pente menant au sommet de la montagne. A une dizaine de mètres de là, se trouvait une crevasse d'où le vent s'échappait à la vitesse d'une rafale, projetant parfois en l'air des cailloux ou des fragments de lichens qui filaient comme des flèches. Le vent balayant la vallée située bien au-dessous de la lamaserie était arrêté par la montagne et faute d'une autre issue, contraint de s'engouffrer dans la crevasse. La pression s'accumulait et il arrivait au niveau de notre plateau avec un mugissement puissant qui saluait sa liberté retrouvée. Parfois, pendant la saison des ouragans, on eût dit que des démons s'étaient échappés des profondeurs des précipices et qu'ils cherchaient leur proie en rugissant. La pression dans la crevasse variait selon les bourrasques qui s'y engouffraient, de sorte que ces « rugissements » étaient plus ou moins forts.

Mais ce matin-là, le courant était constant. On m'avait raconté que des petits garçons attrapés par une rafale avaient été soulevés de terre, lancés en l'air pour finir écrasés sur des rochers après une chute de deux mille mètres. Cela ne m'étonnait plus. Cette plate-forme était cependant très commode pour lancer des cerfs-volants car le courant ascendant était si fort qu'ils s'élevaient à la verticale. Ce qui nous fut démontré à l'aide de petits engins semblables à ceux dont je m'étais servi à la maison. Il était très surprenant en tenant une corde de se sentir le bras tiré en l'air, même par un petit modèle.

En nous menant le long de la plate-forme, des hommes expérimentés nous montrèrent les dangers à éviter, les cimes connues pour leurs dangereux courants descendants et celles qui semblaient déporter latéralement les planeurs. On nous dit que tout moine qui volait devait emporter une pierre attachée à une *khata* de soie; sur celle-ci était inscrite une prière aux dieux de l'air, leur demandant de bien vouloir bénir celui qui pénétrait dans leur domaine. A bonne hauteur, cette pierre etait jetée contre le vent. La *khata* se déroulait et ainsi les « Dieux des Vents » pouvaient-ils lire la prière et — on l'espérait — accorder leur protection à l' « aviateur ». De retour à la lamaserie, bien des allées et venues nous furent nécessaires pour rassembler le matériel. Tout fut soumis à une inspection minutieuse. Les planches de sapin qui devaient être sans flaches ni autres défauts furent examinées centimètre par centimètre. La soie fut déroulée sur une surface propre et chaque mètre carré soigneusement vérifié par des moines qui marchaient dessus à quatre pattes. Ces inspections préliminaires terminées, on procéda à l'assemblage, à l'aide de cordes et de coins de bois. Ce cerf-volant avait la forme d'une boîte de trois mètres sur trois et de trois mètres et demi de profondeur. Les ailes avaient une envergure de trois mètres. A leur extrémité mais sur le bord inférieur, il fallut fixer des morceaux de bambou de forme semi-circulaire qui servaient de patins et les protégeaient au décollage et à l'atterrissage. La base de la boîte était renforcée et posée sur un long patin de bambou au bout recourbé comme les bottes tibétaines. Ce bambou, qui avait l'épaisseur de mon poignet, était fixé de telle façon que même à terre, la soie du planeur ne pouvait toucher le sol. Je ne me sentis pas rassuré du tout quand je vis la corde en poil de yak, car elle me parut peu solide. On en fit un V dont les bouts furent attachés au-dessous des ailes tandis que la pointe arrivait juste à la hauteur du patin. Deux moines soulevèrent le cerf-volant et le portèrent au bord du plateau. Au-dessus du courant ascendant, une véritable lutte s'engagea et de nombreux moines durent venir à la rescousse pour l'empêcher de s'envoler.

Pour le premier essai, il fut décidé de ne pas utiliser des chevaux; nous devions tirer nous-mêmes sur la corde. Les moines se tinrent prêts à obéir au Maître des Planeurs qui prit la direction des opérations. A son signal, ils se mirent à courir aussi vite qu'ils le pouvaient en traînant l'appareil. Celui-ci rencontrant le courant qui s'échappait de la crevasse fit un bond, tel un grand oiseau. Les moines, qui étaient vraiment très habiles, eurent tôt fait de donner de la corde pour qu'il puisse s'envoler. Pendant qu'ils la tenaient solidement, un moine retroussa sa robe jusqu'à la ceinture et se hissa jusqu'à une hauteur de trois mètres environ pour mesurer la force ascensionnelle. Il fut suivi d'un autre et tous deux grimpèrent plus haut pour qu'un troisième essaie de se faire porter à son tour. Mais si le planeur pouvait supporter le poids de deux hommes et d'un petit garçon, la poussée n'était pas assez forte pour trois hommes. Le Maître décida qu'il fallait l'augmenter. Aussi les moines halèrent-ils le planeur en évitant de le faire rencontrer des courants ascendants. Nous nous retirâmes tous du « terrain d'atterrissage » à l'exception des moines attelés à la corde et de deux autres chargés de soutenir les ailes du planeur au moment où il toucherait terre. Il descendit lentement, comme au regret de retrouver la terre après avoir goûté la liberté des cieux. Après avoir glissé sur le sol en frémissant doucement, il finit par s'immobiliser, les deux moines tenant chacun un bout des ailes.

Sur les instructions du Maître des Planeurs, la soie fut retendue sur l'armature et des petits coins de bois furent enfoncés entre les planches pour qu'il n'y ait pas de jeu. Les ailes démontées et remontées à un angle différent, on procéda à un autre essai. Cette fois, le planeur supporta facilement trois hommes et souleva presque le petit garçon par-dessus le marché. Le Maître des Planeurs, satisfait, donna l'ordre de l'essayer avec une pierre pesant le poids d'un homme.

Une fois de plus, les moines durent se battre contre le courant ascendant; une fois de plus ils tirèrent sur la corde, et pierre et planeur s'élevèrent d'un bond. L'air turbulent les fit danser. En les observant et surtout en pensant que je pourrais être à la place de la pierre, j'éprouvai de bizarres sensations au niveau de l'estomac! Le cerf-volant fut ensuite ramené au sol et transporté au point de décollage. Un lama qui avait l'expérience du vol me fit signe :

— Je vais monter d'abord, me dit-il, ton tour viendra après.

Il me conduisit près du grand patin.

— Regarde, dit-il, on met les pieds ici, sur ce bois, en accrochant les bras à cette barre. Une fois en l'air, on descend dans le V et on s'assied sur cette partie de la corde qui est renforcée, comme tu le vois. A l'atterrissage, dès que tu seras à deux ou trois mètres du sol, saute. C'est la méthode la plus sûre. Maintenant, j'y vais, regarde bien.

Cette fois, des chevaux assurèrent le décollage. A un signal du lama, ils partirent au galop, le planeur glissa en avant, trouva le courant ascendant et bondit. A trente mètres au-dessus de nos têtes, c'est-à-dire à mille mètres du fond du ravin, le lama se laissa glisser le long de la corde et s'installa au creux du V qui se balançait dans le vide. Il s'éleva ensuite de plus en plus haut grâce aux moines qui alternativement tiraient sur la corde et la laissaient filer. A un signal du « pilote » — un coup violent sur la corde — les hommes halèrent le planeur, qui descendit peu à peu, se balançant et virant comme tous les cerfs-volants du monde. Sept mètres, trois mètres... le lama était suspendu par les mains. Enfin, il lâcha prise et après un saut périlleux se retrouva sur ses pieds.

— C'est ton tour maintenant, Lobsang, me dit-il en époussetant sa robe, montre-nous ce que tu es capable de faire.

Le grand moment était arrivé. A vrai dire, les cerfs-volants ne m'inspiraient plus alors qu'un enthousiasme mitigé. « Distraction stupide, pensai-je. Et dangereuse. Avait-on idée de briser ainsi une carrière si prometteuse! » J'essayai de me consoler en pensant aux prédictions. Si je mourais, les astrologues se seraient trompés et ils ne commettaient jamais d'erreurs aussi grossières! Je me dirigeai vers le point de décollage; mes jambes n'étaient pas aussi fermes que je l'eusse souhaité. Entre nous, elle ne l'étaient pas du tout! Je m'installai sur le patin et m'accrochai par les bras à la barre de bois qui était juste à ma portée.

— Je suis prêt, dis-je sans aucune conviction, car de ma vie je ne m'étais senti si peu rassuré. Le temps parut s'arrêter. Les chevaux partirent au galop, la corde se tendit avec une lenteur qui était une torture en elle-même, le planeur frémit et fit une brusque embardée qui faillit me faire lâcher prise tout en me soulevant le cœur. « Mes derniers instants sur cette terre », pensai-je en fermant les yeux car je n'avais plus de raison de m'en servir. Mon estomac réagissait défavorablement aux mouvements de balançoire. « Mauvais décollage pour le monde astral », me dis-je. J'ouvris les yeux sans enthousiasme... et ce que je vis me donna un tel choc que je préférai les refermer. Un renouveau de protestations stomacales me faisant craindre le pire, je les ouvris encore une fois pour repérer ma position en cas de besoin. La vue était si belle que j'en oubliai mes malaises pour toujours! Le planeur sautait, basculait, se balançait sans cesser de gagner de la hauteur. Par-delà les montagnes, s'étendait la terre khaki qui portait « des ans l'irréparable outrage ». Plus près, des avalanches avaient laissé derrière elles des cicatrices béantes qu'un lichen bienveillant dissimulait parfois tant bien que mal. Au bout de l'horizon, les derniers rayons du soleil transformaient les eaux d'un lac en or liquide. Au-dessus de ma tête, le cerf-volant faisait des révérences gracieuses au gré des tourbillons vagabonds. « Ainsi font les dieux, pensai-je, quand ils s'amusent dans les cieux, alors que nous, pauvres mortels prisonniers de la Terre, nous devons nous débrouiller et lutter pour rester en vie, et apprendre notre leçon avant de partir en paix. »

Une violente poussée suivie d'une secousse : je crus que mon estomac était resté accroché à un pic. Pour la première fois, je regardai au-dessous de moi. Ces petites taches rouge foncé, c'étaient les moines. Ils grandissaient à vue d'œil; on me ramenait au sol. A des centaines de mètres plus bas, au fond du ravin, la petite source suivait son cours chaotique. Je venais de m'élever à plus de trois cents mètres au-dessus de la terre, mais la petite source était plus importante que moi car elle poursuivrait sa route, grossirait et finalement contribuerait à gonfler les eaux de la baie du Bengale à des kilomètres et des kilomètres de là. Des pèlerins boiraient de ses eaux sacrées... Sur le moment cependant, en planant au-dessus du lieu de sa naissance, je me sentais l'égal des dieux.

Le cerf-volant fut agité de soubresauts furieux; pour le maintenir en équilibre, les moines tirèrent plus fort sur la corde. Tout à coup je me souvins du V où j'avais oublié de prendre place! Aussitôt, je m'accroupis, je me laissai glisser, en serrant la corde entre mes bras et mes jambes croisées; et j'arrivai si vite sur le V que je crus qu'il m'avait coupé en deux. Je me trouvais alors à six ou sept mètres du sol et il n'y avait plus de temps à perdre. Saisissant la corde à pleines mains, j'attendis d'être à deux mètres, pour lâcher prise. Une culbute et mon atterrissage était terminé.

— Petit, me dit le Maître des Planeurs, ce n'est pas mal. Tu as été bien inspiré de te souvenir du V, sinon tu te serais cassé les deux jambes. Quand les autres auront volé, tu pourras recommencer.

Le suivant, un jeune moine, fit mieux que moi car il n'oublia pas de s'installer tout de suite dans le V. Mais quand le pauvre garçon nous eut rejoint après un atterrissage parfait, il se laissa tomber sur le sol, les mains crispées, le visage verdâtre : le vol l'avait bel et bien rendu malade. Le troisième était un moine très satisfait de lui-même, que personne n'aimait en raison de ses vantardises continuelles. Il en était à sa troisième expédition et il se considérait comme le meilleur « aviateur » qui eût jamais existé. Il monta à cent cinquante mètres environ. Mais au lieu de se glisser dans le V, il se redressa, grimpa dans le planeur, perdit l'équilibre et sortit par la queue. Pendant quelques secondes, il resta accroché par une main et nous le vîmes essayer vainement de s'assurer une autre prise... Quand le planeur fit une embardée, il fut obligé de lâcher et il alla s'écraser sur les rochers quinze cents mètres plus bas. Je me souviens que sa robe flottait dans les airs comme un nuage rouge sang.

Cet accident refroidit un peu notre ardeur mais pas au point d'arrêter les vols. Le cerf-volant fut ramené au sol pour que les dégâts puissent, le cas échéant, être réparés. Puis je remontai dedans. Cette fois, je me glissai dans le V dès que le planeur eut atteint trente mètres de hauteur. En baissant les yeux, j'aperçus des moines qui descendaient dans le ravin : ils allaient chercher le cadavre qui n'était plus qu'une masse rouge, informe, écrasée sur un rocher. En levant la tête vers la boîte, l'idée me vint qu'un homme qui se tiendrait debout à l'intérieur devrait pouvoir changer de position et augmenter légèrement la poussée ascensionnelle. Lors de ma malheureuse aventure sur le toit du paysan — au milieu des bouses de yak — n'avais-je pas été capable de gagner de la hauteur en tirant sur la corde de mon cerf-volant ? « Il faudra que j'en parle à mon Guide », me dis-je.

A ce moment, le planeur sembla partir en piqué, ce qui me procura un malaise si soudain et si inattendu que je faillis lâcher prise. Au sol, les moines tiraient sur la corde comme des possédés. A l'approche de la nuit, les rochers se refroidissaient, le vent soufflait moins violemment dans la vallée et le courant ascendant qui s'échappait de la crevasse avait beaucoup perdu de sa force. La poussée était presque nulle. A trois mètres, je sautai, et le planeur, après une dernière secousse, s'abattit sur moi. Ma tête creva la soie de la boîte et je me retrouvai assis sur le sol rocheux, si immobile et plongé si profondément dans mes pensées que les autres crurent que j'étais blessé. Le Lama Mingyar Dondup accourut à mon secours.

— Avec une traverse ici pour se tenir, lui dis-je, il devrait être possible de changer légèrement l'angle de la boîte et ainsi de contrôler un peu la poussée.

Le Maître des Planeurs m'avait entendu :

— C'est exact, jeune homme, dit-il, mais qui essayera ?

— Moi, répondis-je, avec la permission de mon Guide.

Un autre lama se tourna vers moi en souriant :

— Tu es Lama, tu as tous les droits, Lobsang, dit-il, tu n'as plus à demander de permission à qui que ce soit.

— Oh, si, dis-je, mon Guide m'a appris tout ce que je sais, il passe son temps à m'instruire, c'est donc à lui de décider.

Après avoir fait enlever le cerf-volant de la plate-forme, le Maître des Planeurs me conduisit à sa chambre, où il me montra des modèles réduits de types différents. L'un d'entre eux ressemblait vaguement à un oiseau dont on aurait allongé les ailes.

— C'est la reproduction de celui que nous avons lancé, il y a bien longtemps, me dit-il. Un homme y avait pris place. Après avoir volé pendant une trentaine de kilomètres, il s'est écrasé sur une montagne. Depuis, nous n'avons plus tenté de pareils vols. Voici maintenant un type de planeur qui se rapproche de celui que tu as en tête. Regarde, la traverse est ici, au-dessous de la barre de soutien. Il y en a un tout prêt dont l'armature est terminée, dans le petit magasin désaffecté à l'autre bout du bâtiment. Je n'ai jamais pu trouver quelqu'un qui veuille l'essayer, et moi je suis un peu trop lourd.

Comme il pesait ses cent cinquante kilos, cette remarque était presque un modèle d'euphémisme.

— Nous établirons un horoscope cette nuit, dit le Lama Mingyar Dondup qui était entré pendant la discussion, et nous verrons ce que disent les étoiles.

Le roulement des tambours nous réveilla pour l'office de minuit. Quand je pris ma place, une silhouette immense qui émergeait des nuages d'encens comme une montagne, se glissa vers moi. C'était le Maître des Planeurs.

— Avez-vous établi l'horoscope? me demanda-t-il à voix basse.

— Oui, répondis-je tout aussi bas, je pourrai voler après-demain.

— Parfait, marmonna-t-il, tout sera prêt.

Dans ce temple, avec ses lampes à beurre clignotantes et ses statues sacrées alignées le long des murs, il était difficile de penser au moine insensé qui « était tombé hors de sa vie ». S'il n'avait pas fait le malin, l'idée ne me serait peut-être jamais venue d'essayer de contrôler la poussée de l'intérieur d'un planeur.

Nous étions assis dans la position du Lotus, chacun ressemblant à une statue vivante du Seigneur Bouddha. Deux coussins carrés posés l'un sur l'autre qui nous élevaient à une hauteur de vingt centimètres environ, nous servaient de sièges. Nous formions des rangées qui se faisaient face, deux par deux. L'office habituel eut lieu d'abord; le Chef des Chœurs, choisi pour ses connaissances musicales et sa voix de basse, attaqua les premiers versets, à la fin desquels sa voix baissait de plus en plus jusqu'à ce qu'il n'ait plus d'air dans ses poumons. Nous psalmodions alors les répons, dont certains passages étaient accompagnés par des roulements de tambour ou le doux drelin-drelin de nos sonnettes. Nous devions soigner particulièrement notre diction car c'est à la précision de ses chants et l'exactitude de sa musique qu'on juge de la discipline d'une lamaserie. Un Occidental suivrait difficilement notre écriture musicale, car au lieu de notes nous utilisons des courbes. La courbe de base est celle de la voix qui monte et qui descend. Ceux qui veulent improviser apportent des raffinements sous la forme de courbes plus petites à l'intérieur de la grande. Après l'office ordinaire, nous eûmes droit à dix minutes de repos avant que soit célébré le service des morts à l'intention du moine qui avait quitté le monde, le jour même.

Quand nous reprîmes nos places, le Chef des Chœurs installé sur un siège surélevé entonna un fragment du *Bardo Thôdol*, le Livre des Morts tibétain.

— O ombre errante du moine Kumphel-la qui est tombé hors de la vie de ce monde... Ne reviens pas parmi nous car tu nous as quittés aujourd'hui. O ombre errante du moine Kumphel-la, nous allumons ce bâtonnet d'encens pour qu'il te guide... Écoute nos instructions et tu suivras le sentier qui te mènera, à travers les Pays Perdus, à la Réalité Supérieure.

Nos chants invitaient l'ombre à suivre nos conseils pour arriver à l'Illumination; à nos voix de sopranos répondaient les basses profondes de nos aînés. Moines et Lamas assis dans la nef, les uns en face des autres, levaient et abaissaient des symboles religieux selon l'antique rituel.

— O ombre errante, viens à nous pour être guidée. Tu ne vois pas nos visages, tu ne sens pas notre encens, parce que tu es mort. Viens! Et sois guidée!

L'orchestre composé de flûtes, tambours, conques et cymbales remplissait les intervalles entre les chants. Un crâne humain, tenu à l'envers et rempli d'une eau rougie qui symbolisait le sang, passa de main en main pour que tout le monde puisse le toucher.

— Ton sang est versé sur la terre, ô moine qui n'es plus qu'une ombre errante. Viens et sois libéré.

Des grains de riz teints en safran brillant furent lancés à l'est, à l'ouest, au nord et au sud.

— Où rôde l'ombre errante? A l'est? Ou au nord? A l'ouest? Ou au sud? La nourriture des dieux est jetée aux coins de la terre et tu ne la manges pas parce que tu es mort. Viens, ô ombre errante, sois libérée et guidée.

La grosse caisse battait au rythme même de la vie, le rythme à deux temps qui monte régulièrement des profondeurs du corps humain. D'autres instruments faisaient entendre tous les sons qui existent dans le corps : la course précipitée du sang dans les veines et les artères, le soupir assourdi de l'air entrant dans les poumons, le gargouillement des sécrétions, et les divers craquements, grincements et grondements qui composent la musique de la vie, la musique sourde de l'humanité. Une sonnerie de trompettes, commencée sur un tempo ordinaire, se termina par un hurlement de frayeur tandis que le cœur battait plus vite. Un coup sourd et le bruit s'arrêta soudainement : c'était la fin d'une vie, d'une vie brutalement interrompue.

— O toi, moine d'hier, ombre errante d'aujourd'hui, nos télépathes vont te guider. Sois sans crainte, mais fais le vide dans ton esprit. Écoute nos instructions, et tu seras libre. La mort n'existe pas, ô ombre errante, seule existe la vie qui est éternelle. Mourir, c'est naître et nous t'appelons à vivre une vie nouvelle.

Au cours des siècles, les Tibétains ont approfondi la science des sons. Nous connaissons tous les bruits du corps et nous pouvons les reproduire. Celui qui les a entendus, ne serait-ce qu'une fois, ne peut les oublier. Ne vous est-il jamais arrivé en posant votre tête sur l'oreiller, le soir avant de vous endormir, d'entendre les battements de votre cœur, la respiration de vos poumons ? A la Lamaserie de l'Oracle d'État, certains de ces sons sont utilisés pour mettre le médium en état de transe, et il est alors possédé par un esprit. Le « militaire » Younghusband, chef des Forces Britanniques qui occupèrent Lhassa en 1904, a pu constater la puissance de ces sons et que l'Oracle, lorsqu'il est dans cet état, change réellement d'apparence.

L'office terminé, nous retournâmes dans nos chambres sans perdre de temps. Pour moi, j'aurais pu dormir debout tant j'étais fatigué par mes expériences de la journée et par le changement d'air. Au matin, le Maître des Planeurs me fit dire qu'il allait travailler sur le cerf-volant « dirigeable » et qu'il m'invitait à le rejoindre. Accompagné de mon Guide, je me rendis dans l'atelier que le maître avait installé dans le vieux magasin. Des piles de « bois exotiques » jonchaient le sol et de nombreux plans de planeurs étaient fixés aux murs. Le modèle spécial que je devais utiliser était suspendu à la voûte du plafond. Le Maître tira sur une corde et à mon grand étonnement, le planeur descendit à notre niveau, grâce sans doute à un système de poulie. Sur son invitation, je montai dedans. De nombreuses traverses était installées à la base de la boîte; il était facile de prendre place sur elles tandis qu'une barre placée au niveau de la poitrine permettait de s'accrocher solidement. Nous examinâmes le planeur, centimètre par centimètre. La soie fut enlevée et le Maître me dit qu'il allait en mettre une neuve lui-même. Les ailes n'étaient pas droites, mais recourbées; elles mesuraient plus de trois mètres de long et j'eus le sentiment que la poussée serait excellente.

Le lendemain, le cerf-volant fut transporté sur le plateau; en passant par-dessus la crevasse d'où s'échappait un violent courant ascendant, les moines eurent fort à faire pour le retenir. Quand ils eurent réussi à le placer convenablement, un Lobsang très conscient de son importance grimpa dans la boîte. Cette fois des moines et non des chevaux allaient lancer le planeur; on pensait en effet qu'ils contrôleraient mieux le vol. Une fois installé, je criai : *Tra-di, them-pa!* (Prêt, tirez!) Puis quand l'armature fut parcourue d'un frémissement, je hurlai : *O-na dô-a!* (Au revoir!) Une brusque secousse et le planeur s'était élevé comme une flèche. « Il est heureux que je me sois accroché si solidement, pensai-je. Sinon, ils partiraient ce soir à la recherche de *mon* ombre errante et je ne serais pas mécontent de garder encore mon corps pendant quelque temps. » Les moines manœuvrèrent très adroitement et le cerf-volant poursuivit son ascension. Je lançai la pierre avec la prière adressée aux dieux des vents et il s'en fallut de peu que je n'atteignisse un moine; cette prière put resservir plus tard car elle était tombée juste à ses pieds. Quant au Maître, il dansait sur place tant il attendait avec impatience le début de l'expérience. Je décidai donc de la commencer sans plus attendre. En changeant ma position précautionneusement, je découvris qu'il était possible de modifier considérablement la « poussée » et la « tenue en vol » du planeur.

L'excès de confiance me rendit imprudent. Je fis un mouvement vers l'arrière de la boîte, et le cerf-volant tomba comme une pierre. Mes pieds glissèrent de la barre, et je me trouvai suspendu à elle à bout de bras. Malgré ma robe que le vent avait retroussée au-dessus de ma tête, je réussis à me hisser et à reprendre une position normale. La chute fut stoppée net et le cerf-volant rebondit vers le ciel. La tête enfin libérée de ma robe, je pus me rendre compte de la situation. Je dois dire que si je n'avais pas été un lama au crâne réglementairement rasé, mes cheveux se seraient dressés sur ma tête : je me trouvais en effet à soixante mètres du sol. Les moines devaient me dire par la suite que j'étais tombé à quinze mètres avant que le planeur ne reprenne de la hauteur.

Pendant un moment, je restai accroché à la barre, pantelant, et épuisé par le manque d'oxygène. En regardant le paysage qui s'étendait sous mes yeux, sur des kilomètres et des kilomètres, j'aperçus quelque chose qui ressemblait à une ligne pointillée mouvante. Je l'observai attentivement sans comprendre. Au bout de quelque temps, la vérité se fit jour dans mon esprit. C'était évidemment le gros de l'expédition qui avançait dans ce pays désolé. Il y avait des grands points, des petits et des longs, échelonnés le long de la piste : les hommes, les enfants et les animaux, pensai-je. Comme ils avançaient lentement, comme leur progression semblait hésitante, pénible ! A l'atterrissage, je fus enchanté de pouvoir annoncer que l'expédition arriverait à la lamaserie dans un jour ou deux.

J'étais fasciné par le bleu acier des rochers tirant sur le gris, par l'ocre rouge et chaud de la terre, et par les eaux des lacs qui miroitaient dans le lointain. Sous mes yeux, dans un coin du ravin abrité du vent, des mousses, des lichens et des plantes composaient un tapis qui me rappela celui que mon père avait dans son cabinet de travail. Ce tapis naturel était traversé par cette même petite rivière dont la chanson berçait mes nuits. Elle évoqua en moi un autre souvenir, pénible celui-là, remontant au jour où j'avais renversé une jarre d'eau fraîche sur le tapis paternel... Passons, il avait toujours eu la main lourde !

Le pays, derrière la lamaserie, était montagneux : des pics se dressaient en rangs serrés jusqu'à l'horizon lointain où leurs formes sombres se découpaient sur le fond lumineux du firmament. Notre ciel est le plus pur du monde : la vue n'est limitée que par des montagnes, et elle n'est pas déformée par des brumes de chaleur. Rien ne bougeait dans le vaste paysage si ce n'est les moines sur la plate-forme, et ces petites taches à peine visibles qui poursuivaient leur interminable marche en avant. Peut-être les membres de l'expédition pouvaient-ils me voir... Mais le planeur commença à s'agiter : les moines le faisaient descendre avec mille précautions afin de ne pas abîmer ce prototype de grande valeur.

Après l'atterrissage, le Maître m'adressa un regard plein d'affection, et m'entoura les épaules de ses bras vigoureux avec tant d'enthousiasme que je fus *certain* qu'il allait broyer tous mes os. Personne n'eut le droit de placer un mot : depuis longtemps en effet, il avait élaboré ses « théories » que sa corpulence lui interdisait d'expérimenter lui-même! Quant à moi, dès qu'il s'arrêtait de parler pour reprendre son souffle, je lui répétais inlassablement que j'étais enchanté et que j'éprouvais à voler autant de plaisir qu'il en avait à dessiner des planeurs et à étudier leurs performances.

— Oui, oui, Lobsang, disait-il. Mais, voyons un peu... Si nous poussions un peu ceci pour fixer une traverse? Oui... ça ira. Enfin, on va essayer... Et tu dis qu'il penchait un peu de côté quand tu faisais... quoi, au juste?

Et ainsi de suite. Les modifications succédèrent aux vols et les vols aux modifications. Et je ne m'ennuyai pas une seconde, bien au contraire. A part moi, personne ne fut autorisé à voler dans *mon* planeur ou même d'y mettre les pieds. Chaque vol amena des changements, des perfectionnements, dont le plus important, à mon avis, fut une ceinture de sûreté!

Les séances de vol furent interrompues pendant un jour ou deux, dès l'arrivée du gros de l'expédition. Il fallut en effet répartir les nouveaux venus entre les groupes chargés de trouver les herbes et ceux qui devaient les préparer. Les moins expérimentés ne devaient chercher que trois espèces et ils étaient envoyés dans les lieux où elles poussaient en abondance. Ils restaient absents sept jours et le huitième ils rapportaient les plantes qui étaient étalées sur le plancher d'une réserve, préalablement nettoyé avec soin. Des spécialistes les examinaient, une à une, pour éliminer celles qui portaient des brunissures et s'assurer qu'aucune erreur n'avait été commise. Tantôt, c'était les racines qui étaient râpées. Il y avait aussi celles qui étaient aussitôt écrasées entre des rouleaux et dont le suc était conservé dans des jarres hermétiquement closes. Graines, feuilles, tiges et pétales, tout était nettoyé et une fois sec, placé dans des sacs de cuir. Après avoir noté, sur l'extérieur de ces sacs, la nature de leur contenu, on en « tordait » le haut pour qu'aucun liquide ne puisse y pénétrer. Ils étaient ensuite rapidement plongés dans de l'eau et exposés en plein soleil. En moins d'un jour, le cuir était dur comme du bois, au point qu'il fallait faire sauter le haut d'un sac pour l'ouvrir. L'air sec du

Tibet permettait de conserver les herbes traitées suivant ce procédé, durant des années.

Après les premiers jours, je partageai mon temps entre les herbes et les cerfs-volants. Le vieux Maître jouissait d'une grande influence et, disait-il, il était aussi important pour moi, compte tenu des prédictions concernant mon avenir, de connaître les machines volantes que d'être capable de trouver et de classer des plantes. Trois jours par semaine étaient donc réservés aux cerfs-volants. Le reste du temps, j'allais à cheval de groupe en groupe pour apprendre le maximum de choses dans le minimum de temps. Souvent, en observant de mes « hauteurs » le paysage devenu familier, j'apercevais les tentes noires en peau de yak des ramasseurs de simples. Les bêtes paissaient aux alentours du camp, prenant des forces en prévision du jour où elles devraient revenir à la lamaserie lourdement chargées. Beaucoup de plantes étaient bien connues des Orientaux; quant aux autres, faute d'avoir été « découvertes » par les Occidentaux, elles n'ont pas de nom en latin. Ma connaissance des herbes m'a été fort utile dans la vie, mais mes expériences « aéronautiques » l'on été tout autant.

Il y eut un autre accident : celui d'un moine qui avait suivi mes vols avec beaucoup d'attention et qui s'était imaginé, lorsqu'il eut à se servir d'un planeur ordinaire, qu'il pourrait faire aussi bien que moi. Dans les airs, son appareil se mit à se conduire bizarrement. Nous vîmes le moine gesticuler comme un possédé pour essayer d'en reprendre le contrôle. Une embardée particulièrement brutale et le cerf-volant basculait sur le côté. La soie fut déchirée, le bois se fendit en deux et le moine fit la culbute. Pendant qu'il tombait, la tête la première, sa robe retroussée flottait au vent. Une pluie d'objets tomba sur nous : un bol à *tsampa*, une coupe en bois, un chapelet et divers charmes dont il n'aurait plus besoin. Après une dernière « vrille », il finit par disparaître dans le ravin. Un instant plus tard, nous entendions l'écho de sa chute.

Toutes les bonnes choses passent trop vite. Nos journées étaient consacrées au travail, à un travail souvent pénible, mais la fin de notre séjour de trois mois n'arriva que trop rapidement. Ainsi se termina cette visite aux collines, la première d'une série fort agréable qui devait nous mener également à l'autre lamaserie de Tra Yerpa, située près de Lhassa. Nous fîmes nos modestes bagages sans enthousiasme. Le Maître des Planeurs m'offrit un merveilleux modèle de cerf-volant qu'il avait spécialement fabriqué à mon intention. Le lendemain, nous prîmes le chemin du retour. Comme à l'aller, un petit groupe brûla les étapes, tandis que le gros de l'expédition, moines, acolytes et bêtes de somme, suivait à une allure plus modérée. Nous retrouvâmes la Montagne de Fer avec joie mais non sans mélancolie d'avoir dû quitter nos nouveaux amis et la vie plus libre des montagnes.

13

PREMIÈRE VISITE A LA MAISON

Nous étions revenus à temps pour les fêtes du Logsar, notre Nouvel An. Il fallut tout nettoyer et ranger. Le quinzième jour, le Dalaï Lama se rendit à la Cathédrale. Quand les offices furent terminés, il commença son tour du Barkhor (la route qui entoure le Jo-Kang et la Maison du Conseil), passa devant le marché et arriva dans le quartier des grandes maisons commerciales où la procession prit fin. Dès cet instant, la solennité fit place à la gaieté. Les dieux étaient apaisés : l'heure du plaisir et des distractions avait sonné. Sur des socles immenses, hauts de dix à quinze mètres, étaient posés des modelages réalisés avec du beurre préalablement teinté, ou des « bas-reliefs » également en beurre qui représentaient des scènes tirées de nos livres saints. Le Dalaï Lama s'arrêta devant chacune des œuvres exposées. Le prix annuel de modelage en effet irait à la lamaserie où avait été réalisé l'ouvrage le plus réussi. Ce genre de réjouissances ne nous plaisait guère au Chakpori; nous les trouvions plutôt naïves et ennuyeuses, comme les courses de chevaux sans cavaliers qui se déroulaient dans la plaine de Lhassa. Les statues géantes de nos héros, légendaires nous plaisaient davantage. Sur une légère charpente en bois représentant le corps était fixée une tête énorme, d'un style très réaliste. A l'intérieur, juste en face des yeux, étaient disposées des lampes à beurre; quand la flamme vacillait, les yeux semblaient s'animer. Des moines robustes, montés sur des échasses, prenaient place dans ces carcasses. Ils étaient victimes de toutes sortes d'accidents extraordinaires. Tantôt une de leurs échasses tombait dans un trou, auquel cas les pauvres diables étaient réduits à se balancer sur un pied; tantôt elles glissaient sur la route. Mais quand les lampes trop violemment secouées mettaient le feu à la statue, c'était la catastrophe!

Quelques années plus tard, je me laissai persuader de porter la statue du Bouddha, le Dieu de la Médecine, qui mesurait plus de huit mètres. Les robes flottantes fouettaient mes jambes (alors que j'étais monté sur des échasses) et les mites tourbillonnaient autour de moi, car les vêtements du Dieu sortaient du magasin. Au moment où je commençai à déambuler clopin-clopant, la poussière s'échappa des tissus, ce qui provoqua une série interminable d'éternuements, dont chacun menaçait dangereusement mon équilibre. Chaque éternuement dont j'étais secoué ajoutait à l'inconfort de ma situation car des gouttes de beurre brûlant dégringolaient sur mon crâne rasé... et par conséquent sensible. La chaleur était terrible. J'avais le cœur soulevé par l'odeur des vieux tissus moisis, j'étais environné de nuées de mites affolées et j'étais brûlé par le beurre des lampes : qu'on juge de ma situation. Normalement le beurre d'une lampe est solidifié, à l'exception d'une petite mare dans laquelle trempe la mèche, mais la chaleur était si forte que tout avait fondu. Le petit judas pratiqué au milieu du corps de la statue n'était pas en face de mes yeux. Impossible d'arranger ce détail — important — sans lâcher mes échasses! Je ne voyais en tout et pour tout que le dos du personnage qui allait devant moi, et à en juger à la façon dont il sautillait et titubait, il était évident que le pauvre diable n'était pas plus à la fête que moi! Mais le Dalaï Lama nous regardait, et il fallait continuer à avancer, à moitié étouffé et à moitié rôti. Je suis certain d'avoir perdu des kilos ce jour-là!

Le soir, un haut personnage me complimenta :

— Excellente représentation, Lobsang, me dit-il. Tu pourrais faire un parfait comédien!

Je me gardai bien de lui avouer que les gestes qui l'avaient tant amusé étaient tout à fait indépendants de ma volonté et par la suite, je ne reportai plus *jamais* de statues!

Cinq ou six mois après cette « représentation », un vent de tempête se leva tout à coup, qui soulevait des nuages de poussière et de petits cailloux. Je me trouvais à ce moment-là sur une réserve où j'apprenais à poser les plaques d'or qui servent à imperméabiliser les toits. Le vent me fit culbuter sur un autre toit, six à sept mètres plus bas. Là, une bourrasque m'envoya voltiger par-dessus le rebord de la maison et le flanc de la Montagne de Fer de sorte que je tombai sur le bord de la route de Lingkhor, quelque cent mètres plus bas. Le sol était marécageux et je me retrouvai la tête sous l'eau. J'entendis un craquement : « Une branche qui se casse », pensai-je. Le choc m'avait étourdi. Quand je voulus me dégager de la boue, je ressentis une vive douleur au bras et à l'épaule gauche. Je parvins à me mettre à genoux, à me lever, puis à me traîner sur la route brûlée par le soleil. Assommé par la souffrance, incapable de réfléchir, je n'avais qu'une seule pensée : remonter à la lamaserie le plus vite possible. Comme un aveugle, j'avançai péniblement, trébuchant à chaque pas jusqu'à ce que, à mi-hauteur de la Montagne de Fer, je rencontre des moines qui arrivaient en courant voir ce qu'il était advenu de moi et d'un autre garçon. Mais le pauvre s'était tué en tombant sur des rochers.

Ils me portèrent dans la chambre de mon Guide qui m'examina sans perdre de temps.

— Oh, oh, fit-il, les pauvres petits! On n'aurait jamais dû les faire sortir par un temps pareil!

Puis il me regarda dans les yeux.

— Un bras et une clavicule cassés, Lobsang... Il faut les remettre en place. Tu vas avoir mal mais je m'arrangerai pour que tu souffres le moins possible.

Tout en parlant, et avant même que j'aie compris ce qu'il faisait, il avait réduit la fracture de la clavicule et placé une éclisse. Quand il s'occupa de mon bras, le douleur fut plus forte, mais il eut vite fait de le remettre en place en le maintenant à l'aide d'une autre éclisse. Ce jour-là, je restai allongé à ne rien faire. Le lendemain matin, mon Guide vint me voir.

— Tu ne dois pas te mettre en retard dans tes études, dit-il. Aussi travaillerons-nous ensemble dans cette chambre. Comme nous tous, tu éprouves une certaine répulsion à apprendre des choses nouvelles... Je vais t'en débarrasser en t'hypnotisant.

Il ferma les volets et la chambre fut plongée dans l'obscurité. Seules les lampes de l'autel brillaient faiblement. Il prit une petite boîte qu'il installa en face de moi sur une étagère. Il me sembla voir des lumières éclatantes, des couleurs, des bandes et des barres colorées... et tout parut prendre fin dans une explosion silencieuse de luminosité.

Je dus rester endormi pendant des heures. En m'éveillant, je vis, par la fenêtre ouverte, les ombres pourpres de la nuit se glisser dans la vallée. De petites lumières scintillaient aux fenêtres du Potala et autour des murs : la garde de nuit faisait une ronde. Je pouvais aussi voir la ville qui s'éveillait à la vie nocturne. A cet instant, mon Guide entra :

— Ah, dit-il, te voilà enfin de retour! Nous pensions que tu avais trouvé le monde astral si plaisant que tu prolongeais ton séjour. Je suppose que maintenant tu as faim pour ne pas changer tes bonnes habitudes?

A ces mots, je me rendis compte qu'effectivement je mourais de faim. On m'apporta bientôt de quoi manger et il me parla pendant que je me restaurais :

— Normalement, tu aurais dû te tuer en tombant mais les étoiles ont annoncé que ta vie prendrait fin dans de nombreuses années aux pays des Indiens rouges (l'Amérique). Les moines assistent en ce moment à un service pour celui qui n'est pas resté parmi nous. Il est mort sur le coup.

Le sort de ceux qui passaient de l'autre côté me paraissait enviable. Mes expériences m'avaient permis de me rendre compte que les voyages astraux étaient très agréables. Mais je me rappelai que si personne n'aimait l'école, il fallait cependant rester vivant pour apprendre... Qu'est-ce que la vie sur la terre sinon une école? Et une dure! « Me voici avec deux os brisés, pensai-je, et il faut que je continue à étudier! »

Pendant deux semaines, mon instruction fut encore plus

poussée que d'habitude, pour m'empêcher de penser à mes os brisés, me dit-on. A la fin de cette quinzaine, les fractures étaient soudées, mais je me sentais raide, et je souffrais encore. Un matin, en entrant dans sa chambre, je trouvai le Lama Mingyar Dondup en train de lire une lettre. Il leva les yeux vers moi.

— Lobsang, dit-il, nous avons un paquet de simples à faire parvenir à ton Honorable Mère. Tu pourras le lui porter demain matin et passer la journée chez elle.

— Je suis sûr que mon père ne voudra pas me voir, répondis-je. Il ne m'a pas regardé le jour où il est passé devant moi dans les escaliers du Potala.

— C'est tout à fait normal. Il savait que tu venais d'avoir l'insigne honneur d'être reçu par l'Inappréciable. Il ne pouvait donc t'adresser la parole en mon absence puisque tu m'as été confié par l'Inappréciable lui-même.

Il me regarda, les yeux pleins d'ironie, et se mit à rire.

— De toute façon, ton père ne sera pas chez lui demain. Il est parti à Gyangtse pour plusieurs jours.

Le lendemain matin, mon Guide m'examina des pieds à la tête.

— Hum, dit-il, tu es un peu pâle, mais tu es propre et soigné et cela est très important pour une mère! Voici une écharpe, n'oublie pas que tu es un lama qui doit observer toutes les règles. Tu es venu ici à pied. Aujourd'hui, tu monteras un de nos meilleurs chevaux blancs. Prends le mien, il a besoin d'exercice.

Le sac de cuir contenant les herbes me fut alors remis, enveloppé en signe de respect d'une écharpe de soie que j'examinai avec méfiance. C'est qu'il ne fallait pas la salir cette sacrée écharpe! Finalement, je décidai de la glisser dans ma robe et de ne l'en sortir qu'avant d'arriver chez mes parents.

Nous descendîmes la colline de compagnie, le cheval blanc et moi. A mi-côte, il s'arrêta, tourna la tête et m'examina attentivement. Apparemment, j'étais loin de lui plaire, car après un hennissement retentissant, il repartit précipitamment comme s'il m'avait assez vu! Je compris sa réaction sans peine car, moi aussi, je l'avais assez vu! Au Tibet, les lamas férus d'orthodoxie montent des mules car elles passent pour être des animaux asexués. Ceux qui sont moins pointilleux utilisent des chevaux ou des poneys. Quant à moi, j'étais ravi d'aller à pied chaque fois que j'en avais la liberté. Au bas de la colline, nous tournâmes tous les deux à droite non sans un soupir de soulagement de ma part : le cheval avait accepté de prendre la même direction que moi! Probablement parce que pour des raisons religieuses, on emprunte *toujours* la route de Lingkhor dans le sens des aiguilles d'une montre. Quoi qu'il en soit, après avoir pris à droite, nous traversâmes la route de Drepung et nous continuâmes à avancer sur le circuit de Lingkhor. Devant le Potala, je pensai qu'il ne pouvait se comparer pour la beauté avec notre Chakpori. Nous coupâmes ensuite la route des Indes, en laissant le Kaling Chu à notre gauche et le Temple du Serpent à notre droite. Un peu plus loin se trouvait l'entrée de mon ancien domicile : dès qu'ils m'aperçurent, les serviteurs se hâtèrent d'ouvrir les portes. J'entrai droit dans la cour de mon air le plus avantageux, tout en nourrissant le secret espoir de ne pas tomber de ma selle. Fort heureusement, un palefrenier tint les brides de ma monture pendant que je me laissai glisser sur le sol.

Nous échangeâmes nos écharpes de cérémonie avec componction, l'Intendant et moi.

— Bénis cette maison et tous ses habitants, Honorable Lama Médecin et Seigneur, dit-il.

— Puisse Bouddha, le Pur, Celui qui voit tout, te donner sa bénédiction et te garder en bonne santé, répondis-je.

— Honorable Seigneur, la Maîtresse de la Maison m'a ordonné de te conduire à elle.

Pendant que nous entrions, l'un derrière l'autre (comme si je n'avais pas été capable de trouver mon chemin tout seul), je remis tant bien que mal le sac de cuir dans son écharpe. Nous montâmes aux étages supérieurs dans le plus beau salon de Mère. « On ne me laissait jamais venir ici quand je n'étais que son fils », pensai-je. Mais cette pensée fit immédiatement place à une violente envie de fuir à toutes jambes quand je m'aperçus que la pièce était pleine de femmes!

Avant que j'aie pu partir, ma mère s'était approchée et m'avait salué :

— Honorable Seigneur et Fils, l'Inappréciable vous a grandement honoré et mes amies sont ici pour entendre de votre bouche le récit de cet événement.

— Honorable Mère, répondis-je, les Règles de mon ordre m'interdisent de vous révéler ce qu'Il m'a dit. Le Lama Mingyar Dondup m'a ordonné de vous apporter ces sacs d'herbes et de vous offrir cette Écharpe des Salutations.

— Honorable Lama et Fils, ces dames sont venues de loin pour apprendre ce qui se passe dans la maison du Très Profond et pour entendre parler de Lui. Est-il vrai qu'Il lit les magazines indiens? Et qu'Il possède un verre qui lui permet de voir à travers les murs d'une maison?

— Madame, répliquai-je, je ne suis qu'un pauvre lama-médecin, à peine rentré des montagnes, et bien indigne de parler du Chef de notre ordre. Je ne suis qu'un messager.

Une jeune femme s'approcha de moi :

— Ne me reconnais-tu pas? me demanda-t-elle. Je suis Yaso!

A vrai dire, je la reconnaissais à peine, tant elle s'était épanouie et était devenue « décorative ». J'étais plein de craintes. Huit, non, neuf femmes étaient là... C'était trop pour moi. Les hommes, oui, j'avais appris à les manier, mais les femmes! Elles me regardaient avec des airs de louves affamées devant un morceau de choix. Il n'y avait qu'un seul recours : la fuite.

— Honorable Mère, dis-je, maintenant que j'ai transmis mon message, il me faut retourner à mes devoirs. J'ai été malade et j'ai beaucoup à faire.

Là-dessus, je saluai la compagnie, fis demi-tour et filai aussi vite que la décence me le permettait. L'Intendant était retourné dans son bureau et un palefrenier m'amena mon cheval.

— Fais attention en m'aidant à monter en selle, lui dis-je,

car j'ai eu récemment le bras et l'épaule cassés et je ne peux y arriver tout seul.

Il ouvrit les portes et je sortis au moment où ma mère apparaissait sur le balcon et criait quelque chose. Le cheval blanc prit à gauche, pour que nous puissions suivre de nouveau la route de Lingkhor dans le sens des aiguilles d'une montre. J'allai lentement, car je ne voulais pas être de retour *trop* vite. Nous passâmes devant Gyü-po Linga, Muru Gompa, bref, nous fîmes le tour complet de la ville.

Quand je me retrouvai chez moi, c'est-à-dire à la Montagne de Fer, j'allai voir le Lama Mingyar Dondup.

— Eh bien, Lobsang, les esprits errants se seraient-ils donné le mot pour te poursuivre, me demanda-t-il en me regardant les yeux. Tu as l'air abattu!

— Abattu, répondis-je, abattu? Il y avait chez ma mère une bande de femmes qui voulaient être renseignées sur le Très Profond et sur ce qu'Il m'a dit. Je leur ai répondu que les Règles de notre ordre m'interdisaient de leur révéler quoi que ce fût. Et j'ai filé tant que j'étais sain et sauf... Pensez donc, toutes ces femelles me dévoraient des yeux!

Mon Guide fut secoué d'un rire gigantesque. Plus j'étais étonné de sa gaieté et plus il riait.

— L'Inappréciable voulait savoir si tu t'étais fixé ici pour de bon ou si tu pensais encore à la maison de tes parents.

La vie monastique avait bouleversé mes notions sur la vie en société; pour moi, les femmes étaient des créatures bizarres (elles le sont encore) et...

— Mais ma maison est ici, m'exclamai-je. Je ne veux pas retourner chez mon père. Toutes ces femelles peintes, avec leurs cheveux gras, me rendent malade... Et cette façon qu'elles avaient de me regarder! On aurait dit les bouchers de Shô devant un mouton primé dans un comice agricole! Elles poussent de petits cris aigus et — je crains fort qu'ici *ma* voix n'ait plus été qu'un murmure — leurs couleurs astrales sont horribles! Honorable Lama et Guide, ne parlez plus de me renvoyer là-bas!

On n'allait pas me laisser oublier mon aventure aussi facilement.

— Oh, Lobsang, dire que tu as été mis en fuite par une bande de femmes, me disait-on.

Ou bien :

— Lobsang, je veux que tu ailles chez ton honorable mère, elle donne une réception aujourd'hui et ses amies ont besoin qu'on les amuse.

Mais après une semaine, on me dit de nouveau que j'intéressais beaucoup le Dalaï Lama et qu'il avait été décidé que j'irais chez mes parents lorsque ma mère donnerait l'une de ses nombreuses réceptions.

Personne ne s'opposait jamais aux décisions de l'Inappréciable. Tous, nous l'aimions, non seulement comme un dieu sur la terre, mais comme l'homme authentique qu'il était. Son caractère était un peu vif, mais le mien ne l'était pas moins et dans l'exercice de ses devoirs, il ne se laissait jamais influencer par ses partis pris personnels. Quant à ses accès de colère, ils ne duraient jamais plus de quelques minutes. Il était le Chef Suprême de l'État et de l'Église.

14

J'UTILISE MON TROISIÈME ŒIL

Un matin, alors que j'étais en paix avec le monde et que je me demandais à quoi employer une demi-heure que j'avais à perdre avant un office, le Lama Mingyar Dondup vint me trouver.

— Allons faire un tour, me dit-il. J'ai un petit travail pour toi.

Je bondis de joie à l'idée de sortir avec lui. Il ne nous fallut pas longtemps pour nous préparer. Comme nous quittions le temple, un des chats nous prodigua des témoignages d'affection et tant qu'il ronronna, la queue immobile, il nous fut impossible de le quitter. C'était une bête gigantesque, que nous appelions « chat » bien entendu, c'est-à-dire *shi-mi* en tibétain. Heureux que sa tendresse lui soit pleinement rendue, il nous accompagna en marchant majestueusement jusqu'à mi-hauteur de la montagne. Là, il dut vraisemblablement se souvenir qu'il avait laissé les joyaux sans garde, car il repartit à toute allure vers le temple.

Nos chats n'étaient pas choisis seulement pour leur côté décoratif : ils assuraient une garde féroce autour des masses de pierres précieuses éparpillées au pied des statues sacrées. Des chiens — des bouledogues immenses capables de renverser un homme et de le mettre en pièces — gardaient les maisons. Mais ces chiens pouvaient être domptés ou mis en fuite. Pas les chats. Quand ils attaquaient, seule la mort pouvait les arrêter. Ils étaient du type « Siamois ». Comme le Tibet est un pays froid, leur pelage tirait sur le noir. On m'a dit que dans les pays chauds, il est blanc, la température ayant une grande influence sur sa couleur. Leurs yeux sont bleus et leurs pattes arrière si longues que leur démarche a quelque chose de singulier. Leur longue queue ressemble à un fouet. Quant à la voix!... Pas un autre chat n'a la même. Son volume et son registre sont presque incroyables.

Quand ils étaient de « service », ces chats patrouillaient dans le temple, d'un pas silencieux et alerte, comme des ombres noires dans la nuit. Quelqu'un tendait-il la main vers un des joyaux — dont ils étaient les seuls gardiens — un chat sortait en bondissant de l'obscurité, et lui attrapait le bras. Si l'homme n'abandonnait pas tout de suite ce qu'il avait dérobé, un autre chat, installé peut-être sur une Sainte Image, lui sautait droit à la gorge. Ces chats avaient des griffes deux fois plus longues que celles du « chat moyen » et ils ne lâchaient *jamais* prise. On pouvait rosser des chiens, les réduire à l'impuissance ou les empoisonner. Il n'en était pas question avec les chats qui auraient mis en fuite les bouledogues les plus sauvages. Quand ils étaient de service, ils ne se laissaient approcher que par ceux qui leur étaient familiers.

Nous continuâmes notre promenade. Au bas de la montagne, nous prîmes à droite par le Pargo Kaling et le village de Shô. Après le pont de Turquoise, nous tournâmes encore une fois à droite à la Maison de Doring, ce qui nous fit longer la vieille Mission Chinoise. Tout en marchant, le Lama Mingyar Dondup me dit :

— Une délégation chinoise est arrivée, comme je te l'ai dit. Nous allons jeter un coup d'œil sur ses membres pour voir à quoi ils ressemblent.

Ma première impression fut nettement défavorable. A l'intérieur de la mission, les Chinois arpentaient les salles, l'air arrogant, ou déballaient des boîtes et des caisses. Je vis qu'ils avaient assez d'armes pour équiper une petite armée. Ma taille me permit de mener mon « enquête » beaucoup plus facilement que n'aurait pu le faire un adulte. Je réussis en effet, en rampant sans faire de bruit, à m'approcher d'une fenêtre ouverte par laquelle je pus les épier jusqu'à ce que l'un d'eux relève la tête. En m'apercevant, il poussa un juron... chinois, qui, s'il mettait gravement en doute l'honnêteté de mes ancêtres, n'en laissait aucun sur mon avenir immédiat. Il chercha quelque chose à me lancer mais je m'étais retiré avant qu'il ait pu exécuter sa menace.

De retour sur la route de Lingkhor, je dis à mon Guide :

— Si vous aviez vu comme leurs auras sont devenues rouges ! Et ils ont une façon de brandir leurs poignards !

Le Lama Mingyar Dondup resta pensif tout au long du chemin.

— J'ai beaucoup pensé aux Chinois, me dit-il après le souper, et je vais suggérer à l'Inappréciable d'utiliser tes dons exceptionnels. Te sens-tu capable de les observer à travers un paravent, le cas échéant ?

Je ne pus que lui répondre :

— Si vous pensez que je peux le faire, c'est que j'en suis capable.

Le lendemain, je ne vis mon Guide de la journée, mais le surlendemain, il me fit travailler pendant la matinée et me prit à part après le repas de midi.

— Nous irons nous promener cet après-midi, Lobsang, me dit-il. Voici une écharpe de première classe. Pas besoin d'être clairvoyant pour savoir où nous irons. Tu as dix minutes pour te préparer. Rejoins-moi ici ensuite, il faut d'abord que je parle à l'Abbé.

Une fois de plus, nous suivîmes le chemin escarpé qui descendait la montagne. Un raccourci passant par le flanc sud-ouest nous permit d'arriver rapidement au Norbu Linga, ou Parc du Joyau. Le Dalaï Lama aimait beaucoup ce parc où il passait la plupart de ses moments de liberté. Vu de l'extérieur, le Potala était un endroit superbe mais dedans, on étouffait par suite d'une ventilation insuffisante et du nombre exagéré de lampes à beurre allumées depuis une éternité. Au cours des années, beaucoup de beurre s'était répandu sur les planchers. Et ce n'était pas une expérience nouvelle pour un lama plein de dignité descendant noblement une rampe, que de perdre l'équilibre sur un morceau de beurre recouvert de poussière et de glisser jusqu'en bas, en poussant un « oh! » de surprise au moment où une partie de son anatomie entrait en contact avec le sol de pierre. Le Dalaï Lama ne voulait pas courir le risque d'offrir un spectacle si peu édifiant; aussi séjournait-il au Norbu Linga le plus souvent possible.

Le Norbu Linga, qui n'avait guère plus de cent ans, était entouré d'une ceinture de murailles de quatre mètres de haut. Le Palais aux coupoles dorées était composé de trois bâtiments réservés aux administrations. Un enclos intérieur protégé par un second mur servait de jardin d'agrément au Dalaï Lama. On a prétendu que les fonctionnaires n'avaient pas le droit d'y pénétrer. C'est absolument faux. Il leur était simplement interdit d'y traiter des affaires administratives. Pour moi, je suis allé dans ce jardin une bonne trentaine de fois et je le connais bien. Un lac artificiel de toute beauté y avait été aménagé ainsi que deux îles qui avaient chacune leur résidence d'été auxquelles on accédait par une grande chaussée de pierre située au nord-ouest. Le Dalaï Lama était souvent dans l'une ou l'autre de ces îles où il consacrait quotidiennement de longues heures à la méditation. A l'intérieur du Parc étaient installés les quartiers de sa garde personnelle, forte de cinq cents hommes environ. Tel était l'endroit que j'allais ce jour-là visiter pour la première fois, en compagnie de mon Guide.

Après avoir traversé des jardins admirables, nous entrâmes dans l'enclos intérieur en passant par une porte splendide. Des oiseaux de toutes les espèces imaginables picoraient sur le sol. Ils ne daignèrent pas nous accorder un regard, de sorte que nous fîmes attention à ne pas les déranger. Les eaux tranquilles du lac resplendissaient comme un miroir. La chaussée de pierre avait été repeinte à la chaux et nous l'empruntâmes pour gagner l'île la plus éloignée où l'Inappréciable était plongé dans une profonde méditation. A notre approche, il leva les yeux et nous sourit. A genoux, nous déposâmes nos écharpes à ses pieds et il nous invita à prendre place en face de lui. Il sonna ensuite pour avoir le thé sans lequel un Tibétain ne saurait soutenir une conversation. En attendant, il me parla des animaux qu'il avait dans le Parc et promit de me les faire montrer plus tard.

Le thé fut servi. Quand le Lama qui l'avait apporté fut parti, le Dalaï Lama me regarda.

— Notre bon ami Mingyar me dit que tu n'aimes pas les couleurs des auras de la Délégation Chinoise. Il dit qu'ils sont tous armés jusqu'aux dents. Dans toutes les épreuves secrètes ou non auxquelles tu as été soumis, ta clairvoyance n'a jamais été prise en défaut. Que penses-tu de ces hommes?

Sa question m'embarrassa fort. Je n'aimais guère dire aux autres — si ce n'est au Lama Mingyar Dondup — ce que je voyais dans les « couleurs » et ce qu'elles signifiaient pour moi. Je pensais en effet que si quelqu'un n'était pas capable de les interpréter par lui-même, c'est qu'il n'était pas destiné à savoir ce que je savais. Mais comment dire cela au Chef de l'État? Et particulièrement à un chef d'État qui n'était pas clairvoyant?

— Honorable Gracieux Protecteur, répondis-je, je suis très malhabile dans l'art de lire les auras des étrangers, et par conséquent indigne d'exprimer une opinion.

Je n'étais pas plus avancé car le Très Profond répliqua :

— Tu es de ceux qui ont reçu des talents particuliers à leur naissance. Ces talents ont été développés par la pratique des arts anciens. Il est de ton devoir de parler. Tu as été élevé dans ce but. Je t'écoute.

— Honorable Gracieux Protecteur, les intentions de ces hommes sont diaboliques. Les couleurs de leurs auras indiquent la trahison.

Je n'en dis pas plus long, mais le Dalaï Lama parut satisfait.

— C'est bien, dit-il, tu as répété ce que tu avais dit à Mingyar. Demain, tu te dissimuleras derrière cet écran et tu observeras les Chinois quand ils seront ici. Il faut que nous connaissions leurs intentions. Cache-toi maintenant que nous sachions si personne ne peut te voir.

Comme ce n'était pas le cas, des serviteurs déplacèrent légèrement les lions chinois pour que je fusse complètement invisible. On fit une répétition de la visite, des lamas tenant le rôle de la Délégation Chinoise. Ils s'efforcèrent de repérer ma cachette. Je surpris la pensée de l'un d'entre eux :

— Si je le trouve, j'aurai de l'avancement !

Mais il n'en eut pas car il regardait du mauvais côté. Finalement le Très Profond exprima sa satisfaction et me rappela. Après quelques minutes d'entretien, il nous dit de revenir le lendemain car la Délégation Chinoise allait essayer de lui imposer un traité. C'est avec cette pensée en tête que nous prîmes congé de lui et que nous revînmes au Chakpori.

Le lendemain, vers onze heures, nous entrions dans l'enceinte intérieure après avoir descendu une fois de plus le chemin rocailleux de la Montagne de Fer. Le Dalaï Lama m'accueillit avec un sourire et déclara que je devais me restaurer — j'y étais toujours prêt ! — avant de gagner ma cachette. Sur son ordre, on nous servit une nourriture délicieuse, des conserves importées des Indes. J'ignore le nom de ces comestibles. Tout ce que je sais, c'est qu'ils me changèrent très agréablement du thé, de la tsampa et des navets. Après avoir pris des forces, je pus affronter avec plus d'enthousiasme la perspective d'une longue séance d'immobilité. L'immobilité absolue — indispensable pour pouvoir méditer — n'avait rien de difficile pour les lamas. Dès mon âge le plus tendre, sept ans pour être précis, on m'avait appris à rester des heures sans bouger. Pour cela, on me posait une lampe à beurre allumée sur la tête et je devais rester dans l'attitude du lotus jusqu'à ce que le beurre soit entièrement fondu, ce qui pouvait prendre douze heures. Une séance de trois ou quatre heures ne présentait donc pas de difficultés.

Le Dalaï Lama s'était assis, en face de moi, dans la position du lotus, sur un trône placé à deux mètres du sol. Il était immobile ; moi aussi. Des cris rauques et de nombreuses exclamations en chinois parvinrent jusqu'à nous. Je devais apprendre par la suite que les robes des Chinois présentaient des bosses suspectes et qu'on les avait fouillés pour leur enlever leurs armes. Après quoi, ils furent admis dans l'enceinte intérieure et nous les vîmes, sous la conduite des gardes, arriver par la chaussée de pierre devant l'entrée du pavillon. Un Grand Lama chanta : *Om! Ma-ni pad-me Hum,* mais les Chinois, au lieu de répéter la même *mantra* comme l'eût exigé la politesse, répondirent dans leur langue :

— *O-mi-t'o-fo.* (Écoute-nous, ô Amida Bouddha.)

— Ton travail n'est pas difficile, Lobsang, me dis-je, ils montrent leurs vraies couleurs.

De ma cachette, je voyais briller leurs auras. J'observai les reflets opalescents troués parfois d'éclairs d'un rouge sale, et les violents remous de leurs pensées inspirées par la haine. Je vis qu'elles étaient rayées et striées d'affreuses bandes colorées. Leurs auras ne possédaient pas les teintes claires et pures que donnent les pensées élevées; laides et troublées, elles révélaient des âmes entièrement consacrées au matérialisme et au crime. Ces Chinois étaient de ceux dont nous disons : « Leurs paroles sont belles, mais leur âme est déloyale. »

Je regardai le Dalaï Lama, dont les couleurs indiquaient la tristesse, car il se souvenait du temps lointain où il était allé en Chine. Tout en Lui me plaisait, jamais le Tibet n'avait eu de meilleur souverain. Il était d'un tempérament violent, très violent même... des éclairs rouges traversaient alors son aura, mais l'Histoire se souviendra qu'il a été le plus grand de tous les Dalaï Lamas et qu'il s'est donné tout entier à son pays. J'avais pour lui une réelle affection et dans mon cœur, il venait tout de suite après le Lama Mingyar Dondup qui, lui, m'inspirait *plus* que de l'affection.

L'entrevue traîna en longueur sans pouvoir être conclue de façon utile, car ces hommes n'étaient pas venus en amis, mais en ennemis. Ils avaient des idées très arrêtées en tête sans être pour autant difficiles sur le choix des méthodes. Ils voulaient des territoires, diriger la politique du Tibet mais avant tout de l'or! Cet or, qui est l'objet de leurs convoitises séculaires, existe par centaines de tonnes au Tibet, où il est considéré comme un métal sacré. Selon nos croyances, creuser des mines pour trouver de l'or, c'est profaner le sol, de sorte que personne ne le fait. Il existe des rivières où on peut ramasser des pépites emportées par le courant du haut des montagnes. Dans la région de Chang Tang, j'ai vu de l'or au bord de certains torrents comme ailleurs j'aurais trouvé du sable. Ces pépites une fois fondues servaient à fabriquer des ornements pour le temple, le métal sacré étant tout naturellement réservé à des usages sacrés. Les lampes à beurre elles-mêmes étaient en or. Malheureusement le métal est si mou que les ornements se déformaient facilement.

La superficie du Tibet est à peu près huit fois supérieure à celle des îles Britanniques. D'immenses régions sont pratiquement inexplorées et je sais, pour avoir beaucoup voyagé avec le Lama Mingyar Dondup, qu'on y trouve en abondance de l'or, de l'argent et de l'uranium. Nous n'avons jamais autorisé les Occidentaux à prospecter ces régions, malgré leurs démarches pressantes, en raison du vieux dicton selon lequel : « Là où vont les hommes de l'Ouest, va la guerre ! » Quand il est question dans ce livre de « trompettes dorées », de « plats en or », et de « corps recouverts d'or », le lecteur est prié de ne pas oublier qu'au Tibet l'or n'est pas un métal rare mais sacré. Notre pays pourrait être un réservoir d'immenses richesses ouvert au monde entier si l'humanité consentait à s'unir et à travailler en paix au lieu de s'épuiser dans une illusoire conquête du pouvoir.

Un matin où j'étais en train de copier un vieux manuscrit pour le donner aux graveurs, le Lama Mingyar Dondup vint me trouver.

— Lobsang, me dit-il, laisse ton travail. L'Inappréciable nous a fait appeler. Il faut que nous allions ensemble au Norbu Linga, analyser, sans nous faire voir, les couleurs d'un étranger venu du monde occidental. Dépêche-toi, car Il veut nous parler avant de le recevoir. Pas d'écharpe, pas de cérémonie, hâte-toi, c'est tout !

Qu'aurais-je pu répondre ? Interloqué, je le regardai un instant puis je me levai.

— Le temps de passer une robe propre, Honorable Lama et Maître, et je suis prêt.

Il ne me fallut pas longtemps pour me rendre passablement présentable. Nous descendîmes de la lamaserie à pied, car nous n'avions que huit cents mètres à faire. Au bas de la montagne, près de l'endroit où je m'étais cassé les os, nous traversâmes un petit pont qui nous permit d'arriver à la route de Lingkhor. Après l'avoir coupée, nous arrivâmes à la porte du Norbu Linga ou du Parc au Joyau, pour employer une traduction courante. Les gardes allaient nous prier de circuler quand ils reconnurent le Lama Mingyar Dondup. Aussitôt leur attitude changea du tout au tout et ils nous conduisirent rapidement dans le jardin intérieur où nous trouvâmes le Dalaï Lama assis dans une galerie. Sans écharpe à offrir, je me sentais plutôt ridicule, car je ne savais pas quoi faire de mes mains. Le Très Profond nous regarda en souriant.

— Assieds-toi, Mingyar, dit-il, et toi aussi, Lobsang. Vous n'avez pas perdu de temps.

Une fois assis, nous attendîmes qu'il prît la parole. Il médita un certain temps, comme s'il cherchait à mettre de l'ordre dans ses pensées.

— Il y a assez longtemps, dit-il, l'armée des Barbares Rouges (les Anglais) a attaqué notre saint pays. Je me suis alors rendu aux Indes, première étape d'un très long voyage. L'année du Chien de Fer (1910), les Chinois nous ont envahis; leur invasion était une conséquence directe de celle des Britanniques. J'ai repris le chemin des Indes et c'est là que j'ai rencontré l'homme que nous allons voir aujourd'hui. Je dis tout cela pour toi, Lobsang, car Mingyar m'accompagnait. Les Britanniques nous ont fait des promesses qui n'ont pas été tenues. Aujourd'hui, je veux savoir si cet homme est sincère. Toi, Lobsang, tu ne comprendras pas ses discours; ils ne pourront par conséquent t'influencer. Installé derrière ce paravent en treillage, tu pourras tout observer, sans révéler ta présence. Regarde son aura et note tes impressions comme te l'a enseigné ton Guide qui parle si chaleureusement de toi. Maintenant, Mingyar, montre-lui sa cachette, car il est plus habitué à toi qu'à moi et je crois bien qu'il t'estime supérieur au Dalaï Lama lui-même!

Derrière mon treillis, je m'étais lassé de regarder autour de moi, d'observer les oiseaux et le balancement des branches. De temps à autre, je grignotais furtivement des miettes de la tsampa que j'avais apportée. Des nuages glissaient dans le ciel. « Qu'il serait agréable, pensai-je, de sentir le frémissement d'un planeur sous mes pieds... le vent sifflerait dans la soie et pincerait la corde comme si c'était une corde de guitare. » Tout à coup je sursautai comme s'il y avait eu un accident. Une minute, je crus que je m'étais endormi à bord d'un cerf-volant, et que j'avais fait une chute! Mais non, c'était seulement le fracas des portes du jardin intérieur : des lamas en robe dorée de la maison du Dalaï Lama entrèrent en compagnie d'un homme habillé d'une façon extravagante. J'eus du mal à ne pas faire de bruit, tant je mourais d'envie de rire. L'homme était grand et mince. Il avait des cheveux blancs, un visage blanc, des sourcils rares et des yeux très enfoncés. Et une bouche très dure. Mais son costume! Il était coupé dans un tissu bleu ordinaire et avait sur le devant une grande rangée de boutons brillants. Manifestement, ce costume était l'œuvre d'un mauvais tailleur, car le col était si grand qu'il avait fallu le rabattre, ainsi que certains empiècements cousus sur les côtés. « Les Occidentaux devraient-ils porter des pièces symboliques analogues à celles que nous avons sur nos robes pour imiter le Bouddha ? » me demandai-je. Il faut dire qu'à cette époque, je n'avais aucune idée de ce qu'étaient une poche ou un col! Au Tibet, les gens qui ne sont pas des travailleurs manuels ont des manches très longues qui cachent entièrement leurs mains. Or, les manches de cet homme étaient très courtes et s'arrêtaient au poignet.

— Ce ne peut être pourtant un laboureur, pensai-je, ses mains ont l'air trop douces. Peut-être ne sait-il pas s'habiller tout simplement...

Sa « robe » ne lui descendait que jusqu'au haut des cuisses.

— Il doit être très pauvre, me dis-je.

Ses pantalons étaient trop étroits et manifestement trop longs puisque le bas avait été retourné.

— Dans cette tenue, pensai-je, il doit sûrement se sentir mal à l'aise en présence du Très Profond. Je me demande si quelqu'un de sa taille lui prêtera des vêtements convenables.

Je regardai alors ses pieds. Étrange spectacle en vérité, vraiment très étrange. Ils étaient enfermés dans de curieuses choses noires, des choses qui brillaient comme si elles étaient recouvertes de glace. Rien à voir avec nos bottes de feutre. Décidément, je n'avais jamais vu et ne reverrais de ma vie des objets si bizarres! Machinalement, je pris note des couleurs de son aura, et de mes conclusions. L'homme s'exprimait parfois en tibétain, d'une façon remarquable pour un étranger, puis retombait dans la plus étrange collection de sons que j'eusse jamais entendus. On devait me dire par la suite que c'était de l'anglais.

Quand il plongea la main dans une des pièces qu'il avait sur le côté et en retira un bout de tissu blanc, je fus stupéfait. Sous mes yeux ébahis, il porta ce tissu devant son nez et sa bouche et s'en servit pour produire un son comparable à celui d'une petite trompette.

— C'est une façon de saluer l'Inappréciable, pensai-je. Le salut terminé, l'homme remit soigneusement le tissu au même endroit. Il fouilla ensuite dans les autres pièces et en sortit plusieurs papiers d'une qualité qui m'était inconnue. Alors que le nôtre est jaune, épais et rugueux, celui-ci était blanc, mince et lisse.

— Comment peut-on écrire sur un papier pareil? me demandai-je. Il n'y a rien pour user le crayon, tout doit glisser!

L'homme prit alors un mince bâton de bois peint dont le milieu ressemblait à de la suie. Muni de cet instrument, il fit des griffonnages dépassant l'imagination. A mon avis, il ne savait pas écrire, il faisait semblant!

— De la suie? Qui a jamais entendu parler de quelqu'un écrivant avec un bâton de suie? Soufflez dessus et vous verrez si elle ne s'envole pas!

Il était sûrement infirme pour être contraint de s'asseoir sur une forme de bois posée sur quatre pieds, les jambes ballantes. Sa colonne vertébrale devait être abîmée car il l'appuyait sur deux bouts de bois fixés à l'arrière de son siège. Je commençai à éprouver une vive compassion à son égard : non seulement ses vêtements lui allaient mal, il ne savait pas écrire et il essayait de se rendre intéressant en soufflant dans une trompette de poche mais de plus, sans doute pour que tout fût plus étrange encore, il ne pouvait s'asseoir convenablement et il était obligé d'appuyer son dos et de laisser ses jambes pendre dans le vide! Il s'agitait beaucoup, croisant et décroisant les jambes. Tout à coup, à ma grande horreur, je le vis lever le pied gauche, la semelle dirigée vers le Dalaï Lama, un geste terriblement insultant pour un Tibétain. Mais il dut y penser, car il changea vite de position. Le Très Profond lui fit beaucoup d'honneur en s'asseyant aussi sur une forme de bois, les jambes pendantes comme lui. Ce visiteur portait un nom très curieux : « Instrument musical féminin (1) » précédé de deux décorations. A partir de maintenant, je lui donnerai son nom anglais : C.A. Bell (2). Aux couleurs de son aura, j'estimai que son état de santé était médiocre : très probablement, le climat ne lui réussissait pas. Il semblait sincèrement désireux de rendre service mais il était évident — toujours d'après ses couleurs — qu'il ne voulait pas risquer de compromettre sa retraite en déplaisant à son gouvernement. Il voulait suivre une certaine politique mais son gouvernement y étant opposé, il ne lui restait plus qu'à espérer que l'avenir lui donnerait raison.

Nous étions très bien renseignés sur ce M. Bell. Nous avions en notre possession les données nécessaires, la date de sa naissance, les points culminants de sa carrière, bref tout ce qui permettait de prévoir son avenir. Les astrologues avaient découvert qu'il avait vécu au Tibet, lors d'une vie antérieure, et qu'il avait alors exprimé le désir d'être réincarné en Occident,

(1) *Bell* en anglais veut dire cloche (N.d.t.).

(2) L'auteur fait allusion à l'usage anglais qui consiste à faire suivre son nom de famille des décorations (représentées par leurs initiales) dont on est titulaire. Ex. : Charles Smith, D.S.O. (N.d.t.).

dans l'espoir de contribuer au rapprochement entre l'Est et l'Ouest. On m'a laissé entendre dernièrement que lui-même avait parlé de cela dans un de ses livres. Nous étions convaincus que s'il avait pu influencer son gouvernement comme il le voulait, il n'y aurait pas eu d'invasion chinoise. Mais cette invasion avait été prédite et les prédictions s'accomplissent toujours.

Le gouvernement anglais paraissait très méfiant : il craignait que le Tibet ne s'allie à la Russie, ce qui ne lui convenait pas. L'Angleterre refusait de signer un traité avec nous et en même temps elle ne voulait pas que nous établissions des relations amicales avec d'autres pays. Le Sikkin, le Bhutan, le monde entier pouvait conclure des traités, mais pas le Tibet. Aussi les Anglais commençaient-ils à suer à grosses gouttes sous leurs cols si particuliers tant ils désiraient nous envahir ou nous étrangler — sans avoir de préférence pour l'une ou pour l'autre de ces solutions! Ce M. Bell, qui était sur place, voyait bien que nous ne désirions prendre le parti de personne. Nous voulions seulement rester entre nous, vivre à notre guise, et évincer tous les étrangers, qui, dans le passé, ne nous avaient apporté que malheurs, ruines et souffrances.

L'Inappréciable fut très satisfait quand, après le départ de M. Bell, je lui présentai mes observations. Mais il ne pensa qu'à me donner un surcroît de travail.

— Oui, oui, s'exclama-t-il, nous devons développer encore tes capacités. Elles te seront très utiles dans les pays lointains, tu verras. Nous allons te faire suivre un traitement hypnotique plus poussé, il faut te faire entrer le maximum de connaissances dans la tête.

Il sonna un de ses assistants.

— Je veux voir Mingyar Dondup, dit-il. Qu'il vienne *immédiatement!*

Quelques minutes plus tard, j'aperçus mon Guide qui venait tranquillement vers nous. Je me demande bien qui aurait pu l'obliger à se hâter! Mais comme le Dalaï Lama le considérait comme un ami, il n'essaya pas de le presser.

Mon Guide s'assit près de moi, en face du Très Profond.

Un domestique s'empressa de resservir du thé au beurre et des « choses des Indes ». Quand nous fûmes installés, le Dalaï Lama prit la parole :

— Mingyar, tu ne t'étais pas trompé, Lobsang est très doué. Il peut progresser encore et il *faut* qu'il progresse. Prends toutes les décisions qui te paraîtront nécessaires pour qu'il reçoive une formation aussi rapide et complète que possible. Utilise tous les moyens disponibles, car, comme nous en avons été souvent avertis, les mauvais jours vont s'abattre sur notre pays et il nous faut quelqu'un capable de compiler les livres des arts anciens.

Ainsi le rythme de mes jours fut-il encore accéléré. Par la suite, je fus souvent convoqué de toute urgence pour « interpréter » les auras des hôtes du Dalaï Lama.

Je devins un visiteur attitré du Potala et du Norbu Linga. Au Potala, je pouvais me servir des télescopes que j'aimais tant. L'un d'entre eux, un grand modèle astronomique monté sur un lourd trépied, me plaisait particulièrement et je passais des heures à regarder la lune et les étoiles jusque tard dans la nuit.

En compagnie du Lama Mingyar Dondup, je me rendis fréquemment à Lhassa observer les gens. Ses pouvoirs considérables de voyance et sa vaste expérience des êtres lui permettaient de contrôler mes jugements et de les approfondir. Il était passionnant d'aller à une échoppe écouter un marchand chanter bien haut la qualité de ses marchandises, et de nous faire une idée exacte de leur réelle valeur en lisant ses pensées qui n'avaient guère de secrets pour nous. Ma mémoire aussi fut développée; des heures durant, on me lisait des passages compliqués que je devais ensuite répéter. J'étais aussi plongé dans une sorte d'hypnose pour un temps indéterminé, tandis qu'on me lisait des fragments de nos Écritures les plus anciennes.

15

LES SECRETS DU NORD ET LES YÉTIS

C'est à cette époque que nous allâmes dans les Hautes-Terres de Chang Tang. Je me contenterai d'une brève description de cette région, car un compte rendu fidèle de notre expédition demanderait plusieurs volumes. Le Dalaï Lama avait béni individuellement les quinze membres de notre groupe et nous étions partis dans les meilleures dispositions d'esprit, à dos de mules car elles vont là où les chevaux ne peuvent pas passer. Nous suivîmes sans nous presser le Tengri Tso, jusqu'aux grands lacs de Zilling Nor, en allant toujours vers le nord. Après avoir lentement franchi la chaîne de Tangla, nous nous trouvâmes dans une région inexplorée. Quelle fut la durée de cette partie du voyage ? Il m'est impossible de l'indiquer avec précision car le temps n'avait plus de signification et nous n'avions pas de motifs de nous hâter. Aussi avancions-nous sans nous fatiguer et économisions-nous nos forces et notre énergie pour les efforts à venir.

Comme nous nous enfoncions dans les Hautes-Terres, en gagnant sans cesse de l'altitude, le paysage me fit penser aux immenses chaînes de montagnes et aux cañons profonds de la lune que j'avais vus dans le télescope du Potala. Nous avions devant nous en effet les mêmes montagnes éternelles et les mêmes crevasses qui paraissaient sans fond. Dans ces conditions notre progression dans ce « paysage lunaire » devint de plus en plus difficile. Bientôt, les mules durent s'arrêter. Elles étaient épuisées par le manque d'oxygène et incapables de traverser les gorges rocheuses au-dessus desquelles nous nous balancions vertigineusement au bout d'une corde en poil de yak. Nous les laissâmes dans l'endroit le plus abrité qu'il fût possible de trouver et les cinq hommes les plus fatigués restèrent avec elles. Un éperon rocheux, qui ressemblait au croc d'un loup dressé vers le ciel, les protégeait des coups de vent qui balayaient le paysage nu. A la base, l'érosion avait creusé une sorte de caverne. Un sentier à pic permettait de descendre dans une vallée où se trouvait une maigre végétation qui suffisait à nourrir les mules. Un ruisseau au son argentin traversait le plateau à toute allure; arrivé au bord de la falaise, il sautait dans le vide et tombait à des milliers de mètres plus bas, si bas en fait que l'écho de sa chute ne montait pas jusqu'à nous.

C'est là que nous nous reposâmes deux jours avant de reprendre notre pénible ascension. Nos chargements nous écrasaient le dos et nous avions l'impression que faute d'air, nos poumons allaient éclater. Mais nous continuions à avancer par-dessus crevasses et ravins. Très souvent, il nous fallait pour les franchir lancer des crochets de fer attachés à des cordes... en espérant qu'ils voudraient bien s'accrocher solidement. Nous les lancions, chacun à notre tour, et une fois la prise assurée, nous passions le précipice l'un après l'autre. Après quoi, nous nous servions d'une seconde corde pour récupérer la première. Parfois, nous n'arrivions pas à fixer nos crochets. L'un d'entre nous attachait alors la corde à sa ceinture et se lançait du plus haut point possible, en se balançant comme un pendule dont la vitesse s'accélérait à chaque oscillation. Quand il était parvenu de l'autre côté, il grimpait tant bien que mal jusqu'à ce que la corde soit à peu près horizontale. Nous faisions le « pendule » à tour de rôle, car la manœuvre était difficile et dangereuse. Un moine se tua en la pratiquant. Il s'était lancé de très haut et sans doute avait-il mal calculé ses distances car il s'écrasa sur la face opposée; le choc fut si violent qu'il laissa sa figure et sa cervelle sur les arêtes vives des rochers. Nous ramenâmes son corps près de nous pour dire un service à son intention.

Il n'était pas possible de creuser une tombe dans le sol rocailleux; aussi son corps fut-il abandonné aux vents, à la pluie et aux oiseaux.

Le moine dont le tour venait ensuite faisant triste mine, je pris sa place. Je savais grâce aux prédictions que je m'en tirerais sain et sauf et ma foi fut récompensée. Les prédictions cependant ne m'empêchèrent pas de prendre mille précautions en me lançant et mes mains tremblaient quand je tendis les bras vers le rocher le plus proche. Je réussis de justesse à assurer ma prise et à me hisser, le souffle rauque et le cœur battant à se rompre. J'étais épuisé. Après m'être reposé un instant, je réussis péniblement à escalader le flanc de la montagne. Mes compagnons — je n'aurais pu en souhaiter de meilleurs — me lancèrent l'autre corde très adroitement. Les deux cordes en main, je les assurai et leur criai de tirer très fort pour les essayer. Un par un, ils passèrent de mon côté, la tête en bas, en serrant la corde entre leurs mains et leurs pieds, pendant que la brise faisait voler leurs robes, cette brise qui gênait notre ascension et nous empêchait de respirer.

Arrivés au sommet, nous nous reposâmes un peu en faisant du thé, encore qu'à cette altitude le point d'ébullition fût peu élevé, de sorte que le thé ne nous réchauffa guère. Ayant malgré tout un peu récupéré, nous reprîmes nos chargements et nous avançâmes avec difficulté dans le cœur de cette terrible région. Bientôt, nous rencontrâmes une nappe de glace, un glacier peut-être, qui rendit notre progression encore plus difficile. Nous n'avions ni souliers à crampons, ni piolets, ni équipements de montagne, si ce n'est nos bottes de feutre ordinaires dont les semelles avaient été cousues avec des poils pour qu'elles puissent « mordre » sur la neige, et des cordes.

Entre parenthèses, l'Enfer de la mythologie tibétaine est un Enfer froid. La chaleur est une bénédiction pour nous. Son contraire est le froid, d'où cet Enfer gelé dont cette expédition dans les Hautes-Terres devait me donner une idée!

Après trois jours passés à traîner les pieds sur cette nappe de glace, à grelotter sous le vent en regrettant amèrement de nous trouver là, nous parvînmes à un endroit où le glacier s'enfonçait entre des rochers. Nous descendîmes la pente en tâtonnant comme des aveugles et de glissades en glissades nous arrivâmes à une profondeur inconnue. Quelques kilomètres plus loin, après avoir contourné le flanc d'une montagne, nous aperçûmes devant nous un brouillard dense et blanc. Était-ce de la neige ? Était-ce un nuage ? Il était impossible de le savoir de loin. En approchant, nous vîmes que c'était effectivement du brouillard car le vent faisait voler ses tentacules.

Le Lama Mingyar Dondup, le seul d'entre nous à avoir déjà fait le voyage, sourit de contentement.

— En voilà une bande de joyeux compagnons, dit-il. Heureusement que vous allez connaître bientôt quelques plaisirs.

Ce qui s'offrait à nos yeux n'avait rien de plaisant. Le brouillard. Le froid. De la glace sous nos pieds et au-dessus de nos têtes un ciel gelé. Des arêtes pointues comme des crocs de loup et des rochers contre lesquels nous nous blessions. Où étaient-ils les plaisirs promis par mon Guide ?

Nous entrâmes dans le brouillard froid et humide, avançant misérablement vers l'inconnu ; serrant nos robes sur nous pour nous donner l'illusion de la chaleur ; pantelants et frissonnants dans le froid. Plus loin, toujours plus loin. Tout à coup, nous nous arrêtâmes, pétrifiés sur place par la stupéfaction et la peur. Le brouillard devenait *chaud,* le sol devenait *chaud!* Les moines qui fermaient la marche et qui ne s'étaient aperçus de rien nous bousculèrent. Le Lama Mingyar Dondup éclata de rire. Un peu remis de notre surprise grâce à lui, nous reprîmes notre marche à l'aveuglette, chaque homme touchant du bras l'épaule de celui qui le précédait, l'homme de tête tâtant le terrain avec un bâton. A chaque pas, nous manquions de nous étaler sur des pierres, des petits cailloux roulaient sous nos bottes. Des pierres ? Des petits cailloux ? Mais où étaient donc le glacier, la glace ? Brusquement, le brouillard devint moins èpais et quelques instants plus tard, nous en étions sortis. L'un après l'autre, nous fîmes une entrée incertaine dans... eh bien, tout d'abord, je crus que, mort de froid, j'avais été transporté dans les Champs Célestes; je me pinçai et je frappai un rocher du poing pour voir si j'étais chair ou esprit. Mais un coup d'œil me permit de constater que les huit compagnons étaient à mes côtés. Était-il possible que nous ayons *tous* été transportés au même endroit de façon si soudaine ? Et si c'était le cas, qu'était-il advenu du dixième membre de l'expédition qui s'était écrasé sur un rocher ? Et méritions-nous *tous* le paradis qui s'ouvrait devant nos yeux ?

Trente battements de cœur plus tôt, nous grelottions de froid de l'autre côté de ce rideau de brouillard et voilà que la chaleur nous incommodait au point de nous faire défaillir. L'air était lumineux, le sol fumait. Juste à nos pieds, une rivière sortait de la terre au milieu de nuages de vapeur. Partout poussait l'herbe la plus verte que j'eusse jamais vue et ses grandes feuilles nous arrivaient au-dessus du genou. Nous étions stupéfaits... et effrayés. Tout cela relevait de la magie et dépassait notre expérience. Le Lama Mingyar Dondup se mit à rire.

— Si j'ai réagi comme vous lors de mon premier voyage, dit-il, de quoi ai-je eu l'air, je me le demande ? Vous paraissez croire, mes garçons, que les Dieux de la Glace sont en train de vous jouer des tours !

Nous regardions autour de nous, presque trop effrayés pour oser bouger, quand il ajouta :

— Nous allons sauter par-dessus cette rivière, je dis bien sauter, car l'eau est bouillante. Encore quelques kilomètres et nous arriverons dans un endroit merveilleux où nous pourrons nous reposer.

Il avait raison comme toujours. Trois kilomètres plus loin, nous nous allongions sur un tapis de mousse, après avoir enlevé nos robes tant nous avions l'impression d'être dans une étuve. Il y avait des arbres comme je n'en avais jamais vu et comme je n'en verrai probablement plus jamais. Des fleurs aux couleurs éclatantes poussaient partout. Des vignes grimpantes enlaçaient le tronc des arbres d'où elles retombaient suspendues à leurs branches. Un peu à droite de la douce clairière où nous nous reposions se trouvait un petit lac; les rides et les cercles de la surface indiquaient la présence de la vie. Nous avions encore l'impression d'avoir été ensorcelés; la chaleur nous avait terrassés, il n'en fallait pas douter, et nous étions passés sur un autre plan d'existence. Ou était-ce le froid qui nous avait fait mourir ? Nous étions incapables d'en décider.

La végétation était luxuriante, je dirai même tropicale, maintenant que j'ai voyagé. Certains oiseaux étaient d'une espèce qui même aujourd'hui me semble étrange. Le pays était volcanique. Des sources chaudes jaillissaient en bouillonnant du sol et nous respirions des odeurs sulfureuses. Mon Guide nous dit qu'à sa connaissance, il n'existait que deux endroits comme celui-ci dans les Hautes-Terres. La chaleur souterraine, les sources chaudes, nous expliqua-t-il, faisaient fondre la glace et l'air chaud se trouvait enfermé entre les hautes murailles de rochers. L'épais brouillard blanc que nous avions traversé se formait au point de rencontre des sources chaudes et froides. Il nous dit aussi qu'il avait vu des squelettes d'animaux géants, qui, vivants, devaient mesurer de six à dix mètres de hauteur. Par la suite, je devais en voir moi-même quelques-uns.

C'est dans cette région que j'ai vu un *yéti* (1) pour la première fois. J'étais en train de ramasser des herbes quand quelque chose me fit lever la tête. A moins de dix mètres se trouvait l'une de ces créatures dont j'avais si souvent entendu parler. Au Tibet, en effet, les parents menacent souvent du *yéti* les enfants dissipés :

— Tiens-toi tranquille, disent-ils, ou un *yéti* viendra te chercher.

— Eh bien, pensai-je, c'est *moi* qu'il est venu chercher. Et ça ne me faisait pas plaisir du tout. Pendant un moment qui me parut durer un siècle, nous nous regardâmes, littéralement glacés d'effroi. Il poussait un miaulement curieux de petit chat tout en tendant une main vers moi. Sa tête où les lobes frontaux semblaient faire défaut filait en arrière presque au niveau des sourcils qu'il avait très fournis. Le menton était très en retrait et il avait de grandes dents proéminentes. A part l'absence de

(1) *Yéti* (du tibétain *yeh:* animal inconnu et *teh:* région rocailleuse) est le nom donné par les Népalais à l'Abominable Homme des Neiges (N.d.t.).

front, la capacité de sa boîte crânienne me parut équivalente à celle de l'homme moderne. Les mains et les pieds étaient grands et tournés à l'extérieur. Les jambes étaient arquées; quant aux bras, leur longueur dépassait de beaucoup la normale. Je remarquai que comme les humains, cette créature marchait sur le côté extérieur des pieds. (Ce qui n'est pas le cas des singes et des animaux de la même famille.)

Je continuai à le regarder. Peut-être la peur me fit-elle sursauter car après un cri rauque, le *yéti* me tourna le dos et s'enfuit en bondissant. Il avait l'air d'avancer à cloche-pied, mais il faisait des pas de géant. Ma première réaction fut également de filer mais dans la direction opposée! Plus tard, en y repensant, j'arrivai à la conclusion que ce jour-là, j'ai dû battre le record tibétain de vitesse aux altitudes supérieures à cinq mille mètres!

Plus tard, nous en vîmes quelques-uns de loin. Dès qu'ils nous aperçurent, ils se hâtèrent de disparaître et nous nous gardâmes bien d'aller les provoquer. Le Lama Mingyar Dondup nous dit que les *yétis* étaient des types régressifs de la race humaine, dont l'évolution avait été différente et qui étaient obligés de vivre à l'écart. On nous raconta beaucoup d'histoires de *yétis* qui avaient quitté les Hautes-Terres pour s'approcher des régions habitées où on les avait vus bondir et sauter. Il existe aussi des histoires de femmes seules enlevées par des *yétis* mâles. Peut-être est-ce une de leurs façons de perpétuer leur race? Des nonnes devaient par la suite confirmer ces récits en nous racontant comment l'une d'entre elles avait été enlevée par un *yéti* en pleine nuit. Mais mon incompétence m'interdit de parler de toutes ces questions. Tout ce que je peux dire, c'est que j'en ai vu, des grands comme des petits. Et j'ai vu aussi des squelettes.

Certaines personnes ont mis en doute l'exactitude de mes déclarations concernant les *yétis*. Il semble qu'on leur ait consacré des volumes d'hypothèses mais que de l'aveu même des auteurs de ces ouvrages, personne n'en ait jamais vu. Moi, je les ai vus. Marconi, il y a quelques années, déclencha l'hilarité générale quand il annonça son intention d'envoyer un message par radio de l'autre côté de l'Atlantique. Il s'est trouvé des savants occidentaux pour affirmer que l'homme ne pouvait dépasser, sans mourir, la vitesse de cinquante kilomètres à l'heure, par suite de la pression de l'air. On avait aussi parlé d'un poisson, décrit comme un « fossile vivant ». Or, ces poissons, des savants les ont vus et disséqués. Et si l'Homme occidental en avait la liberté, nos pauvres vieux *yétis* seraient rapidement capturés, disséqués et conservés dans de l'alcool. Nous pensons qu'ils ont été refoulés dans les Hautes-Terres, et qu'à l'exception de quelques rares vagabonds, il ne s'en trouve pas ailleurs. Au premier abord, on est saisi d'épouvante. Mais bientôt on éprouve de la compassion pour ces créatures d'un autre âge que les conditions de la vie moderne vouent à une disparition totale.

Je suis prêt, quand les communistes auront été chassés du Tibet, à conduire une expédition de sceptiques dans les Hautes-Terres et à leur montrer des *yétis*. L'expression de ces grands hommes d'affaires confrontés à quelque chose qui dépasse leur expérience commerciale sera un spectacle valant certainement le déplacement. Ils pourront avoir de l'oxygène et des porteurs, moi, je prendrai ma vieille robe de moine. Des caméras nous permettront d'établir la vérité. Nous n'en avions pas à l'époque.

Nos vieilles légendes rapportent qu'il y a des siècles, les eaux recouvraient certaines parties du Tibet. Il est de fait qu'on trouve dans la terre des fossiles de poissons et d'autres animaux marins pour peu qu'on la fouille. Les Chinois partagent la même croyance. La tablette de Yü qui était autrefois sur le pic Kou-lou des monts Hêng dans la province de Hu-pei rapporte que le Grand Yü s'y est reposé (en l'an 2278 avant Jésus-Christ) après avoir évacué « les eaux du déluge » qui recouvraient alors toute la Chine à l'exception des terres les plus élevées. La pierre originale a été enlevée, je crois, mais il en existe des copies à Wu-ch'ang Fu, près de Hankow. Une autre copie se trouve dans le temple de Yu-lin, près de Shao-shing Fu dans le Chekiang. Nous croyons que le Tibet était autrefois un pays plat situé au bord de la mer; pour des raisons dont nous ne pouvons être certains, il se produisit ensuite de terribles tremblements de terre au cours desquels de nombreuses régions furent submergées, tandis que d'autres devenaient des montagnes.

Les Hautes-Terres de Chang Tang étaient riches en fossiles qui prouvaient bien que jadis la mer avait baigné les rives de cette région. On y trouvait de nombreux coquillages aux couleurs vives, de curieuses éponges pétrifiées et des bancs de corail. Il y avait aussi de l'or en abondance, à ramasser à la pelle comme des cailloux. La température des eaux qui sortaient des profondeurs de la terre était très variée, depuis les sources d'où s'élevaient des nuages de vapeur brûlante jusqu'à celles qui étaient presque gelées. C'était un pays de contrastes fantastiques. Parfois l'atmosphère était chaude et humide à un point inimaginable et quelques mètres plus loin, de l'autre côté d'un rideau de brouillard, sévissait un froid violent, qui pouvait être mortel et rendre le corps fragile comme du cristal. C'était là que poussaient les variétés rarissimes d'herbes que nous étions venus chercher. Nous trouvâmes aussi des fruits comme nous n'en avions jamais vu. Nous les goûtâmes et ils étaient tellement bons que nous en mangeâmes tout notre soûl. La puntion fut sévère. Pendant une nuit et un jour, nous fûmes trop occupés pour pouvoir chercher des herbes, notre estomac étant inaccoutumé à ce genre de nourriture. Après cette expérience, nous n'y touchâmes plus!

Chargés d'herbes et de plantes jusqu'à la limite de nos forces, nous rentrâmes dans le brouillard. Immédiatement, le froid fut terrible. Je suis certain qu'à cet instant nous eûmes tous envie de retourner vivre dans la vallée luxuriante. Un lama ne put supporter de se retrouver aux prises avec le froid. Quelques heures à peine après avoir franchi le rideau de brouillard, il s'écroulait; nous campâmes sur place pour essayer de le sauver mais il rejoignit les Champs Célestes pendant la nuit. Nous nous étions efforcés de le réchauffer, notamment en nous allongeant à ses côtés; hélas, le vent glacial qui soufflait sur cette région désolée fut plus fort que nous. Notre compagnon s'endormit pour ne plus se réveiller. Il fallut se partager son fardeau alors que nous étions sûrs d'être déjà chargés au maximum. Nous retrouvâmes la nappe étincelante de glace millénaire sur laquelle nous avançâmes à grand-peine. La chaleur confortable de la vallée invisible semblait avoir miné nos forces et nous n'avions plus assez de ravitaillement. Pendant les deux dernières journées de marche qui nous séparaient de nos mules, nous ne prîmes aucune nourriture : il ne nous restait plus rien, pas même du thé.

A quelques kilomètres du but, un des hommes marchant en tête s'écroula et ne se releva pas : le froid, les privations, l'épuisement nous enlevaient un compagnon de plus. Nous ne savions pas à ce moment-là qu'un autre nous avait également quittés. Quatre moines nous attendaient à notre camp de base; quatre moines qui vinrent précipitamment à notre rencontre pour nous aider à faire les derniers mètres. Quatre seulement : le cinquième qui s'était risqué à sortir par gros vent avait été précipité dans une crevasse. Allongé sur le ventre, pendant qu'on me tenait solidement par les pieds pour m'empêcher de glisser, je l'aperçus, gisant à des centaines de mètres plus bas, recouvert de sa robe qui n'était plus rouge sang, mais littéralement rouge de sang.

Pendant les trois jours suivants, nous nous reposâmes pour essayer de récupérer un peu de nos forces. Ce ne fut pas seulement la fatigue et l'épuisement qui nous obligèrent à rester sur place mais aussi le vent qui sifflait entre les rochers, chassant les pierres et envoyant de cinglantes rafales et des tourbillons de poussière jusque dedans notre caverne. L'eau de la rivière, sous ses coups de fouet, était changée en une fine écume. Pendant la nuit, la tempête ne cessa de mugir; on eût dit que des démons avides de notre chair rôdaient aux alentours. Nous entendîmes, pas bien loin de notre camp, le bruit d'un éboulement, suivi d'un choc qui fit trembler le sol. L'érosion combinée du vent et de l'eau venait de provoquer la chute d'un immense bloc erratique. Très tôt dans la matinée du lendemain, les premières lueurs du jour n'avaient pas gagné la vallée et nous étions encore plongés dans la faible lumière qui précède l'aube, quand un gros bloc de rocher se détacha d'un pic audessus de nos têtes. Aussitôt nous nous serrâmes les uns contre les autres en nous faisant aussi petits que possible. Il roulait vers nous, tel un char que les démons auraient lancé du haut du ciel. Il tomba avec un bruit assourdissant, accompagné d'une pluie de pierres. Le plateau rocheux en face de nous trembla sous le choc. Le bord vacilla et un pan de trois à quatre mètres de largeur s'écroula dans le vide. Après un temps considérable, nous entendîmes l'écho répercuté des débris tombés dans le ravin. Ainsi fut enseveli notre camarade.

Le temps semblait devenir de plus en plus mauvais. Aussi fut-il décidé de partir le lendemain à la première heure avant qu'il soit trop tard. Notre équipement — ou ce qui en tenait lieu — fut soigneusement révisé. Nous nous assurâmes que nos cordes étaient en bon état et nous soignâmes les plaies et les écorchures de nos mules. Le lendemain, à l'aube, le temps paraissait plus calme. Nous nous mîmes en route, heureux de prendre le chemin du retour. Notre groupe comptait alors onze membres au lieu des quinze qui avaient quitté le Potala dans l'enthousiasme. Jour après jour, nous avançâmes en proie à mille difficultés, épuisés et les pieds endoloris, suivis de nos mules, portant leur fardeau d'herbes. Notre progression était lente. Le temps avait perdu toute signification. La fatigue nous donnait le vertige. Nos rations étaient diminuées de moitié et nous étions sans cesse tenaillés par la faim.

Enfin, nous arrivâmes en vue des lacs où, à notre grande joie, nous trouvâmes une caravane qui y avait établi son camp. Les marchands nous firent bon accueil; ils nous bourrèrent de nourriture et de thé et nous aidèrent de leur mieux à nous remettre de nos épreuves. Nous étions meurtris et nos robes étaient en loques. Nos pieds couverts de grosses ampoules qui avaient éclaté saignaient, mais... nous étions allés dans les Hautes-Terres de Chang Tang et nous en étions revenus — tout au moins certains d'entre nous! Mon guide avait maintenant *deux* expéditions à son actif et il était probablement le seul homme au monde à avoir fait *deux* fois un pareil voyage.

Les marchands furent aux petits soins pour nous. Accroupis autour du feu de bouses de yak qui brûlaient dans la nuit, ils nous écoutèrent raconter nos expériences en hochant la tête de stupéfaction. De notre côté, nous prîmes un vif plaisir aux récits de leurs voyages aux Indes et de leurs rencontres avec les marchands de l'Hindu Kush. Nous fûmes navrés de les quitter; nous aurions bien voulu qu'ils prennent la même direction que nous. Mais nous retournions à Lhassa à qui ils venaient à peine de dire adieu. Le lendemain matin, nous nous séparâmes en nous souhaitant réciproquement tous les bonheurs du monde.

Beaucoup de moines refusent de parler aux marchands mais le Lama Mingyar Dondup nous avait appris que tous les hommes sont égaux : la race, la couleur ou la religion n'ont pas d'importance. Seuls comptent les intentions et les actes.

Nous avions recouvré nos forces et nous rentrions *chez nous!* Le paysage devenait de plus en plus verdoyant, de plus en plus fertile. Enfin, nous arrivâmes en vue des brillantes coupoles dorées du Potala et de notre Chakpori qui surplombe légèrement la Cime. Les mules sont des animaux pleins de sagesse — les nôtres sentaient l'écurie — et elles étaient si pressées de rentrer chez elles à Shô, que nous eûmes du mal à modérer leur allure. A les voir, on aurait pu croire que c'étaient elles qui étaient allées dans les Hautes-Terres!

Nous grimpâmes le chemin rocailleux de la Montagne de Fer avec allégresse, tant nous étions heureux d'être de retour du Chambala, nom que nous donnons au Pays du Nord Glacial.

Avant de commencer une série de visites, nous allâmes d'abord saluer le Très Profond. Ses réactions furent enthousiastes.

— Vous avez fait ce que j'aimerais faire, vous avez vu ce que je désire ardemment voir, dit-il. Ici, ma puissance est illimitée et cependant je ne suis que le prisonnier de mon peuple. Plus grande est la puissance et plus on doit servir. Je donnerais « tout » pour voir ce que vous avez vu.

En tant que chef de l'expédition, le Lama Mingyar Dondup reçut l'écharpe d'honneur aux trois nœuds rouges. J'eus droit au même honneur en ma qualité de benjamin. C'était une façon de récompenser tous ceux qui se trouvaient entre mon Guide et moi, je le compris sans peine!

Ensuite pendant des semaines, nous allâmes de lamaserie en lamaserie faire des conférences, distribuer des herbes, me donnant ainsi l'occasion de connaître les autres districts. D'abord, nous dûmes visiter les « Trois Sièges » : Drepoung, Séra et Ganden. De là, nous poussâmes jusqu'à Dorje-thag et Samye qui sont toutes deux bâties au bord du fleuve Tsang-po, à une soixantaine de kilomètres des Trois Sièges. Nous visitâmes aussi entre les lacs Dü-me et Yamdok, la lamaserie de Samden qui se trouve à plus de quatre mille six cents mètres audessus du niveau de la mer.

Mais quel soulagement, après ces voyages, de suivre le cours de notre Kyi Chu. Comme il méritait bien son nom de « Fleuve du Bonheur »!

En route, aux étapes, pendant nos heures de repos, le Lama Mingyar Dondup n'avait cessé de me faire travailler. L'examen pour le titre de Lama approchait. Aussi nous reprîmes une fois de plus le chemin du Chakpori car il importait que rien ne vienne plus me distraire de mes études.

16

LAMA !

C'est à cette époque que je suivis un entraînement très poussé dans l'art du voyage astral, au cours duquel l'esprit (ou le moi) quitte le corps et n'est plus relié à la vie sur terre que par la Corde d'Argent. Beaucoup de gens ont peine à croire que de tels voyages soient possibles. Or, *tout le monde* se déplace de cette façon, pendant le sommeil. Mais alors que c'est presque toujours involontairement dans les pays occidentaux, nos lamas peuvent quitter leur corps quand ils le veulent. Ce qui leur permet de se souvenir exactement de ce qu'ils ont fait et vu et des endroits où ils sont allés. Cet art s'est perdu en Occident de sorte qu'en se réveillant, les gens sont convaincus d'avoir fait un « rêve ».

Tous les pays ont connu ce voyage astral. En Angleterre, les sorcières ont la réputation de « pouvoir voler ». Mais les manches à balai, s'ils servent à « rationaliser » ce que les gens ne *veulent* pas croire, ne sont pas indispensables. Aux États-Unis, ce sont les « Esprits des Hommes Rouges » qui volent, paraît-il. Partout, dans le monde entier, on connaît ces choses même si cette connaissance est ensevelie dans le cœur des hommes. On m'a appris à voyager astralement. C'est donc que ces voyages sont à la portée de tout le monde.

Une autre technique facile à maîtriser est la télépathie, mais à condition de ne pas l'utiliser au music-hall. Il est heureux que l'on commence à reconnaître son existence. L'hypnotisme est une autre de nos sciences. J'ai pratiqué des opérations importantes sur des patients hypnotisés, telles que l'amputation d'une jambe par exemple. Les patients ne ressentent rien, ne souffrent pas et à leur réveil, leur état général est meilleur que s'ils avaient eu à supporter l'effet des anesthésiques orthodoxes. Il paraît qu'en Angleterre, on commence maintenant à utiliser l'hypnotisme dans certains cas.

L'invisibilité est une autre affaire et il faut se féliciter qu'elle ne soit à la portée que d'une très petite élite. Le principe en est simple; la pratique est difficile. Pensez à ce qui attire votre attention : est-ce un bruit? Quelque chose qui bouge tout à coup ou une couleur brillante? Les sons et les mouvements rapides éveillent l'attention des gens, ils vous font remarquer. Une personne immobile n'est pas visible aussi facilement et il en est de même pour les individus qui vous sont familiers. Prenons le cas du facteur; il arrive fréquemment que des gens qui ont pourtant reçu leur courrier disent :

— Personne, absolument personne n'est venu aujourd'hui.

Comment se fait-il dans ces conditions que le courrier ait été apporté? Est-ce par un homme invisible? Ou par quelqu'un dont la présence est si familière qu'il n'est pas réellement « vu », qu'il n'est pas « perçu »? (Un policier est toujours visible car la mauvaise conscience est la chose du monde la mieux partagée.) Pour se rendre invisible, il faut ne pas agir et aussi arrêter les ondes émises par le cerveau. Si on laisse le cerveau physique fonctionner (c'est-à-dire si on pense), les gens qui nous entourent deviennent télépathiquement conscients (en d'autres termes voient) et l'état d'invisibilité est perdu. Au Tibet, il est des hommes qui se rendent invisibles à volonté, parce qu'ils sont capables de dissimuler leurs ondes physiques. Il est sans doute heureux que leur nombre soit si limité.

La lévitation est *possible*, et elle est parfois pratiquée comme un exercice technique. C'est une mauvaise méthode pour se déplacer car elle demande trop d'efforts. L'initié a recours au voyage astral qui ne présente pas de difficultés... à condition d'avoir un bon maître. C'était mon cas : aussi, je pouvais (et je peux encore) voyager de cette façon. Par contre, en dépit des efforts les plus acharnés, je ne réussissais pas à me rendre invisible. Pouvoir disparaître au moment même où on voulait me faire faire quelque chose qui me déplaisait, eût été une grande faveur des dieux : ils me l'ont toujours refusée hélas! Je n'étais pas plus doué pour la musique, comme je l'ai déjà dit. Il me suffisait de chanter pour attirer sur moi la colère du Maître de Musique, mais cette colère n'était rien comparée à l'agitation que je causai certain jour. En essayant de jouer des cymbales — instrument qui me semblait à la portée de n'importe qui — j'attrapai tout à fait involontairement la tête d'un pauvre moine! Sur quoi, on me pria, sans gentillesse aucune, de limiter mes activités à la clairvoyance et à la médecine!

Nous pratiquons beaucoup ce que le monde occidental appelle le Yoga, une science très importante qui peut améliorer un être humain d'une façon presque incroyable. Personnellement, je pense que le Yoga n'est pas fait pour les Occidentaux, à moins d'y apporter des modifications considérables. Cette science nous est familière depuis des siècles; nous en apprenons les positions dès l'âge le plus tendre. Nos membres, nos articulations, nos muscles y sont entraînés. Les Occidentaux, qui essayent d'imiter ces « attitudes », courent de graves risques surtout s'ils sont d'un certain âge. Je pense — je parle en tant que Tibétain — qu'il faut leur déconseiller le Yoga tant que des exercices n'auront pas été mis au point spécialement pour eux. Là encore, si l'on veut éviter des accidents, il faut un bon professeur d'origine tibétaine qui connaisse à fond l'anatomie. Quant aux exercices respiratoires, ils sont tout aussi dangereux.

Respirer selon une certaine méthode : voilà le secret d'un grand nombre de phénomènes tibétains. Mais, une fois de plus, ce genre d'exercices peut être néfaste, sinon fatal, à moins d'avoir à sa disposition un maître sage et expérimenté. De nombreux voyageurs ont parlé dans leurs récits des « lamas coureurs », capables de contrôler le poids de leur corps (il ne s'agit pas de lévitation) et de courir à toute vitesse pendant des heures et des heures, en effleurant à peine le sol. Un tel exercice suppose un entraînement prolongé, et que le coureur soit dans un état semi-hypnotique. Le soir est le moment le plus favorable car il peut fixer les étoiles; le terrain doit être plat, sans rien qui puisse le tirer de son hypnose. Il court ainsi comme un somnambule. Il « visualise » sa destination, qu'il garde constamment devant son Troisième Œil en récitant inlassablement une *mantra* spéciale. Il peut courir pendant des heures, sans ressentir de fatigue. Cette méthode n'est supérieure au déplacement astral que sur un seul point. Lors de ce dernier, c'est l'esprit qui se déplace; il ne peut donc emporter des objets matériels, comme des affaires personnelles par exemple. L'*arjopa,* lui (le coureur), peut porter un chargement normal mais il est désavantagé à d'autres points de vue.

C'est parce qu'ils savent respirer que les adeptes tibétains sont capables de s'asseoir sur la glace, à cinq ou six mille mètres d'altitude dans le costume d'Adam! Et ils ont si chaud que la glace fond et qu'ils transpirent abondamment.

Avez-vous jamais tenté de soulever quelque chose de lourd, après avoir expulsé l'air de vos poumons? Essayez et vous constaterez que c'est presque impossible. Prenez ensuite une inspiration très profonde et retenez votre souffle : vous arriverez facilement à lever le même objet. Supposons maintenant que vous ayez peur ou que vous soyez en colère. Après avoir gonflé vos poumons au maximum, retenez votre souffle pendant dix secondes. Laissez ensuite l'air s'échapper peu à peu. Si vous répétez cet exercice trois fois au moins, votre cœur battra plus lentement et le calme reviendra. N'importe qui peut essayer sans courir aucun risque. C'est parce que je savais contrôler ma respiration que j'ai pu supporter les tortures des Japonais et d'une façon générale les souffrances endurées dans les camps de prisonniers. Je parle donc à bon escient!

Le moment était venu de me présenter à l'examen qui me donnerait droit au titre de lama. Auparavant, je dus recevoir la bénédiction du Dalaï Lama. Chaque année, l'Inappréciable bénit tous les moines du Tibet, individuellement et non pas globalement comme le fait le Pape de Rome. Dans la majorité des cas, il se sert d'un gland attaché à un bâtonnet pour toucher la tête de ses fidèles. Il pose sa main sur le front de ceux qu'Il veut honorer ou qui sont d'un rang élevé. L'imposition des deux mains est une faveur insigne : il me l'accorda pour la première fois de ma vie, en me disant à voix basse :

— Tu travailles bien, mon garçon : essaie de faire encore mieux à ton examen. Justifie la confiance que nous avons placée en toi.

Trois jours avant mon seizième anniversaire, je me présentai à l'examen en compagnie de quatorze autres candidats. Les boîtes qui nous servaient de « loges » me parurent plus petites, sans doute parce que j'avais grandi. Allongé sur le sol, les pieds contre un mur, je n'avais pas la place d'étendre complètement les bras. Ces boîtes étaient carrées. Les bras tendus, j'arrivais tout juste à toucher le haut du mur d'entrée et celui du fond avait à peu près deux fois ma hauteur. Il n'y avait pas de toit, de sorte que l'air au moins ne nous faisait pas défaut! De nouveau, on nous fouilla et on ne nous laissa que notre bol en bois, notre rosaire et de quoi écrire. Quand les surveillants se furent assurés que nous n'avions rien d'autre sur nous, ils nous conduisirent un par un à nos boîtes dont les portes furent fermées et condamnées par de grandes barres de bois. Cela fait, l'Abbé et le Président du Jury vinrent apposer de gigantesques scellés pour que personne ne pût les ouvrir.

Chaque matin, on nous communiquait les sujets d'examen par un guichet de vingt centimètres environ de côté qui ne pouvait être ouvert que de l'extérieur. Les compositions étaient ramassées au crépuscule. On nous donnait de la tsampa une fois par jour. Pour le thé au beurre, nous pouvions en avoir à volonté. Il nous suffisait de crier : *Pô-cha-kesho*. (Apportez-moi du thé.) Comme il nous était absolument interdit de sortir de nos boîtes, nous n'en faisions pas une consommation exagérée!

Je devais rester dix jours dans ma loge. L'examen commença par des épreuves sur les simples, l'anatomie dont j'avais déjà de solides notions et la théologie. Pendant cinq jours qui me parurent interminables, je n'eus pas une minute de répit. Le sixième jour, l'un des candidats eut une crise nerveuse qui nous impressionna beaucoup. D'une loge voisine de la mienne s'échappèrent des hurlements et des cris perçants. J'entendis des pas précipités, des voix, le fracas de la lourde porte libérée de sa barre. Quelqu'un parla doucement, d'une façon apaisante; des sanglots étouffés succédèrent aux cris. L'examen venait de prendre fin pour un candidat. Pour moi, la deuxième partie allait commencer. On m'apporta les sujets du jour avec une heure de retard. Métaphysique. Yoga. Les neuf branches du Yoga. Et il fallait que je sois «admissible» dans toutes les matières!

L'Occident connaît superficiellement cinq branches du yoga; le Hatha yoga qui enseigne la maîtrise du corps physique, ce que nous appelons le « véhicule »; le Kundalini yoga qui donne le pouvoir psychique, la clairvoyance et autres pouvoirs analogues; le Laya yoga qui apprend à dominer l'esprit et notamment à ne jamais oublier ce qu'on a lu ou entendu, ne serait-ce qu'une fois; le Raja yoga qui prépare l'homme aux concepts transcendentaux et à la sagesse; le Samadhi yoga qui conduit à l'Illumination Suprême et permet à l'homme de comprendre le sens et la réalité de ce qui l'attend au delà de la vie. C'est la pratique du Samadhi yoga qui, au moment de quitter l'existence terrestre, donne la compréhension de la Réalité Supérieure; grâce à elle, il est possible d'abandonner le Cycle de la Naissance, à moins qu'on ait décidé de revenir sur la Terre dans un but précis, comme aider son prochain par exemple. Les autres formes du yoga ne peuvent être traitées dans un livre comme celui-ci, d'autant que ma connaissance de la langue anglaise est trop limitée pour que j'en parle comme elles le mériteraient.

Pendant cinq jours encore, je fus très occupé, comme une poule qui pond dans une « boîte ». Mais même les examens qui durent dix jours ont une fin et quand, le dixième soir, le lama de service ramassa les copies, il fut accueilli avec des sourires de plaisir. On nous donna pour la première fois des légumes avec la tsampa qui avait été notre menu de base depuis au moins dix jours. Cette nuit-là, je m'endormis sans peine. Pas un instant, je ne m'étais fait du souci pour le résultat de l'examen, mais le classement m'inquiétait : j'avais reçu l'ordre d'être parmi les premiers. Le lendemain matin, les scellés furent brisés, on enleva les barres et nous pûmes enfin sortir de nos loges, non sans avoir dû d'abord les nettoyer. Nous eûmes une semaine pour nous reposer de nos fatigues. L'épreuve de judo, qui devait durer deux jours, vint ensuite : toutes les prises y passèrent, et notamment les prises « anesthésiques » qui nous permirent de nous rendre mutuellement insensibles.

Les deux jours suivants furent consacrés à une interrogation orale portant sur les parties faibles de nos compositions. Qu'il me soit permis de souligner que *chaque* candidat fut ainsi interrogé pendant deux jours entiers. Enfin, après une semaine, pendant laquelle nous réagîmes chacun selon notre tempérament, les résultats furent proclamés. A ma grande joie, que je n'hésitai pas à exprimer de la façon la plus bruyante, j'étais de nouveau classé premier. J'étais heureux de ce succès pour deux raisons : d'abord parce qu'il prouvait que le Lama Mingyar Dondup était le meilleur des maîtres et ensuite parce que le Dalaï Lama serait content de nous deux.

Quelques jours plus tard, mon Guide me faisait travailler dans sa chambre, quand la porte s'ouvrit brusquement et un messager haletant, la langue pendante et les yeux hagards, se précipita vers nous. Il tenait à la main le bâton fendu des messagers.

— A l'honorable Lama Médecin Mardi Lobsang Rampa de la part du Très Profond, dit-il sans même reprendre son souffle.

Là-dessus, il retira de sa robe la lettre enveloppée de l'écharpe de soie des salutations.

— J'ai fait toute diligence, Honorable Seigneur, ajouta-t-il.

Puis, soulagé de son fardeau, il tourna les talons et sortit encore plus vite qu'il n'était entré... pour aller boire du *chang !*

Cette lettre devant moi... non, je n'allais pas l'ouvrir. Elle m'était bien adressée mais... que contenait-elle ? L'ordre d'entreprendre d'autres études. De travailler encore plus ?

Elle me paraissait immense et faisait très « officiel ». Tant que je ne l'avais pas ouverte, j'ignorais son contenu et on ne pouvait par conséquent m'accuser de désobéissance. C'est tout au moins ce qui me passa par la tête. Mon Guide, lui, riait de mon embarras; aussi lui passai-je le tout, lettre et écharpe. Il ouvrit l'enveloppe ou plutôt le papier qui recouvrait la lettre. A l'intérieur, il y avait deux feuilles pliées; il les déplia, et commença à les lire, en prenant délibérément son temps pour me taquiner. Enfin, quand mon énervement fut à son comble, il dit :

— Tout va bien, tu peux reprendre ton souffle. Nous devons aller le voir au Potala sans perdre un instant. Ce qui veut dire qu'il faut partir *tout de suite*. Je suis également convoqué.

Il donna un coup de gong; un serviteur se présenta auquel il donna l'ordre de faire immédiatement seller nos deux chevaux blancs. Après avoir rapidement changé de robe et choisi nos deux plus belles écharpes, nous allâmes dire à l'Abbé que le Très Profond nous convoquait au Potala.

— Vous allez à la Cime? demanda-t-il. C'est curieux, hier encore l'Inappréciable était au Norbu Linga. Mais du moment que vous avez la lettre... Il s'agit certainement d'une affaire très officielle.

Des moines palefreniers nous attendaient dans la cour avec nos chevaux. Nous sautâmes en selle et descendîmes le chemin escarpé. Un tout petit bout de route et nous étions déjà au pied du Potala. Vraiment, cela ne valait pas la peine que je me donne tant de mal pour essayer de rester en selle! Le seul avantage des chevaux était qu'ils allaient nous porter jusqu'en haut des escaliers, presque au sommet du Potala. Dès que nous eûmes mis pied à terre, des serviteurs, qui nous attendaient, emmenèrent nos chevaux et on nous conduisit sans plus attendre aux appartements privés du Très Profond. J'entrai seul et lui offris mon écharpe avec les prosternations de rigueur.

— Assieds-toi, Lobsang, dit-il. Je suis très content de toi et aussi de Mingyar à qui tu dois en partie tes succès. J'ai lu moi-même tous tes devoirs.

En l'écoutant, je sentis un frisson de crainte me parcourir l'épine dorsale. Mon sens de l'humour est parfois déplacé;

c'est une de mes nombreuses faiblesses, on me l'a souvent dit. Or, il s'était manifesté au cours de l'examen car certaines questions l'avaient tout simplement provoqué! Le Dalaï Lama dut lire mes pensées car il se mit à rire.

— Oui, dit-il, ton sens de l'humour se manifeste inopportunément mais...

Il fit une longue pause pendant laquelle je me préparai au pire.

— ... toutes tes réponses m'ont fort amusé.

Je passai deux heures avec lui; au début de la deuxième heure, il fit appeler mon Guide à qui il donna ses instructions sur les études qu'il convenait de me faire suivre. Je devais subir l'Épreuve de la Petite Mort, visiter différentes lamaseries et étudier l'anatomie avec les Briseurs de Corps. Ces derniers sont d'une caste inférieure et leur travail est si particulier que le Dalaï Lama me donna une autorisation spéciale qui me permettrait de travailler avec eux tout en conservant mon statut de lama. Il demandait aux Briseurs de Corps d' « apporter au Lama Mardi Lobsang Rampa aide et assistance; de lui dévoiler les secrets des corps pour qu'il puisse connaître les causes physiques des décès; et de mettre à sa disposition tout cadavre dont il aura besoin pour ses études ». Un point, c'est tout!

Avant de parler de la façon dont nous nous débarrassons de nos cadavres, il serait peut-être judicieux de donner quelques détails supplémentaires sur la conception tibétaine de la mort. Notre attitude vis-à-vis d'elle est tout à fait différente de celle des Occidentaux. Pour nous, le corps n'est qu'une « coquille », l'enveloppe matérielle de l'esprit immortel. Un cadavre a moins de valeur qu'un vieux vêtement usé. Dans le cas d'une mort naturelle, c'est-à-dire qui ne survient pas lors d'un accident, voici ce qui se passe selon nous : le corps fatigué, défaillant, est devenu si inconfortable pour l'esprit que celui-ci n'est plus en mesure de faire des progrès. Le moment est donc venu de jeter la coquille. Graduellement, l'esprit se retire de son enveloppe et « s'extériorise » en dehors du corps charnel. La forme que prend alors cet esprit est identique à celle du corps, et elle est visible pour tous les clairvoyants. Quand survient la mort, la corde qui reliait l'esprit au corps (la Corde d'Argent de la Bible) s'effiloche, puis se rompt : l'esprit flotte et s'en va. C'est la mort, mais aussi une naissance dans une autre vie, car cette corde est comme le cordon ombilical qui est coupé pour que le nouveau-né puisse commencer sa vie personnelle. A ce moment-là aussi la Lumière de Force vitale disparaît de la tête. Cette lueur, qui est également visible pour ceux qui ont le don de double vue, est désignée dans la Bible sous le nom de « Calice d'Or ». N'étant pas chrétien, je connais mal la Bible, mais je crois qu'elle contient un passage disant : « Afin que la Corde d'Argent ne soit pas coupée et que le Calice d'Or ne soit pas brisé... »

Nous disons qu'il faut trois jours pour que le corps meure, que l'activité physique cesse entièrement, et que l'esprit (l'âme ou encore le moi) se libère complètement de son enveloppe charnelle. Nous croyons qu'un double se forme dans l'éther pendant la vie du corps. Ce double peut devenir un fantôme. Il est probablement arrivé à tout le monde de regarder une lumière puissante et de constater, après avoir tourné la tête, qu'elle était encore visible. Nous considérons que la vie est électrique, que c'est un champ de forces; le double qui survit à la mort dans l'éther est ainsi comparable à cette lumière. En termes d'électricité, c'est un champ magnétique résiduel. Quand le corps a de *fortes* raisons de se cramponner à la vie, il se forme un *fort* champ « éthérique » qui donne naissance à un fantôme, lequel hante les lieux familiers. Un avare peut être si attaché à ses sacs d'écus qu'il n'a qu'eux en tête. Au moment de mourir, il est probable que sa dernière pensée sera pour eux : dans quelles mains vont-ils tomber? Ainsi, dans ses derniers moments, il fortifie son double, ce qui explique que l'heureux héritier puisse se sentir mal à l'aise aux petites heures de la nuit. Il aura l'impression que « le vieil Untel revient chercher son argent ». Et il aura raison, car le fantôme du vieil Untel est sans doute furieux que ses mains (d'esprit) ne lui permettent pas de reprendre ses écus !

Il existe trois corps fondamentaux : le corps de chair dans lequel l'esprit peut apprendre les dures leçons de la vie; le corps de l'éther ou corps « magnétique » formé par nos désirs, nos appétits, et d'une façon générale nos passions; le troisième corps est le corps spirituel, l' « Ame Immortelle ». Tel est l'essentiel de la foi lamaïste qui ne correspond pas nécessairement à l'orthodoxie bouddhiste. L'homme qui meurt passe obligatoirement par trois stades : son corps physique doit être détruit, son corps magnétique doit être dissous et son esprit doit être guidé sur la route menant au Monde de l'Esprit. Les Égyptiens de l'Antiquité croyaient eux aussi aux doubles, aux Guides des Morts, et au Monde de l'Esprit. Au Tibet, nous assistons les gens avant leur mort. L'adepte n'a besoin de personne mais il faut guider le commun des mortels — homme, femme ou *trappa* — tout au long du chemin. Le lecteur aimera peut-être connaître notre façon de procéder.

Un jour, l'honorable Maître de la Mort me fit appeler.

— Il est temps que tu étudies les méthodes pratiques de la Libération de l'Ame, me dit-il. Viens avec moi.

Après avoir suivi des corridors interminables, descendu des escaliers glissants, nous arrivâmes dans les locaux des *trappas*. Là, dans une « chambre d'hôpital », un vieux moine approchait de la route que nous devons tous prendre, un jour ou l'autre. Une attaque l'avait laissé très affaibli. Ses forces le quittaient et je remarquai que les couleurs de son aura pâlissaient. A tout prix, il fallait qu'il reste conscient jusqu'au moment où il n'y aurait plus assez de vie en lui pour le maintenir dans cet état. Le lama qui m'accompagnait prit ses mains entre les siennes avec douceur.

— Tu approches de la libération des tourments de la chair, vieillard, dit-il. Sois attentif à mes paroles, afin de prendre le chemin facile. Le froid gagne tes pieds. Ta vie se rapproche de plus en plus de l'évasion finale. Que ton esprit reste en paix, vieillard, car tu n'as rien à craindre. La vie quitte tes jambes et ton regard se brouille. Le froid monte dans ton corps, dans le sillage de la vie qui s'évanouit. Que ton esprit reste en paix, vieillard, car ton évasion de la vie pour gagner la Réalité Supérieure n'a rien qui puisse effrayer. Les ombres de la nuit éternelle rampent devant tes yeux et ton souffle est étouffé dans ta gorge. Le moment approche où ton esprit sera libre de goûter les félicités de l'Autre Monde. Sois en paix, vieillard. Le moment de ta libération approche.

Sans cesser de parler, le lama caressait la nuque du moribond, des épaules au sommet du crâne, selon une méthode éprouvée pour libérer l'esprit sans douleur. Tous les pièges du chemin furent indiqués au vieillard ainsi que la façon de les éviter. Sa route était tracée avec précision, cette route repérée par les lamas télépathes qui étaient passés de « l'autre côté », et qui, grâce à la télépathie, continuaient à nous parler même de l'autre monde.

— Tu ne vois plus, vieillard, et ton souffle s'arrête. Le froid gagne ton corps et les bruits de ce monde ne parviennent plus à tes oreilles. Sois en paix, vieillard, car la mort est maintenant sur toi. Suis la route que nous t'indiquons, la paix et la joie sont au bout.

Il continua de caresser sa nuque et ses épaules. L'aura du vieillard devenait de plus en plus faible. Finalement, elle disparut. Alors, selon un rituel millénaire, le lama émit un son bref et explosif pour que l'esprit qui se débattait puisse se libérer complètement. Au-dessus du corps immobile. la force vitale se concentra en une masse qui ressembla d'abord à un nuage de fumée agité de mille tourbillons, avant de prendre exactement la même forme que le corps auquel elle restait reliée par la Corde d'Argent. La corde devint de plus en plus mince; enfin, tel un bébé qui fait son entrée dans la vie quand le cordon ombilical est coupé, le vieillard naquit dans l'autre monde. La corde qui était devenue de la minceur d'un ruban se cassa, et la forme disparut lentement, comme un nuage glissant dans le ciel, ou des fumées d'encens s'élevant dans le temple. Le lama continua d'instruire le vieillard par télépathie et de guider son esprit au cours de cette première étape de son voyage.

— Tu es mort. Il n'y a plus rien pour toi ici. Les liens de la chair sont coupés. Tu es dans le *Bardo* (1). Va ton chemin, nous irons de notre côté. Suis la route indiquée. Abandonne ce monde de l'Illusion et entre dans la Réalité Supérieure. Tu es mort. Poursuis ta marche en avant.

Les nuages d'encens s'élevaient en volutes; leurs douces ondulations apportaient un peu de calme dans l'atmosphère tourmentée. Nous entendions au loin les roulements étouffés des tambours. Très haut, sur le toit de la lamaserie, une trompette au son grave lança son message sonore à travers le pays. Par les corridors, nous parvenaient toutes les rumeurs de la vie quotidienne, le « sussh sussh » des bottes de feutre et aussi le grognement d'un yak. Mais la petite pièce où nous nous trouvions était plongée dans le silence. Le silence de la mort. Seules les instructions télépathiques du lama troublaient le calme de la chambre comme le vent la surface d'un étang. La mort : un vieillard de plus suivait le Cycle sans fin de l'Existence, ayant peut-être tiré profit des leçons de cette vie, mais destiné à poursuivre son chemin jusqu'à ce qu'il atteigne l'État du Bouddha au prix d'interminables efforts.

Nous installâmes le corps dans la position du Lotus et nous envoyâmes chercher ceux qui préparent les cadavres, ainsi que d'autres lamas qui poursuivraient l'instruction télépathique de l'esprit du trépassé. Tout cela dura trois jours, trois jours pendant lesquels des équipes de lamas se relayèrent pour le veiller.

Un Ragyab arriva le matin du quatrième jour. Il venait de la colonie des Ordonnateurs des Morts qui se trouve à l'embranchement des routes de Lingkhor et de Dechhen Dzong. A son arrivée, les lamas cessèrent d'instruire le mort et il put disposer du corps, qu'il enveloppa d'un linceul blanc après l'avoir « plié en deux ». Sans effort, il balança le ballot sur ses épaules et sortit. Un yak l'attendait dehors. Sans hésiter, il attacha son blanc fardeau sur le dos de la bête et ils partirent

(1) *Bardo:* état intermédiaire entre la mort et la renaissance. Cf. le Bardo Thôdol. (N.d.t.).

vers le Lieu des Morts où les Briseurs de Corps attendaient l'arrivée du Porteur de Cadavre. Ce « lieu » n'était qu'un bout de terrain désert entouré de rochers immenses, où était installée une dalle de pierre large et plate, assez grande pour qu'on pût y allonger le corps d'un géant. Des pieux étaient enfoncés dans des trous creusés aux quatre coins. Une autre dalle était criblée de cavités dont la profondeur atteignait la moitié de son épaisseur.

Une fois le corps placé sur la première dalle et débarrassé de son linceul, ses pieds et ses mains étaient attachés aux quatre pieux, et le Chef des Briseurs l'ouvrait avec son grand couteau. Il pratiquait de larges entailles pour que la peau puisse être enlevée en lanières. Les jambes et les bras étaient ensuite détachés du corps et dépecés. Enfin, la tête était séparée du tronc et ouverte.

Dès qu'ils avaient aperçu le Porteur de Cadavre, les vautours avaient piqué vers le sol et s'étaient perchés sur des rochers, où ils attendaient patiemment comme des spectateurs d'un théâtre de plein air. Ils observaient entre eux un ordre très strict de préséance et il suffisait qu'un présomptueux essaie de s'approcher du cadavre avant ses chefs pour que se déclenche une bagarre sans merci.

Le temps que les vautours s'installent, et le Briseur avait ouvert le tronc du cadavre. Plongeant les mains à l'intérieur, il retirait le cœur et le tendait au chef des rapaces, lequel se posait lourdement sur le sol et avançait en se dandinant pour le prendre. Le suivant se présentait ensuite pour recevoir le foie qu'il allait manger à l'abri d'un rocher. Les reins, les intestins, tout était partagé entre les « chefs ». Les lanières de chair étaient découpées et distribuées à la troupe; il arrivait que l'un d'entre eux revînt chercher la moitié du cerveau ou un œil, tandis qu'un autre se posait en battant des ailes pour reprendre d'un morceau succulent. En un temps record, tous les organes et la chair étaient dévorés et il ne restait plus que les os sur la dalle. Les briseurs, après les avoir coupés en petits bouts — comme des margotins — les enfonçaient dans les trous creusés dans la deuxième dalle, et les réduisaient à l'aide de lourds marteaux en une fine poudre dont les oiseaux faisaient leurs délices!

Ces Briseurs de Corps étaient des travailleurs hautement spécialisés. Ils étaient fiers de leur métier et c'est pour leur satisfaction personnelle qu'ils examinaient tous les organes afin de déterminer la cause du décès. Une longue expérience leur permettait des diagnostics rapides. Rien ne les obligeait, bien entendu, à s'intéresser à ces questions, si ce n'est qu'il était de tradition chez eux de trouver la maladie qui avait eu pour effet de « séparer l'esprit de son véhicule ». Si quelqu'un avait été empoisonné — crime ou accident — le fait était rapidement établi. Il est certain que leur habileté me fut d'un très grand secours pendant que j'étudiai avec eux. Très vite, je devins fort habile dans l'art de disséquer les cadavres. Leur Chef se tenait à mes côtés et m'indiquait les points intéressants.

— Cet homme, Honorable Lama, est mort d'un arrêt du cœur, disait-il. Regardez, nous allons sectionner cette artère.... Là... Voyez-vous ce caillot qui bloquait le sang?

Ou bien :

— Il y a quelque chose d'anormal chez cette femme, Honorable Lama. Une glande qui fonctionnait mal sans doute. Nous allons la détacher pour nous en assurer.

Puis, après une pause employée à découper une bonne masse de chair, il disait :

— Voici la glande, ouvrons-la. Oui, le centre est dur.

Et ainsi de suite. Ces hommes étaient fiers de me faire voir tout ce qu'il leur était possible de me montrer, car ils savaient que j'étudiais avec eux sur l'ordre exprès du Très Profond. Si, en mon absence, il arrivait un cadavre qui paraissait particulièrement intéressant, ils le mettaient de côté pour moi. Il me fut ainsi possible d'examiner des centaines de corps, ce qui me permit plus tard d'être un excellent chirurgien! Cette formation était infiniment supérieure à celle que reçoivent les étudiants en médecine qui doivent se partager les cadavres dans les salles de dissection des hôpitaux. Je suis convaincu qu'en ce qui concerne l'anatomie, j'ai plus appris avec les

Briseurs que dans l'école de médecine admirablement équipée que je fréquentai par la suite.

Au Tibet, les morts ne peuvent être enterrés. Le sol rocheux et la minceur de la couche de terre rendraient l'ensevelissement trop difficile. La crémation n'est pas possible pour des raisons économiques : le bois est rare et pour brûler un cadavre il faudrait en importer des Indes et le transporter au Tibet à dos de yaks par les chemins de montagne. Le prix de revient serait fantastique. On ne pouvait pas non plus se débarrasser des cadavres en les jetant dans les rivières car les morts eussent pollué l'eau des vivants. Il ne restait plus que la méthode décrite plus haut qui consiste à offrir aux rapaces la chair et les os des défunts. Ce genre de funérailles ne diffère de celui en usage en Occident que sur deux points : les Occidentaux enterrent leurs morts en laissant les vers tenir le rôle de nos vautours. La deuxième différence est que chez eux, en ensevelissant le cadavre, ils ensevelissent en même temps toutes les possibilités d'établir la véritable cause de la mort, de sorte que personne ne peut savoir si celle qui est indiquée sur le certificat de décès correspond à la réalité. Nos Briseurs de Corps, eux, s'assurent que la véritable cause du décès ne leur échappe pas!

Ces funérailles sont les mêmes pour tous les Tibétains, à l'exception des Grands Lamas, qui sont des Incarnations. Ceux-ci sont soit embaumés et placés dans des cercueils de verre pour être exposés dans les temples, soit embaumés et recouverts d'or. Cette dernière opération est très intéressante et j'y ai pris part maintes fois. Certains Américains qui ont lu mes notes sur ce sujet n'arrivent pas à croire qu'elle soit possible.

— Nous-mêmes n'y arriverions pas, disent-ils, malgré notre technique supérieure.

Il est de fait que nous ne produisions rien en série, et que nous n'étions que des artisans. Nous étions incapables de fabriquer une monture à un dollar pièce. Mais nous étions *capables* d'utiliser l'or pour recouvrir les corps.

Un soir, je fus convoqué par l'Abbé.

— Une Incarnation doit bientôt quitter son corps, me dit-il.

Elle est à la Barrière de la Rose Sauvage. Je veux que tu ailles voir comment se fait l'Embaumement Sacré.

Ainsi, une fois de plus, je fus obligé d'affronter les tourments d'un voyage à cheval jusqu'à Séra. Arrivé à la lamaserie, on me conduisit dans la chambre d'un vieil abbé. Les couleurs de son aura allaient s'éteindre; une heure après, il était passé du monde matériel à celui de l'Esprit. Étant un abbé et un homme de science, il ne fut pas nécessaire de l'aider à traverser le *Bardo*, ni d'attendre trois jours, comme il est d'usage. Le corps resta seulement pendant une nuit dans la position du Lotus, tandis que les lamas assuraient la veillée funèbre.

Le lendemain, à la première lueur du jour, une procession solennelle traversa le bâtiment principal de la lamaserie, entra dans le temple et descendit dans des passages secrets par une porte rarement utilisée. Devant moi, deux lamas transportaient le cadavre sur une civière. Il était toujours dans la position du Lotus. Derrière moi, les moines chantaient de leurs voix de basses; pendant les silences, j'entendais le son perlé d'une cloche d'argent. Nous portions des étoles jaunes sur nos robes rouges. Nos ombres vacillaient et dansaient sur les murs, exagérées et déformées par la lumière des lampes à beurre et la flamme des torches. La descente fut longue. Enfin, à une vingtaine de mètres environ au-dessous du temple, nous arrivâmes devant une porte de pierre qui était scellée. Le sceau fut brisé et nous entrâmes dans une pièce glaciale. Les moines déposèrent le cadavre sur le sol avec mille précautions et s'en allèrent, me laissant seul avec trois lamas. Des centaines de lampes à beurre furent allumées qui fournissaient une mauvaise lumière jaunâtre. Le mort fut dépouillé de ses vêtements et lavé avec soin. Par les orifices normaux du corps, nous retirâmes les organes internes qui furent placés dans des jarres que nous scellâmes. L'intérieur du corps fut ensuite nettoyé à fond, séché et rempli d'une laque spéciale. Cette laque allait former une croûte solide grâce à laquelle le corps garderait l'aspect qu'il avait pendant la vie. Quand elle se fut durcie en séchant, l'intérieur fut rembourré avec de la soie, toujours en veillant à ne pas altérer les formes naturelles. Pour saturer le rembourrage et le durcir, et ainsi « solidifier » l'intérieur, nous versâmes encore de la laque. L'extérieur fut ensuite recouvert de cette même laque qu'on laissa sécher. Puis, avant de coller nos bandelettes de soie extra-fine, nous appliquâmes sur toute la surface durcie une lotion spéciale qui permettrait plus tard de les enlever sans dommages. Le rembourrage fut enfin jugé suffisant. Encore un peu de laque (mais d'une autre sorte cette fois) et le corps était prêt pour la deuxième phase de l'opération. Pendant un jour et une nuit, il fut laissé sur place afin de sécher complètement. Quand nous revînmes dans la pièce il était dur et rigide. Nous le transportâmes solennellement dans une autre pièce située au-dessous de la première, et qui était en fait un four construit de façon à ce que les flammes et la chaleur puissent circuler autour de ses murs, en le gardant ainsi constamment à une température élevée.

Le sol était recouvert d'une poudre particulière qui formait une couche épaisse. Le corps fut placé au milieu. Au-dessous, des moines se préparaient à allumer les feux. Nous bourrâmes le four d'un mélange de sel (un sel préparé spécialement dans une province du Tibet), d'herbes et de minéraux. Quand la pièce fut remplie du sol au plafond, nous sortîmes dans le corridor et la porte fut fermée et scellée du sceau de la lamaserie. Les moines reçurent l'ordre d'allumer les feux. Bientôt, on entendit le bois craquer et, quand les flammes s'élevèrent, le beurre qui grésillait. Les chaudières en effet brûlaient des bouses de yak et du beurre de rebut. Pendant une semaine entière, le feu fit rage, et des nuages d'air chaud s'engouffrèrent dans les murs creux de la Chambre d'Embaumement. A la fin du septième jour, les chaudières ne furent plus alimentées. Peu à peu, les feux s'éteignirent. La baisse de température fit gémir les vieux murs de pierre. Quand le corridor se fut suffisamment refroidi pour qu'on puisse y entrer, il fallut attendre encore trois jours avant que la température de la pièce redevienne normale. Onze jours après la pose des scellés, le Grand Sceau fut brisé et la porte ouverte. Des moines se relayèrent pour gratter à la main la poudre qui s'était solidifiée. Ils ne se servaient pas d'outils de crainte d'abîmer le corps.

Pendant deux jours, ils écrasèrent entre leurs mains les morceaux de sel friable. Enfin, la pièce fut vidée, et il n'y resta plus que le corps assis au centre, dans la position du Lotus. Nous le soulevâmes avec précaution et il fut transporté dans la première pièce où il fut plus facile de l'examiner à la lueur des lampes à beurre.

Les bandelettes de soie furent enlevées une à une jusqu'à ce que le corps fût nu. L'embaumement était parfaitement réussi. Si ce n'est pour la couleur — beaucoup plus sombre — le corps était celui d'un homme qui peut s'éveiller d'une minute à l'autre. Il était tel qu'il était dans la vie. Une fois de plus, il fut recouvert de laque et les orfèvres se mirent au travail. Quelle technique ! Quels artisans que ces hommes capables d'appliquer un revêtement d'or sur une chair morte ! Ils travaillaient lentement, appliquant couche après couche de l'or le plus souple et le plus fin. Partout ailleurs, cet or eût valu une fortune. Pour nous, il n'avait d'importance qu'en tant que métal sacré, le métal dont l'incorruptibilité symbolise si bien la destination spirituelle de l'homme. Les moines-orfèvres travaillaient avec un goût exquis, en soignant les moindres détails ; leur tâche terminée, ils nous laissèrent une forme humaine dorée, reproduisant exactement la vie, où il ne manquait ni un trait ni une ride, et qui témoignait de leur grande habileté.

Le corps alourdi par tout cet or fut transporté dans la Salle des Incarnations et installé sur un trône doré comme celles qui l'avaient précédé. Certaines dataient du début de notre histoire. Elles étaient assises par rangées comme de graves juges observant, à travers leurs paupières à demi closes, les fautes et les faiblesses des temps présents. Nous ne parlions qu'à voix basse, nous marchions sur la pointe des pieds, comme pour ne pas déranger ces morts-vivants. Je me sentis violemment attiré par l'un d'entre eux qui exerçait sur moi une étrange fascination. J'avais l'impression qu'il me regardait, en souriant comme s'il savait *tout*. Quelqu'un toucha légèrement mon bras et je faillis m'évanouir de terreur. C'était mon Guide.

— C'est *toi*, Lobsang, dit-il, lors de ta dernière Incarnation. Nous savions bien que tu te reconnaîtrais !

Il me conduisit devant l'Incarnation assise à côté de la mienne.

— Et me voici, dit-il.

Aussi ému l'un que l'autre, nous nous glissâmes hors de la salle dont la porte fut scellée.

Par la suite, j'eus souvent l'occasion de revenir étudier les corps revêtus d'or. Parfois, j'allai méditer dans la solitude auprès d'eux. Chacun avait son histoire écrite dont je pris connaissance avec un intérêt très vif. C'est là que je lus celle de mon Guide, le Lama Mingyar Dondup, et que me furent révélés ses actions passées, son caractère et ses dons, que j'appris les dignités et les honneurs qu'il avait reçus et comment il était mort.

Là se trouvait également *mon* histoire que j'étudiai avec l'attention que l'on devine. Il y avait quatre-vingt-dix-huit formes dorées assises dans cette salle secrète, creusée à même le rocher et dont la porte était bien cachée. J'avais devant moi l'Histoire du Tibet. Du moins, je le croyais, car je ne savais pas alors que les *tout* premiers temps de notre histoire me seraient montrés plus tard.

17

LA DERNIÈRE INITIATION

Après avoir assisté dans diverses lamaseries à une demi-douzaine d'embaumements, je fus convoqué un jour par l'Abbé de Chakpori.

— Mon ami, me dit-il, tu vas recevoir l'initiation des Abbés sur l'ordre direct du Très Profond. Selon ton désir, tu pourras continuer — comme Mingyar Dondup — à porter seulement le titre de « lama ». Je ne fais que te transmettre le message de l'Inappréciable.

Ainsi, en tant qu'Incarnation Reconnue, je retrouvai le statut que j'avais en quittant la terre, quelque six siècles auparavant. La Roue de la Vie avait accompli un tour complet.

Peu après, un vieux lama vint me voir dans ma chambre et m'annonça que je devais passer par la Cérémonie de la Petite Mort.

— Car, mon fils, me dit-il, tant que tu n'auras pas franchi la Porte de la Mort et que tu n'en seras pas revenu, tu ne sauras pas vraiment qu'il *n'y a pas* de mort. Tes études astrales t'ont mené loin. Cette cérémonie te fera aller plus loin encore; tu iras bien au delà des royaumes de la vie et de la mort et tu remonteras dans le passé de notre pays.

L'entraînement préparatoire fut long et pénible. Pendant trois mois, on me fit suivre un régime très strict. D'horribles plats d'herbes furent malheureusement ajoutés à mon menu quotidien. On m'adjura de concentrer mon esprit sur « ce qui seul est pur et saint ». Comme si on avait beaucoup de choix dans une lamaserie! La tsampa et le thé eux-mêmes furent rationnés. Bref, une austérité sans défaillance, une discipline sévère et de longues, très longues heures de méditation.

Enfin, après trois mois, les astrologues déclarèrent que le moment était arrivé, que les présages étaient favorables. Pendant vingt-quatre heures, je jeûnai jusqu'à ce que je me sente aussi creux qu'un tambour du temple. Après quoi, on me mena aux escaliers secrets qui se trouvent au-dessous du Potala. Nous descendîmes longtemps; mes compagnons avaient des torches, je n'en avais pas. Nous passâmes par les corridors que je connaissais déjà. Finalement, nous atteignîmes le bout d'un passage fermé par un rocher. Mais un large bloc pivota devant nous et nous nous trouvâmes dans un autre passage étroit et obscur, où régnait une odeur de renfermé, d'épices et d'encens. Quelques mètres plus loin, nous étions arrêtés par une lourde porte dorée; elle finit par s'ouvrir avec lenteur non sans des grincements de protestation dont l'écho se perdit dans le lointain. Les torches furent remplacées par des lampes à beurre. Nous avancions dans un temple souterrain creusé, des siècles auparavant, dans la masse rocheuse par des bouleversements volcaniques. Autrefois, des coulées de lave avaient emprunté ces corridors et ces couloirs, pour arriver dans la gueule vomissante d'un volcan. « Ce sont maintenant de pitoyables humains qui suivent ce chemin, pensai-je, et ils se prennent pour des dieux. Mais pour l'heure, il convient de concentrer mes pensées sur la cérémonie, d'autant que nous voici arrivés au Temple de la Secrète Sagesse. »

Trois Abbés me montrèrent le chemin; le reste de l'escorte s'était dissous dans les ténèbres, comme les souvenirs d'un rêve. Je restai seul avec trois sages, desséchés par les ans, qui attendaient avec sérénité le moment d'être rappelés dans les Champs Célestes, trois vieillards, les plus grands métaphysiciens du monde peut-être, qui allaient me faire passer la dernière épreuve de mon initiation. Chacun portait dans la main droite une lampe à beurre et dans la main gauche un épais bâtonnet d'encens fumant. Il faisait très froid, un froid étrange qui n'était pas de la terre. Le silence était profond et les rares sons étouffés qui nous parvenaient le rendaient encore plus impressionnant. Nos bottes de feutre ne faisaient pas de bruit; nous aurions pu être des ombres. J'entendais le léger bruissement des robes de velours safran des abbés. A ma grande horreur, je me sentis parcouru de fourmillements et de décharges. Mes mains brillèrent comme si une nouvelle aura les illuminait. Je vis qu'il en allait de même pour les abbés. L'air sec et le froissement de nos robes avaient produit une charge électrique statique. Un de mes compagnons me passa alors un bâtonnet d'or en me disant à voix basse :

— Prends ce bâtonnet dans ta main gauche et appuie-le contre le mur en marchant. Les sensations pénibles disparaîtront.

J'obéis. Après la première décharge d'électricité qui faillit me faire sauter hors de mes bottes, tout alla bien.

L'une après l'autre des lampes à beurre étaient allumées par des mains invisibles. Quand j'y vis plus clair, j'aperçus, éclairées par leur lumière vacillante, des statues gigantesques recouvertes d'or, dont certaines étaient à moitié ensevelies sous un amas de pierres précieuses. Un Bouddha sortit de l'ombre; il était si grand que la lumière ne dépassait pas sa ceinture. D'autres formes étaient à peine visibles : statues de démons, ou représentations des passions et des épreuves que l'Homme doit surmonter avant de réaliser son Être.

Nous approchions d'un mur sur lequel était peinte une Roue de la Vie de cinq mètres; sous la lumière tremblotante, elle avait l'air de tourner sur elle-même, au point de nous donner le vertige. Nous continuâmes à avancer; j'étais sûr de me heurter bientôt au rocher. Mais l'Abbé qui me précédait disparut : ce que j'avais pris pour une ombre était en fait une porte très bien dissimulée.

Cette porte donnait accès à un passage qui n'en finissait pas de descendre, un passage étroit, fortement incliné, sinueux, où la faible lueur des lampes ne faisait que rendre l'obscurité plus profonde. Nous allions d'un pas hésitant, nous trébuchions, nous glissions. L'air était lourd et oppressant comme si tout le poids de la Terre pesait sur nos épaules. J'avais l'impression de pénétrer dans le cœur du monde. Finalement, après un détour du couloir, une caverne s'ouvrit devant nos yeux, une caverne toute miroitante d'or; il y en avait des filons entiers intercalés avec des couches rocheuses. Haut, très haut, au-dessus de nos têtes, ils étincelaient comme des étoiles dans le ciel par une nuit sombre, quand ils réfléchissaient la faible lumière de nos lampes.

Au centre de la caverne se trouvait une maison noire si brillante qu'elle me parut construite en ébène. D'étranges symboles et des diagrammes pareils à ceux que j'avais vus sur les parois du lac souterrain recouvraient ses murs. Nous entrâmes dans la maison par une porte haute et large. A l'intérieur, je vis trois cercueils en pierre noire décorés de gravures et d'inscriptions curieuses. Ils n'étaient pas fermés. En jetant un coup d'œil à l'intérieur, j'eus le souffle coupé et je me sentis tout à coup très faible.

— Regarde, mon fils, me dit le Doyen des Abbés. Ils vivaient comme des dieux dans notre pays à l'époque où il n'y avait pas encore de montagnes. Ils arpentaient notre sol quand les mers baignaient nos rivages et quand d'autres étoiles brillaient dans nos cieux. Regarde bien, car seuls les Initiés les ont vus.

J'obéis; j'étais à la fois fasciné et terrifié. Trois corps nus, recouverts d'or, étaient allongés sous mes yeux. Deux hommes et une femme. Chacun de leurs traits était fidèlement reproduit par l'or. Mais ils étaient immenses! La femme mesurait plus de trois mètres et le plus grand des hommes pas moins de cinq. Ils avaient de grandes têtes, légèrement coniques au sommet, une mâchoire étroite, une bouche petite et des lèvres minces. Le nez était long et fin, les yeux droits et profondément enfoncés. Ils ne pouvaient être morts, ils avaient l'air de dormir. Nous marchions sur la pointe des pieds et nous parlions à voix basse comme si nous avions craint de les réveiller. J'examinai le couvercle d'un des cercueils; une carte des cieux avec des étoiles très étranges y était gravée. Mes études astrologiques m'avaient familiarisé avec la position des astres, mais ce que j'avais sous les yeux était vraiment très différent.

Le Doyen des Abbés se tourna vers moi et me dit :

— Tu vas devenir un Initié. Tu verras le Passé et tu connaîtras le Futur. L'épreuve sera très dure. Beaucoup n'y survivent pas et beaucoup échouent mais personne ne quitte cet endroit vivant à moins de l'avoir passée. Es-tu préparé et consens-tu à la subir ?

Je répondis que j'étais prêt et ils me conduisirent à une dalle de pierre placée entre deux cercueils. Suivant leurs instructions, je m'y assis dans la position du Lotus, les jambes pliées, la paume des mains tournée vers le haut.

Un bâton d'encens allumé fut placé sur chacun des cercueils et sur la dalle où j'avais pris place. L'un après l'autre, les abbés disparurent après s'être munis d'une lampe à beurre. Ils fermèrent la lourde porte : j'étais seul avec les corps de ces êtres d'un autre âge. Le temps passa. Je méditais. La lampe que j'avais apportée coula et s'éteignit. Pendant quelques instants, je pus voir le bout rougeoyant de la mèche, et je sentis une odeur de tissu brûlé et puis même cela disparut et il n'y eut plus rien.

Je m'allongeai sur la dalle et je commençai à pratiquer la respiration spéciale qu'on m'avait enseignée pendant des années. Le silence et les ténèbres m'oppressaient. C'était vraiment le silence du tombeau.

Tout à coup mon corps se raidit, devint « cataleptique ». Mes membres engourdis furent gagnés par un froid glacial. J'avais la sensation d'être en train de mourir, de mourir dans cette vieille tombe, à plus de cent mètres au-dessous de la lumière du soleil. Une violente secousse se produisit à l'intérieur de mon corps et me laissa pantelant... et aussi des bruissements et des craquements étranges comme ceux que fait un morceau de cuir racorni qu'on déroule.

Peu à peu une lumière bleu pâle éclaira la tombe comme un clair de lune qui se lève sur un col de haute montagne. Un balancement, une montée, une chute : je crus un instant que je dansais de nouveau au bout de la corde d'un cerf-volant.

La vérité se fit jour dans mon esprit : j'étais en train de planer au-dessus de mon corps de chair. Il n'y avait pas de vent et pourtant j'étais entraîné comme une bouffée de fumée. Au-dessus de ma tête, j'aperçus une radiation lumineuse qui ressemblait à un calice doré. Du milieu de mon corps partait une corde d'un bleu argenté, que la vie faisait palpiter et dont l'éclat attestait la vitalité.

J'observai mon corps inerte, cadavre entre des cadavres. Peu à peu, je distinguai de petites différences entre lui et celui des géants. C'était passionnant. Je pensai aux prétentions ridicules de l'humanité actuelle : comment les matérialistes pourraient-ils expliquer la présence de ces cadavres gigantesques ? Je réfléchissais... quand tout à coup je devins conscient de *quelque chose* qui dérangeait le cours de mes pensées. Comme si je n'étais plus seul. Des bribes de conversation me parvinrent, des fragments de pensées inexprimées. Des images dispersées traversèrent le champ de ma vision mentale. J'eus l'impression qu'au loin sonnait une grande cloche au timbre grave. Rapidement le son se rapprocha jusqu'à ce qu'il semble exploser dans ma tête : des gouttelettes de lumière colorée et des éclairs de couleurs inconnues défilèrent devant mes yeux. Mon corps astral était ballotté et filait comme une feuille emportée par la tempête. Un tourbillon de pointes de feu déchira douloureusement ma conscience. Je me sentais seul, abandonné, une épave au milieu d'un univers chancelant. Un brouillard noir descendit sur moi et il m'apporta un calme qui n'était pas de ce monde.

Les ténèbres profondes qui m'enveloppaient se dissipèrent lentement. J'entendis le mugissement de la mer et le bruit sifflant que font les galets roulés par les vagues. Je respirais l'air chargé de sel et je sentais la forte odeur du varech. Le paysage m'était familier : j'étais nonchalamment allongé sur le sable chauffé par le soleil, et je regardais les palmiers. Mais une partie de moi-même protesta : je n'avais jamais vu la mer, j'ignorais même l'existence des palmiers ! Un brouhaha de voix et de rires sortait d'un bocage. Les voix se rapprochèrent et un joyeux groupe de gens bronzés par le soleil apparut. Des géants! Tous! Je me regardai: moi aussi, j'étais un « géant » (1). Les impressions se succédèrent dans mon « cerveau astral » : autrefois, des milliers et des milliers d'années auparavant, la terre était plus près du soleil mais sa rotation se faisait dans le sens opposé. Les jours étaient plus courts et plus chauds. Des civilisations grandioses s'édifièrent et les hommes étaient plus savants qu'à notre époque. De l'espace extérieur surgit une planète errante qui frappa obliquement la terre. Celle-ci, roulant en arrière, en dehors de son orbite, se mit à tourner dans l'autre sens. Des vents soulevèrent les mers, lesquelles, sous des poussées gravitationnelles diverses, se déversèrent sur la terre. L'eau recouvrit le monde, qui fut secoué par des tremblements de terre. Des régions s'affaissèrent, d'autres s'élevèrent. Le Tibet, projeté à plus de quatre mille mètres au-dessus du niveau de la mer, cessa d'être un pays chaud et agréable, une station balnéaire. Des montagnes puissantes qui vomissaient la lave fumante l'encerclèrent. Très loin, au cœur des Hautes-Terres, le sol fut déchiré par des crevasses, où la faune et la flore des temps révolus continuèrent à croître. Mais il y aurait trop à dire sur ce sujet et une partie de mon « initiation astrale » est à la fois trop sacrée et trop personnelle pour être publiée.

Après un certain temps, les visions s'obscurcirent et disparurent. Je perdis peu à peu conscience astralement et physiquement. Plus tard, j'eus la désagréable impression d'avoir terriblement *froid* à force d'être allongé sur une dalle de pierre dans l'obscurité glaciale de ce tombeau. Des pensées « sondèrent » mon cerveau comme des doigts.

— Oui, il est revenu parmi nous. Nous arrivons!

Des minutes passèrent. Une faible lueur se rapprochait de moi. Des lampes à beurre. Les trois vieux abbés.

— Tu as triomphé de l'épreuve, mon fils. Pendant trois

(1) Cf. la *Genèse* (VI, 4). « Les géants étaient sur la terre en ces temps-là, après que les fils de Dieu furent venus vers les filles des hommes, et qu'elles leur eurent donné des enfants : ce sont ces héros qui furent fameux dans l'antiquité. » (N.d.t.)

jours, tu es resté sur cette dalle. Maintenant, tu as vu. Tu es mort. Tu as vécu.

Quand je me relevai, les membres raides, la faiblesse et l'inanition me firent chanceler. Sorti de cette pièce que je ne devais jamais oublier, je retrouvai l'air glacial des passages. La faim me faisait défaillir et j'étais accablé par tout ce que j'avais vu, par tout ce que cette expérience m'avait fait connaître. Je mangeai et je bus jusqu'à satiété; cette nuit-là, quand je me couchai, je compris que les prédictions allaient s'accomplir et que je devrais bientôt quitter le Tibet pour aller dans des pays étrangers. Il est vrai que maintenant que je les connais, je peux dire qu'ils m'ont paru — et qu'ils me paraissent encore — plus bizarres que je n'aurais pu l'imaginer!

18

ADIEU AU TIBET!

Quelques jours plus tard, j'étais assis avec mon Guide au bord de la Rivière du Bonheur, quand un cavalier passa au galop.

En jetant un regard distrait sur nous, il reconnut le Lama Mingyar Dondup. Aussitôt, il arrêta son cheval avec tant de brusquerie que les sabots de la bête soulevèrent des tourbillons de poussière.

— Je suis porteur d'un message du Très Profond adressé au Lama Lobsang Rampa, nous dit-il.

De sa robe, il tira le traditionnel paquet enveloppé dans l'écharpe de soie des salutations. Après me l'avoir remis en l'accompagnant d'un triple salut, il recula, remonta en selle et disparut au galop.

J'avais alors acquis de l'assurance; ce qui s'était passé au-dessous du Potala m'avait donné confiance en moi. J'ouvris donc le paquet et je pris connaissance du message avant de le passer à mon Guide et ami, le Lama Mingyar Dondup.

— Je dois me rendre demain matin au Parc du Joyau voir le Très Profond, lui dis-je. Vous êtes également convoqué.

— Il n'est pas habituel de chercher à percer les intentions de notre Précieux Protecteur, Lobsang, mais je sens que bientôt tu vas partir pour la Chine. Pour moi... eh bien, comme je te l'ai déjà dit, je ne vais pas tarder à regagner les Champs Célestes. Profitons le plus possible de cette journée et du peu de temps qui nous reste.

Le lendemain, j'étais une fois de plus sur le chemin familier du Parc du Joyau; après avoir descendu la colline, je traversai Lingkhor et j'arrivai devant la grande porte du parc. Le Lama Mingyar Dondup m'accompagnait. La même pensée nous habitait tous les deux : peut-être étions-nous en train de faire notre dernière visite ensemble au Très Profond. Mes sentiments devaient se lire sur mon visage, car quand je me trouvai seul devant le Dalaï Lama, il me dit :

— Le moment de se séparer, de prendre des chemins différents, est pénible et lourd de tristesse. Ici, dans ce pavillon, j'ai médité pendant des heures : valait-il mieux rester ou partir quand notre pays était envahi? Quelle que fût ma décision, il y aurait des gens pour en pâtir. Ton Chemin est tracé, Lobsang et *tous* les Chemins sont difficiles. Famille, patrie, amis... il faut tout quitter. Tu trouveras sur ta route, tu le sais, la torture, l'incompréhension, la méfiance, tout ce qui est pénible. Les façons des étrangers sont bizarres et inexplicables. Comme je te l'ai dit, ils ne croient qu'en ce qu'*ils* peuvent faire, qu'en ce qu'ils peuvent expérimenter dans leurs Chambres de Science. Et la plus importante des Sciences, celle du Sur-Être, ils ne s'en occupent pas. Tel est ton chemin que tu as choisi avant de naître à cette vie. J'ai décidé que tu partirais pour la Chine dans cinq jours.

Cinq jours! Cinq jours seulement alors que j'avais espéré disposer de cinq semaines.

Mon Guide et moi remontâmes vers le Chakpori sans échanger une parole. Ce n'est qu'arrivés dans notre lamaserie qu'il me dit :

— Il faut que tu voies tes parents, Lobsang. Je vais leur envoyer un messager.

Mes parents? Il avait été pour moi plus qu'un père et une mère. Et bientôt, il allait quitter cette vie : il serait parti avant que je revienne au Tibet dans quelques années. Tout ce qui me resterait de lui alors serait son corps recouvert d'or installé dans la Salle des Incarnations, abandonné comme une vieille robe qui n'est plus d'aucune utilité.

Cinq jours! Cinq jours très chargés. Je commençai par

essayer des vêtements occidentaux qu'on sortit pour moi du Musée du Potala. Non qu'il fût question de les porter en Chine où mes robes de lama seraient plus à leur place, mais pour que les autres puissent juger de mon allure. Oh, ce costume! Avec ces tubes serrés autour de mes jambes j'avais peur de me baisser. Je compris alors pourquoi les Occidentaux ne peuvent s'asseoir dans la position du Lotus: leurs vêtements sont trop étriqués. J'eus la conviction que ces tubes allaient gâcher mon existence. Ils m'enveloppèrent ensuite les épaules d'un voile blanc et me nouèrent autour du cou un ruban épais, serré si fort que je crus qu'ils voulaient m'étrangler. Enfin, pour recouvrir le tout, ils se servirent d'un court morceau de drap très ajusté, avec des pièces et des trous dans le dos. C'est dans ces trous, me dit-on, que les Occidentaux gardent leurs affaires au lieu d'utiliser une robe comme nous. Mais ce n'était pas encore le pire. Ils enfermèrent mes pieds dans des « gants » lourds et épais, qu'ils serrèrent étroitement à l'aide de fils noirs aux bouts de métal. Les mendiants qui vont à quatre pattes sur la route de Lingkhor utilisent parfois des gants identiques pour leurs mains, mais ils ont assez de bon sens pour chausser leurs pieds de bonnes bottes tibétaines en feutre. J'eus l'impression que ces gants allaient m'estropier et m'empêcher par conséquent de partir pour la Chine. Quand un bol noir entouré d'un bord me fut posé sur la tête, on m'annonça que j'étais habillé comme un « gentleman vivant de ses rentes ». Il me parut qu'en effet ce genre de gentleman *devait* avoir des rentes, car attifé de cette façon, il était certainement incapable de travailler!

Le troisième jour, je retournai à mon ancienne maison. J'allai seul et à pied comme le jour où je l'avais quittée. Mais entre-temps, j'étais devenu un Lama et un Abbé. Mes parents m'attendaient chez eux et ils me reçurent comme un hôte de marque. Le soir venu, je me rendis une nouvelle fois dans le bureau de père pour signer le Livre de Famille et y inscrire mes titres. Après quoi, je revins, toujours à pied, à la lamaserie qui avait été mon « home » pendant si longtemps.

Les deux derniers jours passèrent vite. La veille du départ, je vis une dernière fois le Dalaï Lama. Je lui fis mes adieux et il me donna sa bénédiction. Mon cœur était lourd quand je pris congé de lui. Nous savions tous les deux que je ne le reverrais qu'après sa mort, dans l'autre monde.

Le lendemain, nous partîmes à la première lueur du jour, lentement et sans enthousiasme. Une fois de plus, je n'avais pas de foyer, je me dirigeais vers des lieux étrangers; tout était à recommencer. Arrivés au sommet du défilé de montagne, nous nous retournâmes pour jeter un long regard qui devait être le dernier sur la Cité Sainte de Lhassa.

Un cerf-volant solitaire volait au-dessus du Potala.

1829

Achevé d'imprimer en Slovaquie
par NOVOPRINT SLK
le 31 août 2016.

1er dépôt légal dans la collection : juillet 1975
EAN 9782290343265

ÉDITIONS J'AI LU
87, quai Panhard-et-Levassor, 75013 Paris

Diffusion France et étranger : Flammarion